お助

も楽じゃない1

花待里
Hanamatsusato Presents

fairy kiss

この作品はフィクションです。
実際の人物・団体・事件などに一切関係ありません。

お助けキャラも楽じゃない1

fairy kiss

プロローグ

広大な王宮の敷地内にある『薔薇《ばら》の宮』は、主に国賓の滞在に使用される絢爛《けんらん》豪華な宮殿。

その宮殿の大広間には今、美しく着飾った様々な爵位の家の令嬢が十名。テーブルの上を美しく彩る紅茶や菓子には見向きもせず、壇上に立った宰相補佐の説明を食い入るように聞いている。

彼女達は今日からひと月この薔薇の宮に滞在するという。

その目的というのが『第二王子妃選考会』である。

王太子である第一王子の正妃の座には一年前、国内の並みいる令嬢達を押し退けて、同盟関係にある近隣国の王女殿下が鳴り物入りでお座りになった。

その為、第二王子妃にはぜひ国内の令嬢をという声が多数上がった。

普通は上位貴族の中から政略的に妃《きさき》を選ぶが、貴族達の不満解消も兼ねて各家に平等にチャンスを与えるべく、今回の選考会開催の運びとなったようだ。

下は男爵家から上は公爵家まで、我こそはと立候補した十人のご令嬢達は、これから一ヶ月間、第二王子であるルイス殿下と交流をしながら、王子妃としての適性や相性を見られるという。

とはいえ相性はともかく、十人もいる令嬢達の適性までルイス殿下一人で判断しきれるものではない。

では誰が判断するのか。

それはやはり陛下や王妃陛下だろうけれど、公務にお忙しい二人が割ける時間など僅かしかない。

そこまで考えて、嫌な結論に行き着いてしまった。

各令嬢には期間中、王宮の女官と護衛騎士がつく。ご令嬢達に安心して過ごしてもらいたいから――というのは建前で、実際は両陛下の目の代わりとなる監視役だろう。その役目の一端を担うのが、もしかしなくとも、今現在大広間の隅に整列して待機している私達女官……。

ご令嬢の毎日の行動をレポートにして提出させられたりするのだろうか……。

王妃様のご命令とはいえ、なんとも面倒な仕事を任されたものだと心の中で溜《た》め息を吐《つ》く。しかしそんな憂鬱な気持ちは決して顔には出さない。

『いついかなる時も動じず淑女たれ』

敬慕する王妃様の女官として品位を落とす真似《まね》は許されないし、何より私、アナベル・ガードナーの矜持《きょうじ》が許さない。

いつも以上に姿勢を正すように意識して立っていると、長々と続いた説明がようやく終わるようだ。

「最後に……この薔薇の宮に滞在される全ての未婚女性に第二王子妃となる可能性がございます。王子妃となった時に何をすべきか考えながら、各々《おのおの》有意義な時間をお過ごしください」

そんな宰相補佐の言葉に、隣に立っていた女官仲間のカチュアが「なるほどね……」と呟《つぶや》いた。

同じく王妃様の女官として働くカチュアは普段は業務中に私語などしない優秀な人なのだが……。

直立不動のまま目線だけで隣を窺《うかが》うと、彼女はアイスブルーの切れ長の瞳を更に細めて得意気に笑っている。クールビューティーな彼女の笑みはとても美しいが、その笑顔を見て思わず眉を顰《ひそ》めそうになった。

私はカチュアのこの笑い方が好きではない。

人の失敗を指摘する時や、後輩やメイドに嫌がらせをする時、こんな風に人を見下したかのような笑い方をするからだ。今も何か、よからぬ事を考えているのではと不安になる。

そんな私の視線に気がついたのか、カチュアは前を向いたまま呟いた。

「お互い頑張りましょうね、アナベル？」

そう言うと、担当のご令嬢を部屋へ案内すべく、テーブルの方へ颯爽《さっそう》と歩き始めた。

頑張るって一体何を？

女官としての業務を指しているのではない事は何となく分かるのだが……。

カチュアの発言に頭の中で首を傾《かし》げながら、私も担当のご令嬢のもとへと足を進めた。

ふわりとしたストロベリーブロンドの髪に、晴天を閉じ込めたような澄んだ空色の瞳の愛らしいご令嬢がこちらに振り向いた。この方が担当するノースヒル男爵令嬢キャロル様……。

「初めまして。滞在中キャロル様を担当させていただきます、アナベル・ガードナーと申します。宜《よろ》しくお願いいたします」

第一印象は大切なので、心を込めて丁寧なカーテシーで挨拶をする。

すると、空色の大きな瞳が驚いたように見開かれたあと、一瞬にして胡乱《うろん》な目つきに変わる。

せっかくの愛らしいお顔が台無しである。

「ちっ、お助けキャラは堅物アナベルか……」

更には舌打ちと共に謎の言語が返ってきて、思考が停止する。

オタスケ……キャラ？　どこの国の挨拶だろうか？

「あ、でもお助けキャラがアナベルって事は、護衛騎士はもしかして……ぐふふ」

虚空を見つめながらブツブツと呟いて、淑女にあるまじき笑い方をしているこの少女の世話を一ヶ月もしなければならないのか。

どうしよう、今すぐ王妃様のもとへ帰りたい……。

何の準備もなくいきなり襲ってきた虚脱感に、危うく淑女の仮面が剝がれかけたのは仕方ない事だと思いたい……。

第一章　お助けキャラと不可解言語

一

私がお世話する事になった、ノースヒル男爵令嬢キャロル様は解読不能な言語が堪能である。

「ねぇ、アナベルは転生者じゃないの？　そうなら話が早いのに使えないわね！」

「あーあ、お助けキャラがランダム決定されて難易度に関わってくるとか、誰得設定なのよ。つーか、乙女ゲームのお助けキャラにバリエーションなんか必要なくない？」

「堅物アナベルだと賄賂戦法が使えないからタルいなぁ～。カチュアだったらその辺上手《うま》くやって攻略対象とのイベントどんどん起こせるから楽なのに～」

「でもアナベルだとセットの騎士がランスロットだから、そこはまぁ嬉《うれ》しいかな！　もちろんルイスが最推しだけど、ランスロットも捨て難い！」

自分の名前やら所々の単語はこの国のものだが、話の流れが全く理解できない。

割り当てられた部屋に着いてから、延々と一人で話しているキャロル様。最初のうちは何か返事をした方が良いのだろうかと色々考えたが、思った事が口に出てしまうご気性なのだと判断して黙殺する事にした。

そろそろお茶かお菓子で、強制的に口を塞いでしまった方が良いだろうかと考えていると、ノックの音がした。

私が扉口で誰何《すいか》する前になんとキャロル様が「どうぞー！」と大声で許可をしてしまいギョッとする。

「ミス・ノースヒル、入室許可は女官を通して相手が誰か確認してから出すように願います」

冷静に指摘をしながら入室して来たのは、キャロル様が散々口にしていたランスロット・アンバー卿《きょう》だった。

漆黒の髪に、新緑を思わせる爽やかな緑色の瞳。騎士らしく日に焼けた逞《たくま》しい体に白い近衛《このえ》の制服を纏《まと》った彼は、その腕を買われて若くして近衛隊の副隊長を務めている。

仕事熱心で寡黙と評判のランスロット様。浮いた噂《うわさ》一つなく、近寄りがたいクールな雰囲気ではあるが、凛々《りり》しい顔立ちに艶を添えるその目じりのほくろがたまらないと、王宮の女性陣から絶大な人気を誇っているお方だ。

「ヤバい！　生ランスロット‼　カッコ良すぎる‼　ご飯三杯いけるー‼」

見目麗《うるわ》しいランスロット様に興奮した様子のキャロル様の雄叫《おたけ》びが室内に響き渡る。

隣の部屋まで聞こえそうな大声、しかも伯爵位にあるランスロット様の許可も得ずに名前を呼び捨てに……。

あまりの不敬に唖然《あぜん》として、部屋の隅に控えていたメイド達と同じくポカンと口が開きそうになったが、そこは堪えた。でも瞬きはだいぶ多くなってしまった気がする。

だがそんな状況でもランスロット様は動じず、何かを確認するようにひとつ頷《うなず》くと、マントを翻して優雅なボウ・アンド・スクレープでキャロル様に挨拶をなさった。

「滞在中、護衛を担当するランスロット・アンバーです。本日はご挨拶に参りました。どうぞお見知り置きを」

流石《さすが》は近衛隊の副隊長、どんな事態にも動じず、洗練された所作を維持できている。私も見習わねば……。

「やばっ！　尊すぎる！　クーデレランスロット萌《も》える〜！　壁ドンイベントは外せないよね！早いとこデレさせたい〜!!」

両頬に手を当てて、くねくねと身もだえるキャロル様の不可解な雄叫びは止まらない。

どうしたものかとランスロット様を見ると、彼も片眉を上げてこちらを見ていた。

「……アナベル嬢、引き継ぎの件で少しいいか？」

「かしこまりました。キャロル様、しばし席を外させていただきます」

聞こえていないだろうが、一応許可を取ってからランスロット様と共に廊下に出た。

重厚な扉越しでも漏れ聞こえてくる室内の声にゲンナリしてしまう。角部屋なのがせめてもの救いね……。

「……ミス・ノースヒルはずっとあんな調子なのか？」

「申し訳ございません閣下。不敬の数々、キャロル様に代わりお詫《わ》び申し上げます」

手を交差させ胸元に当てて跪《ひざまず》き、最大級の謝罪を表す。

「立ちなさい。彼女のした事で貴女《あなた》が膝をつく事はない」

大きな手が目の前に差し出された。どうやら立ち上がる為に手を貸してくださるらしい。

節くれだった大きな手に、躊躇《ためら》いながら自分の右手を乗せると、しっかり握られ力強く引っ張り上げられた。

スカートの裾を直したいのだが、何故《なぜ》か右手はランスロット様に握られたまま。何やら緊張で汗をかいてきた気がするから早く離してほしい……。

離してくださいと言うのも自意識過剰かと、握られた手を見つめてアピールしてみる。

「洗練された王妃陛下のもとから、いきなりアレが相手だと貴女も大変だな……」

苦笑いと共にかけられた言葉に、内心驚く。

ランスロット様とは仕事上、必要最低限の会話をする程度の間柄だったから、名前や所属を覚えてくれているとは思わなかったし、こうして慰めの言葉をくれた事も意外だった。

それにしても紳士なランスロット様にアレ呼ばわりされるキャロル様すごい。

「ありがとうございます。キャロル様は思った事がすぐ口に出てしまうご気性のようでして……。ルイス殿下や他の候補者の方々の前でも、先程のように騒いでしまったらと思うと心配です。今後の対応を相談したいのですが、どなたに報告すれば宜しいのでしょうか?」

「……実は彼女は、ご両親の反対を無視して強引に来てしまったらしく、選考会本部も注視している。ある程度の問題行動は想定内だし、ルイス殿下も把握なさっている。だから心配しなくていいが、何かあれば逐一俺に報告してほしい」

想定内と言われて、張り詰めていた緊張が少し緩んだ。キャロル様が不敬を働かないように言動を自分一人で矯正しなければならないのかと、暗澹《あんたん》たる気持ちでいたからだ。

上層部がある程度黙認してくれているのなら、何とかなるだろう。この一ヶ月の間さえ何とか大きな問題を起こさず無事に終われば良いのだ。とにかく私の役目は起こった事を監視役のランスロット様に報告する事。

ところで、そろそろ手を離してほしいのですが……。

普段、王妃様の傍《そば》で女所帯で過ごしていて、男性に対する免疫がないから、こういう時にどうしたら良いか分からない。

顔が赤くなっている気がして俯《うつむ》いたままでいると、滅多に笑わないランスロット様が笑った気配がして、思わず顔を上げてしまった。そしてすぐに後悔する。

キャロル様が騒ぐのも無理もないと納得してしまうほどに、破壊力抜群の優しげな笑顔がそこにあった。

「しかし、貴女が表情を崩すのは珍しいな」

「お、お見苦しい姿をお見せして申し訳ございません」

顔に出ないように気をつけていたつもりだったのだけれど、どれだけ崩れていたのだろうか……!

手を握られている恥ずかしさ以上の羞恥に、もはや顔がいつ発火してもおかしくないくらいに熱くなる。

「まぁ、崩れたといっても瞬きが多かったくらいだが。それから今は顔も赤いな」

若木のような優しい緑の瞳に覗《のぞ》き込まれて、逃れるように視線を彷徨《さまよ》わせると、ようやく握られていた手が離れた。

「殿下に、挨拶がてらミス・ノースヒルの様子を見てきてくれと言われて来たんだが……いつも完壁な貴女ですら動揺するほど突飛な人物だったと報告しておくよ」

ランスロット様は笑いを滲《にじ》ませながらそう言うと、殿下への報告の為に颯爽と歩いて行った。

クールで寡黙と評判のランスロット様にからかわれた？

熱を持った頬を掌《てのひら》で覆いながら、噂は当てにならないものだと、去っていく後ろ姿を呆然《ぼうぜん》と見つめたのだった。


初日は荷解きや、薔薇の宮の施設案内などで終わり、いよいよ今日から本格的な選考会が始まる。

今日は早速ルイス殿下を交えて、候補者全員が集まる選考会本部主催のお茶会が開催される事になっている。

ところが、開始時刻まであと半刻しかないというのに、未《いま》だに室内着でソファーに寝そべり、優雅に語学の教科書を読んでいるキャロル様。

「キャロル様、そろそろお茶会に行く支度をならさないと間に合いません」

「あー、いいのいいの！　ヒロインは入学式とかイベント事には遅刻するのが《デフォ》だから。ホラ、その方が目立つし？」

《デフォ》が何を意味しているかは後で聞くとして、キャロル様……目立つは目立つでもそれは悪目立ちです。

王子妃になる為に少しでも心象良くしなければならないはずなのに、何故逆方向に行こうとするのか。それに、候補者の中でキャロル様はご身分が一番低い。遅刻などすれば高位貴族のご令嬢方に酷《ひど》い事を言われかねない。

キャロル様はすっくと立ち上がり、腰に手を当てて自信満々に胸を張る。

「私の計画はこう！　まずお茶会に遅刻していって、ババーンと目立つ！『ごめんなさいっ！木の上の巣から落ちた小鳥さんを助けていたら遅れてしまって……！』と、涙目かつ上目遣いで可愛《かわい》く謝る！　小鳥さんを助けた証拠として、髪の毛に少し葉っぱを絡ませておくのがポイントね！これで掴《つか》みはオッケー！　そのあと《悪役令嬢》に遅刻の件とかみすぼらしい服装の事とかで一通りいびられて、ルイス殿下や他の《攻略対象者》の庇護《ひご》欲をそそる！　どう？　完璧でしょ⁉」

まさかいびられるところまで計画に入っているなんて……！

その前に、お茶会の会場までは全て屋内の移動だから、木から落ちた小鳥さんには出くわさない。そして、みすぼらしい服装って、まさかこの部屋着のままお茶会に行こうとしていたという事かしら？

あまりにも無謀で不敬満載な計画すぎて、どう？　と聞かれても何をどう言えば良いのか分からない。

ある程度の突飛な行動は許容されているとはいえ、最初からコレではこの先があまりにも不安すぎる。

「キャロル様……その計画も素晴らしいとは思うのですが、今日のところは様子見という事で、私の考えた計画を実行してみませんか？」

「アナベルの計画ぅ？」

「はい、まずはこちらのドレスをお召しになってください。薔薇がよく映える物を、キャロル様のご衣装から選びました」

取り出したのはシンプルだがキャロル様の持ち込んだ衣装の中で、一番上品かつ清楚《せいそ》に見えるドレス。

「薔薇園で朝摘んで参りましたこの薔薇達を髪飾りに。それから、簡単な物ですがコサージュも作ってみましたので、ドレスのワンポイントに。参加者の方達はおそらく、多くのアクセサリーで着飾っておられると思います。その中において、瑞々《みずみず》しく愛らしい薔薇を身につけていらっしゃるキャロル様は、遅刻などせずとも、その可愛らしさで充分目立つ事ができるはずです」

衣装やアクセサリーの豪華さでは、どうしたって高位貴族のご令嬢達には勝てない。それならば生花で飾るのはどうかと思いついたのだ。

この宮殿敷地内の薔薇は自由に摘んで良いという許可も下りているし、薔薇の宮という名を冠しているだけあって、ここの薔薇は女神もかくやと言われるほどに美しい。そんな王家所有の薔薇を貶《おと》めるような不敬な発言をするご令嬢もいないはず。

「この薔薇、めちゃ良い匂い～！　どぎつい赤とかじゃなくて、パステルカラーの可愛らしい色合いも超好み！」

当初の不穏な計画はすっかり忘れて、ご機嫌で着替え始めるキャロル様。どうやら無事に軌道修正できたようだ。

ご実家から侍女は連れて来ていない為、部屋付きメイドも総動員してヘアセットやメイクを施す。そうして出来上がったのは、なんとも可憐《かれん》なご令嬢。

ストロベリーブロンドのふんわりした髪は緩めに纏め、愛らしい雰囲気に。小鳥さんを助けて絡まる予定だった葉っぱの代わりに、繊細で美しいレースや淡い色合いの薔薇を髪に飾る。メイクは、白くて透明感のあるお肌を活かし、控《ひか》えめかつナチュラルに。

元々、黙ってさえいれば可愛らしい容姿のキャロル様は、今や薔薇園に遊びに来た妖精と言っても充分通じるお姿。その出来栄えに、メイド達も満足気な様子だ。

銀色の髪に薄紫の瞳の私は、冷たい印象を与えてしまいがちなので、愛らしい雰囲気のキャロル様がとても羨ましい。

そう言うと、キャロル様は可愛い顔でぷりぷり怒り出した。

「アナベルはクール美人枠担当なんだから、それでいいのよ！　ヒロインとキャラ被《かぶ》りしたら、供給が減っちゃうでしょ！」

供給……。何の供給が減るのか真剣に考えているところに、ランスロット様が来てくださった。

宮殿内の移動ではあるが、護衛兼エスコート役として同行してくれる事になっているのだ。

「とてもお綺麗《きれい》です、ミス・ノースヒル。お手をどうぞ」

爽やかな微笑《ほほえ》みと共に、まるで一国の姫君を相手にしているかのような恭しさで手を差し伸べるランスロット様に、即座に鼻を押さえるキャロル様。

「ヤバい、鼻血出そう……。それにこんなイケメンの手なんか握ったら、緊張で手汗出まくりそうなんだけど……！」

キャロル様、お気持ち分かります……。

昨日ランスロット様に手を握られて顔を赤くした私は、心の中で何度も頷いた。

「では出発しましょう」

ランスロット様にエスコートされ、ご機嫌で歩くキャロル様を先導して、万が一にも巣から落ちた小鳥に遭遇しない道を通る。

遅刻など私の目の黒いうちは許さないのですよ。


会場に着くと、既に何名かの着飾ったご令嬢達が居て、驚いたようにこちらを見ている。目立っている。いい意味で目立っていますよ、キャロル様。

会場にはテーブルが二台あり、それぞれ椅子が六脚。妃候補者が五名ずつに分かれて座り、その二台のテーブルをルイス殿下が平等に訪れて、会話を楽しむという形式になっていた。出発前にキャロル様が言っていた通りの内容で内心驚く。

「テーブルを分けて人数を減らす事で、令嬢達一人ひとりと話をする機会を増やしたいと考えてこのような形式にしました」

動きに合わせて煌《きら》めくプラチナブロンドの美しい髪。白皙《はくせき》の肌にはめ込まれた美しいサファイアのような瞳が蕩《とろ》けるように細められ、ご令嬢達の心をいとも簡単にさらっていく――。

そんな美貌の持ち主であるルイス殿下は開会に際してこう仰《おっしゃ》ったが、それは建前。

テーブルを分けるという事は、ルイス殿下がテーブルに居ない時間ができる。当然その間は候補者同士の探り合い、牽制《けんせい》、熱い舌戦が繰り広げられる。そして、その様子は周囲に配置されている者から全てルイス殿下に報告が行くそうだ。

（このお茶会はね、ルイスが妃候補達の裏と表を一挙に観察する目的で開催されるの！　結婚に興味がないルイスは、なるべく手間をかけずに妃候補を選別しようとするのよ）

そう得意気に話していたキャロル様は予言者か何かなのだろうか？　現に、その言葉を裏付けるかのように、両テーブルの傍には殿下の側近達がさり気なく立っているのだから。なんとも合理的な選考方法だが、初日からシビアだとも思う。

（ルイスはね、あのマシュマロの蜂蜜がけみたいな甘い雰囲気に騙《だま》されたらダメ！　ああ見えて実はものすごい腹黒王子なんだから！）

キャロル様の声が脳内にこだまする。

ルイス殿下はいつも笑みを絶やさず、誰に対しても優しげな印象だったが、この状況を見るに、キャロル様の言う事も一理あるのかもしれない。

知らない方が良かった実状を知ってしまった気がひしひしとして、早く王妃様のもとに帰りたいと考えていると、テーブルの反対側でカチュアが動くのが見えた。

席に着いたランドルフ公爵令嬢マリア様に何事か耳打ちをしているのだが、その笑顔が例の企《たくら》み顔で、嫌な予感がしてくる。

カチュアが担当するマリア様は、豊かな黒髪とつり目がちの大きなルビーのような瞳が印象的なご令嬢で、今回の参加者の中で一番身分が高い。このような選考会などなければ、何もしなくても王子妃になっていたであろうご令嬢である。

しかしながら、性格は傲慢で自己中心的。階級至上主義で贅沢《ぜいたく》を好むという、あまりよろしくない噂もある方。現に今も、昼のお茶会にしては少し……いや、かなり派手なドレスとアクセサリーで着飾って、キャロル様とは別の意味で目立っている。

そんなご令嬢とカチュアが組み合わせられるなんて怖すぎる。身分的に一番低いキャロル様に何かしてこないと良いのだけれど……。

そういえば先程キャロル様は、いじめられる前提で話をしていたから、そういった事も覚悟の上でこの選考会に臨まれているのだろう。

男爵家のご令嬢が王子妃になるというのは、過去の歴史にもほとんど例がない。それにもかかわらず立候補した彼女は、きっと並々ならぬ決意を持ってこの場にいるに違いない。

私がすべき事は、北の遠い領地から来た彼女をサポートして、この慣れない場所で少しでも快適に過ごせるように配慮する事。……その為にはまず、あの不可解言語の解読からなのだけれど、できるだろうか……？

五ヶ国語の日常会話を習得している自分でも若干自信が持てない……。


お茶会が始まり、ルイス殿下はキャロル様とは別のテーブルからのスタートとなった為、令嬢同士が一通り自己紹介を終えると早速、マリア様がキャロル様に突っかかってきた。

「そちらのアナタ……ごめんなさい？　お名前を覚えられなくて。殿下の御前によくそんなみすぼらしい格好で来られたものね？　……信じられないわ」

汚い物を見るかのようなマリア様の視線に、キャロル様はビクリと肩を震わせて怯《おび》えたような様子を見せた。

「も、申し訳ありません……。皆様のような素晴らしいドレスは持っていなくて……。それに、家から持ってきたアクセサリーより、こちらのお庭の薔薇さん達の方が何倍も綺麗でしたので、力を貸していただきました……」

そう弱々しく言うと、上目遣いで空色の瞳を潤ませる。

お茶会に来る前は、いじめられるのも計画のうちだと言っていたが、あの様子では、このまま本当に泣いてしまうのではないかと、少し離れた所からハラハラしながら見守る。

「まぁっ！　アクセサリーがないからといって庭の花で飾ろうだなんて、とても思い付きませんでしたわ！　田舎の方ではそういった事が流行《はや》っているのかしら？　ごめんなさいね、わたくし、王都の流行しか詳しくなくて……。流石、わざわざ遠くからいらっしゃった方は、色々ご存じですのねぇ？」

豪奢《ごうしゃ》な扇子を振りかざし、マリア様が大袈裟《おおげさ》に感心してみせると、同じテーブルのご令嬢達からクスクスと忍び笑いが零れる。

田舎者と揶揄《やゆ》された恥ずかしさからか、下を向いてしまったキャロル様。

他の候補者達に見劣りしないように、良かれと思って薔薇で飾ったけれど、結局口撃の材料にされてしまい、申し訳ない気持ちでいっぱいになった。

俯いて悲しそうにしている姿はとても演技には見えず、どうにかして一旦退席させてあげようと一歩踏み出しかけたところで、私は動きを止めた。

「宮殿の薔薇を素敵に飾ってくれてありがとう、キャロル嬢。アクセサリーよりも美しいだなんて、丹精込めて育てている庭師達も喜ぶし、僕も嬉しいよ」

キャロル様が顔を上げると、すぐ近くにルイス殿下が立って微笑んでいた。緊張からか空色の瞳を丸くして何も言えないでいるキャロル様に、殿下はご自分の胸元に挿してあった薔薇を差し出した。

「この薔薇も良ければお部屋に飾ってください。きっと薔薇も喜ぶでしょう」

キャロル様は差し出された薔薇のように頬をピンクに染めて、おずおずと受け取る。

「あのっ、ありがとうございい……」

「まぁぁ！　ルイス殿下！　お待ちしておりました！　さぁ、こちらのお席へどうぞ！」

キャロル様のお礼の言葉を遮るようにマリア様が声を上げて立ち上がり、ルイス殿下を椅子へ誘導する。

「ご挨拶が遅れてしまい申し訳ありません。皆さん、お茶会は楽しんでくれていますか？」

席に着いたルイス殿下が候補者達に甘く微笑むと、テーブルの空気が一斉に浮き立つ。

そこからは殿下を中心に会話が弾み、和やかな雰囲気で時が流れる。殿下が上手く話題を振るので、頬を染めたご令嬢達が代わる代わる発言をしてのアピール大会が始まる。

他のご令嬢が話をしている最中、カチュアがまたマリア様の傍に寄り、何事か耳打ちをする。満足気に頷くマリア様の様子に嫌な予感しかしない。

「そういえばルイス殿下、私達の学び舎《や》であった学院の講堂が新しくなったのですが、もうご覧になりましたか？」

話の切れ目を狙ってマリア様が話しかける。

「いいえ、まだです。そういえば、講堂の改修にはランドルフ公爵家の多大な尽力があったとか……。

今度公爵にお礼を申し上げねばなりませんね」

「まぁ！　ご存じでしたのね！　そうしていただけると父も喜びますわ。……学生だった頃、生徒会長でいらっしゃったルイス殿下の素晴らしいご挨拶を、何度も講堂で拝聴いたしました事、懐かしく思い出します」

マリア様の話を受けて、同年代のご令嬢達が次々に学院での思い出話に花を咲かせる。学院に通わなかったキャロル様は話に入れず、寂しそうに微笑んでいる。

キャロル様お可哀想《かわいそう》に……。私も事情があって学院には通えなかったから気持ちはよく分かる。

マリア様と他の令嬢達は、まるで結託しているかのように学院での話を続け、いよいよキャロル様の瞳は潤んでいく。

「キャロル嬢は確か学院には通っていなかったね？　キミの領地での暮らしぶりを聞きたいな」

長い間会話に入れないでいたキャロル様を気にしていたのは私だけではなかったようで、ルイス殿下が気を利かせてキャロル様に話しかけてくださった。

「えっと、ウチの領地は山に囲まれた高原地帯で、牧羊が盛んで毛織物が特産品です。ウチでも羊を飼っているので、その子達のお世話をしたり、職人さんに毛織物の事を教わったりして暮らしています。勉強は家庭教師に習っていますが、外に出て羊さん達の世話をしている方が私には性に合ってますね。でも、皆さんのお話を聞いていたら、私も学院にも通ってみたかったなって思いますっ！」

てへへと恥ずかしそうに笑いながら話すキャロル様。言葉遣いに気になる点は多々あるが、その愛らしさで上手く纏まってしまうのがすごいと思う。

「まぁぁ、羊の世話？　何だかドレスが汚れそうね？　あら、だからとても質素なドレスを着ていらっしゃるのね！　ごめんなさいね？　選考会に来ても仕事熱心に羊の世話をしているとは知らず、先程は失礼な事を……」

扇子で口元を隠しながら、謝っているようでむしろ更に貶めるような事を口にするマリア様。他のご令嬢達からも忍び笑いが漏れる。

「ノースヒル領産の毛織物は、とても質が良いと評判ですよね。僕も冬には膝掛けとして使っていますが、暖かくて重宝していますよ。皆さんはお使いになった事はありませんか？」

殿下がフォローすると、令嬢達が次々に声を上げる。

ショールとして使っているとか、どこの商会で新商品を取り扱っているだとか。

そんな風にマリア様の口撃でキャロル様が困る事が多々あって、その度に気を揉《も》んだが、殿下がいらっしゃる間は表面上の平和は保たれていた。

一方、ルイス殿下が居ないテーブルでは、候補者同士の牽制合戦。あちらのテーブルにもキャロル様のように、槍玉《やりだま》に上がっているご令嬢がいるようで心配になるが、令嬢達の本性を見るという点においては確かに手っ取り早い選考方法だなと変に感心してしまう。

ルイス殿下を巡る攻防。こんな状況がこれから一ヶ月続くのかと思うと気が遠くなる。早く王妃様のもとへ帰りたいと、もう何度も願った事をまた繰り返し神に願い、束の間《つかま》遠くを見つめてしまった。

天国と地獄。

そんな落差激しいお茶会を終えて、キャロル様と共に部屋に戻ってきた。

部屋に着くなり俯いて拳をぎゅっと握りしめ、肩を震わせるキャロル様。可哀想に、部屋に着くまで泣くのを我慢していたのだろう……。

マリア様達の心ない言葉で辛《つら》い思いをした彼女を、どう慰めようか思案していると、そのキャロル様が突然笑い出した。

「よしよし、計画通り！　悪役令嬢のいじめイベントからのルイスの薔薇《スチル》ゲットぉぉ!!」

拳を天に突き上げるという、淑女にあるまじき格好（ガッツポーズというらしい）で叫ぶキャロル様の姿に一瞬思考が止まる。

これは、ひょっとしなくても……喜んでいる？　お茶会での様子は演技だったという事？

あまりの豹変《ひょうへん》ぶりに驚いて、瞬きが止まらない。

「遅刻もみすぼらしい服装もしなかったけど、ちゃんとイベント発生！　やっぱシナリオの強制力的なものが働いてるのかなぁ～？　さっすがヒロインなアタシ！」

今度はルイス殿下に頂いた薔薇を片手に、踊るように部屋中をクルクル回り出すキャロル様。

どうしよう、喋《しゃべ》っている内容が全く理解できないが、とにかくお元気そうで安心する。

「あっ！　アナベル、この薔薇は少し飾った後、花びらを押し花にして栞《しおり》を作りたいの！」

「承知しました」

クルクル回りながら私の所にやってきたキャロル様から薔薇を預かる。栞にして残したいくらい嬉しかったのかと微笑ましく思っていると、キャロル様が何やら悪だくみをする子供のようにニヤリと笑う。

「それで後日その栞をルイスの前でわざと落とすわけ！　で、そこからあの時の薔薇か〜！　って会話が盛り上がって、親密度もぐぐっとアップ！　見事ルイスルートに突入って寸法よ！　ぐふふ……！」

キャロル様の黒い呟《つぶや》きに膝がカクンと折れそうになってしまった。

着替え等もあるからと、ランスロット様に退席してもらっていて良かった……。こんなアレな内容を殿下に報告するのも逆に憚《はばか》られる。聞こえなかった事にしようと決めて、メイドが持ってきてくれた一輪挿しに薔薇を飾った。

「そういえば、支度金の使い途《みち》は今のところ、三ヶ国語の授業料とダンスの授業料のみ決定していますが、ドレスやアクセサリーはお買い求めにならないのですか？」

窓辺に飾った薔薇が、一番美しく見える角度に何度も方向を変えて調整しながら、キャロル様に問いかける。

この選考会に参加している令嬢達には支度金が支給される。支度金の使い途の制限は特にない。ドレスやアクセサリーを買ったり、お茶会を主催したり、語学やダンスの教師を雇ったり、令嬢によって様々だ。

今日は上手く切り抜けられたが、ルイス殿下や他の候補者と接する機会は今後も頻繁にある。今日のようにイヤミを言われ続けられるくらいなら、支度金を使ってちゃんとしたドレスを数着揃《そろ》えた方が良いように思うのだ。

「ん～、でもいじめイベントはむしろ《バッチコイ》って感じだし、しっかり勉強して《知性パラメータ》をきっちり上げていかないと、脳筋しか攻略できなくなっちゃうんだもん！」

……うん、難解すぎる。

「まぁ、アナベルがそう言うなら……？　いや～でも寄付する事も考えると余裕ないしなぁ～。支度金の割り振りも攻略の鍵だから慎重に決めないと……！」

支度金をどう使うか。これも選考の対象になっているらしいと聞いた。

王子妃になった時に、決められた予算をどう使っていくのか、その手腕を見るという事なのだろう。例えばドレスや宝飾品ばかり買い漁《あさ》る浪費家な王子妃では先が危ぶまれるからだ。

そういう訳で、語学やダンスをはじめ、様々な分野の教師が王宮から派遣されているが、教えを受けるには授業料を支度金から支払う必要がある。ルイス殿下や候補者を招いてお茶会を開催する場合も、きちんと必要経費分が支度金から差し引かれるので、計画的に使っていかなければならないのだ。もちろん足りなくなったからといって、実家からの援助を受ける事は禁止されている。

金銭の管理に慣れていないご令嬢も多いので、何となく無計画に使いそうなキャロル様（失礼）が意外と慎重に考えている事に密《ひそ》かに驚く。

「《お助けキャラ》がカチュアだとその辺ゆるっゆるでも何とかなっちゃうんだけど……でもカチュアも結構クセがあるから難しいんだよね～！」

「……その、《お助けキャラ》というのは何でしょうか？」

そういえば、最初にお会いした時にもその単語が出たなと思い出す。

キャロル様曰《いわ》く、この世界はキャロル様が夢で見た物語に酷似しているらしい。

その物語でキャロル様は《お助けキャラ》というサポート役の協力を得て、ルイス殿下をはじめとする《攻略対象者》達を攻略して恋愛を楽しむ。最終的に彼らから愛の証《あかし》として、それぞれを象徴する色のドレスを贈られるハッピーエンドを目指すのだという。

ちなみにその物語の題名は【キミと薔薇の宮殿で〜姫君に贈る七色のドレス〜】といい、略称は【キミ薔薇】だそうだ。

題名が随分長いのが気になるけれど、キャロル様曰く《乙女ゲーム》の題名はそういう《コテコテ》が《テンプレ》との事。不可解すぎる……。

私はメモを片手に話を聞き、途中分からない単語などを質問していく。

その攻略とやらは何回も挑戦する事が可能で、その都度、抽選で決定される《お助けキャラ》が誰になるかによって難易度が変わったり、結末が変わったりするそうだ。

「カチュアは金に物言わせてサクサク攻略進むんだけど、知性パラメータが上がりにくいんだよね〜。だから、知性が高すぎるとアウトな脳筋系キャラの攻略に向いてる。逆に堅物アナベルは攻略スピードは遅くなるけど、知性パラメータがぐんぐん上がる。多分、上昇《バフ》か何かが付加されてるんだと思う。知性数値《カンスト》で挑みたいルイス殿下攻略には特にピッタリなんだよね〜」

ちなみにお助けキャラの三人目は王妃様の女官仲間のサマンサで、彼女は初心者向けのバランス型らしい。

「各攻略キャラに加えて隠しキャラ。それぞれにバッド、ノーマル、溺愛の三エンド、更にその各エンドのエピソードがお助けキャラによって変わるから、全種類見るのはかなり大変。もちろん《逆ハー》エンドもあるし大変なの！　全ストーリーをコンプリートしたいってなると、見たいエンドの為にお助けキャラの《リセマラ》が必要になるレベルなんだよね～。あ、《リセマラ》っていうのは、リセットマラソンの略で、目当てのキャラが出るまでひたすらリセットを繰り返す事ね！」

新出単語の嵐でメモが追いつかない！

やはり理解できない点が多いが、要するに私はキャロル様を補佐する係で、特に学力向上の面でお役に立てるという事なのだろう。

「なるほど。概《おおむ》ね理解できました。語学でしたら私も五ヶ国語の日常会話程度は習得していますので、お役に立てるかと思います。では早速、明日からの講義の予習を始めましょうか」

「えっ、予習？　まだいいんじゃないかな？　明日講義が始まってからでも……」

「いいえ、予習復習は大切です。やるとやらないとでは絶対大きな違いになりますから！　さぁ、始めましょう」

得意分野でお役に立てるという事で俄然《がぜん》やる気が出る。明日はイトゥリ語とフラン語だったはず。教科書は既に届いているから、明日の講義の内容を予測してお教えしよう。

そうしてたっぷり時間をかけて予習をし、講義終了後またしっかり時間をとって、復習をする日々が始まった。

「知性パラメータ上昇率はアナベルのバフ効果じゃない……。これだけ予習と復習しまくったら嫌でも爆上がりするわ……」

キャロル様が若干やつれた顔でブツブツ呟いていたが、意外な事にキャロル様はとても優秀な生徒で、砂漠の砂が水を吸うようにどんどん習得していくので教え甲斐《がい》がある。

それに、人に教える事で自分もまた勉強になるし、新たな発見もする事ができる。

一刻も早く王妃様のもとへ戻りたいと思っていたのに、私は次第に充実感を覚えるようになっていった。

それから毎日、キャロル様はルイス殿下を囲んでのお茶会に参加したり、ダンスや語学の講義を受けたりと、忙しく過ごしている。当初懸念された周囲に対する不敬地獄はランスロット様曰く「予想したほど酷くない範囲で収まっている」との事。というのも、キャロル様が私のアドバイスを素直に聞き入れてくれるからだ。

最初こそ会話が通じず途方に暮れたが、彼女の垂れ流す心の声を根気強く聞いてみると、どうやら私はキャロル様に色々なアドバイスをして助ける役割なのだという事が分かった。そして彼女はルイス殿下やランスロット様の好感度を非常に気にしていた。

理由を聞いてみると、最近の流行で《逆ハー》を目指すと悪役令嬢に《ざまぁ》されるので、殿下かランスロット様に的を絞って頑張る事にしたとの事。

絞る的がかなり大それているのは、この際置いておくとして……。

そうであればと、彼女が何かマナーから外れた事をしそうになる度に、「こうした方が殿下の好みだ」「ああした方がランスロット様はお喜びになる」とやんわり軌道修正した。キャロル様も、「アナベルがそう言うなら……」とブツブツ言いながらも意外と素直に聞いてくれる。

それもこれも私がお助けキャラだと信じて疑わないゆえに。

「溺愛ハッピーエンドを迎える為には、《お助けキャラ》のアナベルが頼りなの！　そんな訳だから頼むわね⁉」

中身はともかく、庇護欲をそそる可愛らしい外見でそんな事を言われてしまうと、何だか憎めなくて、ついつい親身になってしまう。年齢的にも十九歳の私より三つ下で、王立学院に通っている弟と同じだからか、姉のような気持ちになってしまうのも要因の一つだ。

そんな私の気持ちが伝わったのか、キャロル様もすっかり打ち解けてくれたばかりか、私に対して気を遣ってくれるようになった。

第二王子妃選考会が始まってから七日、キャロル様が落ち着くまではと休日を取らず傍に居た私に、『労働基準法』というどこかの国の法律について熱く語り、ランスロット様を通して女官長に許可を貰《もら》い、せめて一日だけでもと強引に休ませてくれたのだ。

これに関してはランスロット様も驚きつつ、「良かったな」と目を細めて笑ってくれて、社交辞令として食事のお誘いまでしてくれた。

ランスロット様とも少しずつ会話が増えて、大分打ち解けてきたところだったので、きっといきなりの休日で、予定がなく暇になるだろう私の事を気遣ってくれたのだろう。

確かに予定はないが休日によく行く場所はあり、そこに行こうと思いついたので丁重に辞退申し上げた。

そのやり取りを見ていたキャロル様が、何故かソファーに突っ伏して、淑女にあるまじき笑い方をしていたので、しっかり座り方を矯正させていただいた。

そうして、休日でリフレッシュしてキャロル様のもとへ戻ったその日に事件は起きた……。

朝一番にキャロル様のお部屋へ行くと、待っていましたとばかりに、部屋付きメイドのメリーが駆け寄ってきた。

私が休んでいた昨日、キャロル様は急遽《きゅうきょ》誘われたお茶会に参加したのだそうだが、帰ってきてから寝室に閉じこもりきりだという。その主催者が、キャロル様曰く《悪役令嬢》のランドルフ公爵令嬢マリア様だった。

キャロル様はいつもの如《ごと》く、

「悪役令嬢のお茶会なんて、フラグの匂いしかしないわ！　受けて立ってやる！」

と、超理論を展開して鼻息も荒く参加を即決。生憎《あいにく》その時はランスロット様も居《お》らず、誰にも判断が仰げなかったメリーは、せめて状況把握だけでもしなければと、健気《けなげ》にキャロル様に付き従っていったそうだ。ところが、会場の前でカチュアに入室を拒否された。

「メイドは間に合ってるから、帰って大人しく部屋の掃除でもしてなさい？」

その見下した態度がとても感じが悪かった、とメリーは拳を震わせた。

「私がキャロル様のお傍に居なかったせいで、嫌な思いをさせてごめんなさいね」

そう謝ると、絶対に私が居ない日を狙っていたのだと、メリーはきっぱり断言した。

もしかしたらそうなのかもしれない……。

カチュアの担当は今回の参加者の中で一番高貴な身分の、ランドルフ公爵令嬢マリア様。だからなのかカチュアはマリア様と一緒になって他の人間を見下し、ぞんざいに扱う事が増えた。

キャロル様も何度かマナーの覚束ないところや、言動について揚げ足を取られたり、心ない言葉をかけられたりした。

もっともキャロル様は「いじめイベント、ゴチです！」と、喜んでいたが……。

そういえば何日か前、一人で廊下を歩いていて偶然カチュアと出くわした時、彼女は憐《あわ》れむような笑みを浮かべて話しかけてきた。

「庶民とそう変わらない鄙《ひな》びた男爵令嬢のお相手だなんて、アナベルも大変ね……？」

いつも通り無表情で「そんな事ないわよ」と返したけれど、キャロル様風に言えば、

――何アイツ！　ちょームカつくんですけど⁉

といったところだろうか。

私もだんだんキャロル様の不可解言語に染まってきたな、と考えてつい笑みが零《こぼ》れてしまった。

それを見たカチュアは、自分が笑われたと思ったのか、アイスブルーの瞳を怒りで細めた。

「笑ってられるのも今のうちなんだから……‼」

そんな捨て台詞《ぜりふ》を残して去っていくカチュアに、また脳内のキャロル様が呟く。

――悪役令嬢も真っ青の悪役女官だわ。

誰も居ない廊下で私はまたひっそりと笑ってしまったのだった。

あの時のカチュアの悔しそうな様子から考えて、昨日のお茶会で何か仕掛けてきた可能性が高い。

しかし、マリア様主催のお茶会で何があったのかはキャロル様しか分からない。

何はともあれキャロル様に事情を聞こうと、彼女が閉じこもっている寝室へ足を進めた。

カーテンが引かれている薄暗い寝室に入ると、いつもは寝起きの悪いキャロル様が、寝衣姿のま

まソファーの上で膝を抱えて俯いて座っていた。

淑女にあるまじき姿勢だが、そこは今は指摘せずにおく。

「キャロル様おはようございます。昨日は休暇を頂きありがとうございました。ランドルフ公爵令嬢のお茶会に出席なさったと聞きましたが、何かございましたか？」

私の声を聞いた途端、首が痛くなりそうな勢いで顔を上げてこちらを見たキャロル様は、目に涙を浮かべ、暗がりでも分かるほど憔悴《しょうすい》していた。

「アナベルどうしよう！　マリアとカチュアにハメられて支度金がゼロになっちゃったよぉ〜‼」

言うなり泣き出したキャロル様を宥《なだ》めながら、お茶会での出来事を聞き出した。

昨日のお茶会にはキャロル様しか招待されておらず、キャロル様曰く《タイマン》の《ガチンコ》勝負だったそうだ。しばらくはイヤミの応酬だったが、そのうち支度金の話になった。

令嬢達に支給される支度金の使い途には特に制限はない。ドレスや宝飾品を買ったり、お茶会を主催したり、語学やダンスの教師を雇ったり、令嬢によって様々だ。

その中で最近、殿下の心象を少しでも良くしようと、孤児院への寄付という使い方が流行っており、マリア様も既に何度も、北の孤児院へ寄付しているという。

実はキャロル様も殿下の好感度が上がるからと、当初から寄付は計画していた。けれど、語学とダンスの教師を雇うつもりだったので、必要な分を使い終えてから、その余剰分を寄付するつもりだった。

そうマリア様に伝えると――。

「まぁ！　すぐに寄付もできない貧乏な方は大変ねぇ？　田舎の羊飼いのお家《うち》だから仕方ないわよ

ねぇ？　アナタのお家にもワタクシから寄付いたしましょうか？」

いかにも驚いたという風なマリア様に家族の事を侮辱され、「プチンとキレちゃったのよ！」とキャロル様。

「施しなんてなくても孤児院への寄付くらいできます……！」

「でも、微々たる額では寄付とは言えませんわよ？」

「マリア様と同じ額を寄付します！」

そこまで言って、しまったと思ったが遅かった。

そうですかでは、と提示された金額がなんと、図ったようにキャロル様の支度金の残額と同じ額だった。気が変わらないうちにと、その場で決済の書類に署名させられ、カチュアに回収されてしまったという。

カチュアの残忍な笑みが脳裏にチラついて、思わず眉根が寄る。

やはり休みなど取るべきではなかった……。

夜眠れていないというキャロル様をもう一度ベッドに戻し、幼子にするように頭を撫《な》でながら、昨日読んだ弟からの手紙の事を思い出した。

手紙にはちょうどその孤児院についての気になる噂が書いてあったのだ……。

王妃様の女官の中でも年齢が若い私とカチュアは、お忙しい王妃様の名代で月に一度郊外の孤児院への慰問を任されていた。

カチュアが実家の屋敷に近い北の孤児院を希望した為、私は南の孤児院を担当している。

どちらも王宮から馬車で三時間ほどかかるので、滞在時間も考えると一日がかりの重労働になる。

朝一番に出発して昼前に到着。院長に王妃様からの寄付金を渡して、会計帳簿で収支を確認する。

南の孤児院の院長は誠実な人柄なので心配ないが、世の中には寄付をくすねる性根の悪い管理者もいる為だ。もちろん私達は一女官にすぎないので軽く確認するだけで、定期的に本職の会計監査が抜き打ちで入る仕組みになっている。

その後子供達と共に同じ食事を摂《と》り、健康状態などを確認する。午後は小さな子供達と少し遊んだ後、年長の子供達に対し語学の授業をする事にしている。私が教えるのは、海の向こうのジェパニという国のジェパニ語だ。

長らく他国と国交を絶っていたジェパニが三年ほど前に開国し、ジェパニ語を話す事ができる人材の需要が増えている。その為、ジェパニ語を習得しておくと、卒院した後就職がしやすいのだ。

自分の休日を合わせても月に数えるほどしか授業ができない為、その間は教材を作成し孤児院に送ったり、子供達がジェパニ語で書いてきた手紙を添削したりしてフォローしている。

昨日読んだ弟の手紙には、特待生として学院に在籍している南の孤児院出身の子と偶然仲良くなった事、学院に入れるよう尽力してくれた王妃様と私に感謝していたという事が書かれてあり、嬉しかった。

そして、南の孤児院と比べて北の孤児院の評判が良くないと書かれてあった……。

北の孤児院は、建物などの外見は南の孤児院に比べてとても綺麗だが、子供達の待遇は良くない。

万が一子供を預けなければならなくなったら南の孤児院へ。市井《しせい》でそう噂になっているという。

王妃様の名のもとに寄付を行っている孤児院の評判が悪い事は、王妃様の権威に傷をつける恐れもあり見過ごせない案件だと考え、昨日のうちに王妃様へ弟の手紙を託しに行ったのだ。

しかし王妃様はもうご存じで、既に調査を開始していると教えてもらい、安心して帰ってきたところだったのだが……。王子妃候補者達の寄付金が、評判の良くない北の孤児院に集まっているという事実に、言い知れない不安を感じてしまう。

慰問に行っているカチュアに状況を聞いてみようか……。でも、余計な口を挟むなと言われて終わりそうね……。

そんな事を考えていると、隣室で話し声が聞こえる。

キャロル様の様子を窺うと、先ほどまでの激しさはどこへやら、健やかな寝息をたてて眠り始めていた。

キャロル様を起こさないように静かに扉を開けて隣室に戻ると、ランスロット様が待っていた。

傍に控えていたメリーに、キャロル様に付き添ってもらうよう頼み、私は昨日の事を話すべくランスロット様をソファーへと案内した。

二

頭に感じる柔らかい温《ぬく》もり。

……アナベルが頭を撫でてくれているんだ。

昨日の夜眠れなかった私を心配して、今日の午前の予定は取りやめて眠るようにって。私が眠るまで付き添ってくれるって……。

アナベルとは出会ったばかりなのに、頭を撫でてもらうとすごく安心するし、懐かしい気持ちが込み上げる。

本当に懐かしい……。頭を撫でられたのなんて、いつぶりだろう？　うんと小さい子供の頃？　いや、でもアタシが大きくなってからも、熱が出たりするとお姉ちゃんが撫でてくれたな……。

転生前のアタシは女子高校生。いつどうして死んじゃったのかは覚えていないけど、普通にオシャレして友達と遊んだり、テスト前にはそこそこ勉強して、ごく普通に楽しく生きていた。

そんな記憶が甦《よみがえ》ったのはルイスの王子妃選考会の募集を知った時。

そして自分が、前世でやり込んだ乙女ゲーム【キミと薔薇の宮殿で～姫君に贈る七色のドレス～】のヒロインだと知って、なりふり構わず選考会に応募した。

だってこのタイミングで思い出したって事は、ヒロインであるアタシが必要って事だよね？

ヒロインが居ない王子妃選考会なんてアリエナイでしょ？　って。

という訳で選考会が始まって間もない頃は、前世のアタシの思考にかなり引っ張られていたから、ヒロイン風吹かせてかなりヘンテコな発言をしてたと思う。

ランスロットの前で「ご飯三杯いけるー!!」とか叫んじゃったし……。今思えば不敬罪一発アウトだよアレ。

そんな逆上《のぼ》せ現象が収まってこっちの世界の私が安定したのはアナベルのお陰。

アナベルの声って、前世の世界のお姉ちゃんに似てるんだ……。

三つ年上で大学生だったお姉ちゃんはアタシの憧れだった。

美人で面倒見が良くて、曲がった事がキライ。

アタシが夏休みの宿題をやらずに答えを丸写ししようとしてたのがバレた時は、三十分くらい膝詰めで、夏休みの宿題の意義とは？　から懇々と説かれて怒られた。でもその後、ちゃんと終わるまで付きっきりで手伝ってくれた。そういうところもよく似てる。猪《いのしし》年生まれだからか、猪突《ちょとつ》猛進気味なアタシを、いつも優しい声で落ち着かせて軌道修正してくれていた。

そんな記憶がふわりとよぎるから、アナベルの言う事も何だか素直に聞けちゃうんだよね……。

という訳で、最近の私は結構優等生なハズ。たまにマナー違反な事をやらかしちゃったり、思わず前世の世界の言葉を使ってアナベルの知的好奇心を刺激しちゃったりもするけど……。

アナベルったら面白いの。

一日の終わりにメモを持ってきて、私が使った前世の言葉の意味を真顔で聞いてくるんだよ。例えば、「《クーデレ》とは何ですか？」とかって。

「クール」に「デレデレ」の略で、最初は近寄りがたい人が打ち解けて好意を持つとデレデレになるって事かなって説明すると、「なるほど、クールとデレデレの複合語の省略系なんですね」って大真面目な顔でメモするの。

毎日沢山聞いてくるから、どうしてそんなに気になるのか聞いてみたら、いつもハキハキ喋るアナベルが珍しく頬を染めて言い淀《よど》んだ。

「それは……お仕えするキャロル様の事を少しでも早く理解したいですし、何より語学が好きなので……。知らない言葉を聞くと知的好奇心が抑えられないんです……」

何、この可愛い生き物。

さらりと艶めく銀色の髪に、抜けるように白く輝く肌。全てのパーツが完璧ですと言わんばかりの整った美しい顔には、アメジストのように綺麗な薄紫の瞳。

満場一致で美人のアナベルが、ほっぺた真っ赤にして可愛さまで極めてくるとか反則じゃない？でも本人は無表情をキープできていると思ってそうなところがまた萌える。

きっとその場にいたランスロットもそう思ったに違いない。だって、胸に手を当てて長い事息を止めて衝動に耐えていたもの。人目がなかったら絶対その場で萌え転がっていたハズよ。

そういうランスロットも見ていて飽きない。

カッコイイからっていうのはモチロンなんだけど、どうにかしてアナベルと仲良くなりたいっていう雰囲気が伝わってくるところが、見ていてニヨニヨしてしまう。

二人の事を観察していて気づいたんだけど、ランスロットはどうやらアナベルが好きみたいなんだよね。

ランスロットも前世で好きな攻略対象者だったから、選考会当初は彼を狙おうと思ったりもしていた。

でもねぇ……頑張ってアプローチしているのに、堅物属性の鈍感スキル常時発動中なアナベルに約八割はスルーされてるのを見ると、攻略しようなんて気も起きなくなって、むしろ応援したくなっちゃうんだよね。

アナベルは今のところ、ランスロットに対しては、同僚としての範囲内の好意はあるって感じ。思わせぶりな言葉で色々アピってくるランスロットに、からかわれているとでも思っていそうだ。

これは攻め方を間違うと、ランスロット様って実は軽薄な人だったのね、軽蔑したわ！　ってなるんじゃないかと心配していた。

でもこの前、お茶の種類の勉強をしていた時、すごい事が起きたの。

ランスロットが持ってきてくれたという貴重なお茶を飲んだアナベルが、美味《おい》しいって珍しく緩んだ顔で感動してたんだ。そしたら、ランスロットがそれはもう甘い声で、いくらでも欲しい分だけ贈るよってアナベルに言ったの。

おっ、プレゼント作戦か！　いけいいけー！　って思いながら私は優雅にお茶を口に含んだ。

そしたら、アナベルは何て言ったと思う？

「いえ、結構です。利害関係にある方から物品・金銭の贈与を受ける事は服務規程に違反しますので」

ついお茶を噴いちゃってアナベルに心配されちゃった。でも汚した所を掃除しに来たメイドの顔も赤かったから、きっと彼女も密かに笑いを堪《こら》えてたハズ。

唖然として、しばらく言葉が出なかったランスロットだけど、それでもめげずに頑張ったわ。

「……なら、その茶葉を売っている店に案内するよ。今度の休日に一緒に行かないか？」

「いえ。貴重な休日にわざわざお時間を割いていただくのは申し訳ないです。場所さえ分かれば一人で行けますので」

一瞬の迷いもなく瞬殺！　頑張れランスロット！

部屋の隅でメイド達も密かに拳を握って応援している。

「その店なんだが……そうだ、確か一見さんお断りの店だから、俺と一緒じゃないと買えないと思うんだ」

「まぁ、そうなんですね……では諦めます」

まさに難攻不落！　もうさ、アナベルには遠回しな言い方では通じないんだよランスロット！

この世界に魔法があって、ステルスが使えるなら今すぐ使うのに……。私もメイドも何も聞いてないからさ、そこら辺の壁か空気だと思って恥ずかしがらずに言っちゃいなよ！

そんな雰囲気を感じ取ったのか、ランスロットが勝負に出た。

「……アナベル嬢、こうして誘っているのは、貴女と休日も一緒に居たいと思うからなんだ。貴女ともっと親しくなりたいし、もっと知りたい。そして俺の事も知ってほしい」

直球キタコレー！

流石にこれなら鈍感で構築された厚い壁も貫通するでしょ！

そう思って紅茶ならぬ固唾を呑《の》んで、横目でアナベルをチラ見したら、ほっぺが桃色になっているじゃないの！

アナベルは急にモジモジしだして、少ししてから小さな声で返事をした。

「あの……では、この選考会が終わった後にでも……」

待機期間が長い‼　選考会終わるの一ヶ月後なんだけど……‼　この部屋にいる誰しもがそう思ったハズ。

「それではこの茶葉の売り出しシーズンが終わってしまうし、一日も早く貴女と出かける機会が欲しいんだ」

頑張れランスロット！　あとひと踏ん張りよ……！

今まさに、初めて寝返りを打とうとする赤子を見守るような空気が部屋中に漂う。

「あの……でもやはり、今はキャロル様のお世話に集中したいですし、それに心の準備も必要なので……。ダメ……ですか……？」

あちゃー……。

皆の心の溜め息が聞こえるようだ。

潤んだ瞳の上目遣いなんて、勝ち確定コンボでそんな風に言われちゃったら、もう何も言えないよね……。

ランスロット頑張ったよ！　難攻不落の壁に穴は空けたから、これからそこを少しずつほじくっていけばいつか通り抜けられる！

アナベルも、仕事とプライベート割り切ってデートでも何でもすればいいのに、真面目なんだから……！

ここは私が一肌脱いで、二人をくっつけるキューピッドにならなくちゃ！

とりあえず、どうにかして二人をデートさせなくちゃね……！


トン……トン……

……赤ちゃんを寝かしつけるみたいに規則正しいリズムであやされて、段々ぼんやりとしてくる。

それにしてもカチュアにはしてやられた。孤児院へ支度金を全額寄付しちゃったせいで、語学とダンスの講義を受ける為のお金がなくなっちゃったなぁ……。せっかくアナベルの手厚い補習のお陰で三ヶ国語身についてきてたのに……。

あれは昨日ソファーでまったりしていた時の事。ふいにドアをノックする音が聞こえた。働きすぎのアナベルを休ませていた上に、ランスロットも不在だったから、代わりに応対に出てくれた部屋付きメイドのメリーが、青い顔をして戻ってきた。

「ランドルフ公爵令嬢マリア様からのご用件で、女官のカチュア様が面会を申し出ております」

「……お通しして」

アナベルに何度も言われた通りに淑女らしく座り直し、身だしなみを整えた。

カチュアか……。

お助けキャラとしてのカチュアの評価はゲームのユーザーの間でも賛否両論あった。

ステータスが足りなくてもお金を払えば攻略対象者とのイベントを起こす事ができたし、孤児院への寄付をすると好感度が一気に跳ね上がる。しかも何故か悪役令嬢マリアが邪魔してこない。

一見、初心者向けのお助けキャラなのかと思いきや、油断すると支度金はすぐになくなるし、知性パラメータが上がらないままラストに突き進むので、知性が攻略の鍵となるキャラはバッドエンド一直線。

とある攻略キャラのバッドエンドでは、なんと、その攻略キャラとカチュアが結ばれたりする。

ヒロイン押しのけてお助けキャラがハッピーエンドなんてありえない！　とか、実はカチュアはお助けキャラではないのでは？　と、攻略サイトの掲示板であらゆる考察が飛び交い、話題にもなっていた。

そんなカチュアが、よりによってアナベルが居ない時にやってくるなんて……。

「ご機嫌よう、キャロル様。今日は目立った予定もなく時間を持て余していらっしゃるのではないかと、マリア様が気にかけておられます。良ければ今から一緒にお茶でもいかがですか？　との事でございます」

カチュアが目の前で優雅に腰を折った。どうやらお茶会のお誘いみたい。

部屋の隅でメリーが青ざめた顔で首を横に振っている。アナベル不在の状態で敵地に乗り込むようなものだからその反応も仕方がない。

「偶然にもアナベルは今日お休みを頂いているようですし……。あんな無表情で面白みのない人と終日一緒でお疲れなのでは？　せっかくの機会ですから気晴らしにいらっしゃいませ」

そう言って、美しく微笑むカチュア。

アナベル不在を狙って来ているクセに、よく言うなと感心する。それにアナベルは確かに無表情がデフォだけど、実はとっても優しいし、無表情が崩れる時のギャップが癖になる、ギャップ萌えキャラなんだから！

カチュアの申し出に、表面上は可愛らしく驚いているように取り繕いながら、どうしようかと考える。

この数日間のマリアの動きを見ていて気づいたんだ。

マリアは純粋にルイスを好きで、その生まれから自分が王子妃になる事は、毎日朝が来るのと同じように当たり前の事だと考えている。当然の未来だから、他の候補者達がどうしようとあまり気にしていない。おそらくその辺の風景の一部と見なしているレベル。

そこへカチュアがマリアに耳打ちする……。すると、マリアは途端に他の候補者を攻撃する。マリアは鷹揚《おうよう》に構えていればいいだけのはずなのに、しなくていい事をして自分の評価を下げていく。

カチュアに操られるがままに……。

カチュアは、自分は一切前に出ずにマリアを使って他の候補者を攻撃し、同時にマリアの足も引っ張っている。彼女の狙いが王子妃なのか、単にこの選考会を潰したいのか、それとももっと他にあるのか分からない。

とにかく、今ここにパソコンやスマホがあったら、前世で見た攻略サイトの掲示板で激論を交わしていた皆に伝えたい。

カチュアはお助けキャラなんかじゃない、この女こそが悪役令嬢なんだって。


「いかがですか、キャロル様？　……まさか断るなんて失礼な事はなさらないですよね？」

カチュアは笑みを崩さぬままそう言って、チラリと部屋の隅のメリーを見た。マズイ……。

「断るなんてとんでもないっ！　ぜひ伺いますぅ！」

私は可愛らしく首を傾げ、ニッコリ笑って答えた。断ればメリーを標的にして、私が行くと言うまであの手この手で精神的に追い詰めてくるに違いない。

私は腹を括《くく》った。前世と今世を合わせたら結構な人生経験積んでるこのキャロル様を、ナメんじゃないわよ！

「良かった。マリア様もきっとお喜びになりますわ」

満面の笑みのカチュアから、今にも舌なめずりの音が聞こえてきそうだ。

悪役令嬢の巣窟？　行ってやろうじゃないの！

気分は魔王に挑む勇者。

聖剣《アナベル》はないけど、無事に悪を討ち果たして帰ってきてみせる！

……そう思って勇んで行った結果、さっきアナベルに話した通り、見事に全財産奪われて帰ってきちゃったんだけどね。

アナベルは昨日の話を聞いてしばらく考えた後、大きく頷いて大丈夫ですって言ってくれた。アナベルが大丈夫って言うなら大丈夫なんだと思う……。でも……。


トン……トン……


何か……大切な事を忘れている気がするのに、眠気が酷くてもう何も考えられない……。

孤児院と寄付金……。

私の中で前世のアタシが必死に何か叫んでいる気がするの……に……。

三

隣室で眠るキャロル様を起こさないよう声を落としながら、ランドルフ公爵令嬢マリア様のお茶会の事、寄付をしたと思われる北の孤児院の市井での評判の事、王妃様にお会いした事を全てランスロット様へ報告をした。

話すことが得意ではない私の拙《つたな》い説明でも、新緑の瞳を逸《そ》らす事なく辛抱強く聞いてくれる彼の様子に胸が高鳴る。

サラサラとした漆黒の髪、騎士の鍛錬の賜物である健康的で浅黒い肌を隠す、禁欲的な近衛騎士の白い詰襟の制服が逆にエロい‼　……と毎日毎日キャロル様が叫んでいるので、自分の思考まで汚染されたせいもあるが――。

『貴女ともっと親しくなりたいし、もっと知りたい。そして俺の事も知ってほしい』

先日ランスロット様から言われたこの言葉を、彼を見る度に思い出してドキドキしてしまうのだ……。

「なるほど、状況は分かった。この事は殿下に報告するとして、ミス・ノースヒルの滞在費で至急必要な分はいくらくらいだ？」

ランスロット様の問いかけに、慌てて思考を仕事モードに戻す。

「ご心配には及びません、閣下。キャロル様はご自分の滞在費を、舞踏会の為の必要最低限の宝飾品購入と語学とダンスの講師費用に使い、残額を孤児院へ寄付するご予定でした。宝飾品は私の物をお貸ししますし、語学とダンスも私がお教えすればお金は一切かかりませんので」

そう言うと、ポーカーフェイスなランスロット様が珍しく、ポカンとしたあどけない表情になって、私の脳内キャロル様が「ギャップ萌えー‼」と叫んでいた。

キャロル様の実家はあまり裕福ではなく、今までドレスを用意するのがやっとで、宝飾品を買う事どころか、語学やダンスの教師を雇う余裕もなかったそうだ。今回も選考会最後の舞踏会で上手く踊れるかとても心配していて、支度金を使ってのダンスレッスンには特に熱意を燃やしていた。

ダンスに関しては必要に迫られているので分かるが、語学は急ぐ必要はないのではないかと何日か前に聞いてみたところ、キャロル様は人差し指を顎に添えて可愛らしく首を傾げ、少し考えた後でこう言った。

「今の外務大臣のメイナード公はお年を召してきたけどお子様がいないから、きっとその後を継いで甥《おい》のルイス殿下が外交を担当される事になるでしょう？　現に殿下も語学が堪能だって評判だし。そんな人の王子妃になるなら、夫を支える為に、なるべく多くの国の言葉を話せた方がいいに決まってる。だから頑張るのよ」

その言葉に思わず瞬きを忘れて驚いてしまった。

言動が突飛でつい考えなしのご令嬢かと思っていたから、まさかルイス殿下の今後の役割まで冷静に分析しているとは思わなかったのだ。

現に、薔薇の宮で過ごす他のご令嬢達は、何故多くの国の語学の教師が用意されているのかなど考えもせず、ルイス殿下を招いてのお茶会やら、宝飾品の購入に勤《いそ》しんでいると聞く。

動機はまあ横に置いておくとして、先の事を考えて僅かな時間でも頑張って学ぼうとするキャロル様の姿勢が好ましく感じられたから、自分にできる限り応援しようと思っていたのだ。

「学びたい気持ちがあるのに金銭的な理由で学べない。そういう人を見るのは嫌なんです。ですから私は、私の出来る事をして助けたいと思っています。幸い私は近隣五ヶ国語を日常会話程度は習得していますので、キャロル様のお役に立てるはずです。ダンスの方は、正直なところ私自身踊った経験が少ないのですが、王妃様のもとで学んだことを活かして、ある程度はお教えできるはずです」

私は十三歳の時、王立学院入学を目前に領地を襲った流行病で、両親と多くの領民を亡くした。追い打ちをかけるように冷害、大規模な水害などが立て続けに起こり、領地の財政は一気に傾いた。こんな状況で十歳の弟を領地に残して王都へ行く事はできず、私は楽しみにしていた進学を諦めた。

その後すぐに、学院時代に両親と友人であったという王妃陛下の計らいで、弟が成人するまで王妃陛下のご実家である、グレイス侯爵家の後見を受けられる事となり、姉弟二人して教えを乞いながら領地の復興を目指して頑張った。そして領地が落ち着いてきた頃、王妃様は私を女官としてお傍に呼び寄せてくれて、学院で学ぶ以上の事を学ばせてくださったのだ。

学院に行けなかった事は残念だけれど、私の学びたい気持ちを王妃様は汲《く》んでくださった。だから今度は私が学びたい誰かの助けになりたい。孤児院の子供達も、キャロル様も……。

昔を思い出してつい熱く語ってしまった事が恥ずかしく、恐る恐るランスロット様を見ると、優しげな笑みと共に頷いてくれた。

「なるほど、貴女らしいな。俺にも何か手伝える事があれば遠慮なく言ってほしい」

ランスロット様が理解を示してくれた事が嬉しくて、思わず口元が綻んでしまう。

「ありがとうございます閣下。キャロル様にご満足いただけるよう、誠心誠意務めさせていただきます」

そう言うと、ランスロット様は僅かに眉を顰めた後、席を立って対面に座っている私の傍に来た。何だろうと驚いて動けないうちに、床に片膝をついて私の片手を引き寄せた。

「レディ・アナベルの清廉なる善意に心からの敬愛を」

そう呟いた唇が、私の手の甲に軽く触れた。敬愛のキスをくださったのだと思い至るや顔に熱が集まった。

脳内キャロル様が何かを叫んで悶《もだ》えているが、全身熱いし、瞬きが止まらないしで、それどころではない。そんな私を、優しい瞳がすくい上げるように捕らえる。

「それから……貴女はいつも私の事を閣下と呼ぶが、これからは名前で……そうだな、長いからランスと呼んでほしい」

名前、しかも愛称で呼ぶ……!?

心の中ではランスロット様と呼んでいるけど、実際口に出すのは難易度が高すぎてとてもできる気がしない。そう思っているのが伝わったのか、引き寄せられたままの手が強く握られる。

「頷いてくれるまでこの手は人質にとる事になるが、どうする？」

そう言っていたずらっぽく笑うランスロット様。脳内キャロル様は鼻血を垂らして倒れた。

クールで大人な印象のランスロット様でも、こんな冗談を言ったりするのね……。

普段は見られない一面を見る事ができたと思うと、何だか落ち着かない気持ちになってしまう。

愛称で呼ぶなんてとても畏れ多いけれど、人質の手も回収しなければならないので、おずおずと頷く。

「お、公の場以外であれば……。私の事も、お好きなようにお呼びください」

「ありがとう、ベル」

――愛称呼び捨てキター‼　と、脳内キャロル様が吼《ほ》えた。

え、もしや本当に私もランスと呼び捨てにしないといけないのだろうか？　いやまさか。無理ですよ絶対に……！


その日以来ランスロット様は――。

「おはよう、ベル」

と、サラッと愛称で呼ぶようになり……。

「お、おはようございます、ラ、ランス様……」

無言の圧力で私も愛称呼びをせざるを得ない。

嫌な訳ではないのだが、キャロル様やメイド達の前でもそうなので無性に恥ずかしく、「公の場ではちょっと……」とやんわりやめていただけるようお願いしてみたが、いい笑みで瞬殺された。

「公の場とは、式典や謁見などの時と理解している」
ソ、ソウデスカ……。
『勤務中以外』としておけば良かったと激しく後悔した。

そんな私達をキャロル様は、こちらが居心地が悪くなるような生温《なまぬる》い笑みを浮かべて見てくる。

私が狙ってるランスロットを馴《な》れ馴れしく愛称で呼ぶなんて許せない！　と怒るかと思っていたが、何故か逆に感謝された。

「デレを通り越して囲い込みに入るランスロットとか、レアすぎてマジやばい。最大級の萌えをありがとうアナベル！」

……五ヶ国語を修めた私にも未だにキャロル語は理解できない。

挿話1　【天使と書いてベルたんと読むの会】爆誕

それは今からさかのぼる事、数年前――。


「王妃陛下、本日の孤児院慰問に関する護衛報告書をお持ちしました」

執務室の扉口で凜々しい敬礼を見せた第一騎士団長から報告書を預かると、私は早速目を通した。

私の代理として北と南の孤児院への慰問を託しているアナベルとカチュアには、第一騎士団の護衛を付けている。団長が持って来たのは、それぞれの一日の行動が書かれた、いつも通りの定型の護衛報告書なのだが……。

今日はその他に見慣れない書類が交ざっている事に気づいた。これは一体……？


団外秘！

【天使と書いてベルたんと読むの会】会報　創刊号
○月×日　晴天
報告者

ザック・エーカー

王妃陛下の名代で月に一度、南の孤児院への慰問をする事になった、アナベル・ガードナー伯爵令嬢の事は諸君も知っているだろう。我ら第一騎士団で道中の護衛を担当している訳だが、ここ最近、彼女の護衛任務に志願する者が急増中だ。

というのも、護衛任務をした者達からの評判が、情報操作を疑うほどに恐ろしく良いからである。

事情聴取した内容を取りまとめた結果、以下のようになった。

「第一印象、無表情で冷たそうと思ったら、子供達に向ける笑顔マジ天使」

「冷たそうなのに、さり気なく俺達に気を遣ってくれてるのが分かってじわっとくる」

「美しい。満場一致で嫁に来てほしい」

本日、これらの情報の真偽を確認すべく、満を持して護衛任務についた訳だが……。

結論から言おう。


ベルたんマジ天使。この一言に尽きる。


事前情報と何の齟齬《そご》もなかった。天使がいた。

すっかりアナベル様の信奉者になった俺は、熱く滾《たぎ》る萌えきゅん愛を込めて、彼女を『ベルたん』と呼ばせていただく事にした。

ベルたんがいかに天使だったかを、このまま延々と書き連ねたいところだが、ベルたんに関しては語彙力が死ぬ。尊い。この一言に集約される。

そして、この後重大発表も控えているので、今回は涙をのんで割愛する。

ベルたんがこんなにも天使だと、今後彼女の護衛任務志願者は更に増え、収拾がつかなくなるだろう。そうなると、天使に会えるまで長い期間を待つ事になり、その間に干からびて干し筋肉となってしまう事が目に見えている！　じゃあどうしたらいいのか……。

そこで俺の筋肉な脳ミソは閃《ひらめ》いた！

王妃陛下に提出している護衛任務報告書のように、護衛担当者が得たベルたん情報を紙に記載して回覧すれば、その場に居なくともベルたんをより深く知る事ができると共に、平等にベルたん成分を補給できるのではないかと！

我ながら神《かみ》ってるのではないだろうか⁉　そうだろ諸君⁉

そこで本日【天使と書いてベルたんと読むの会】を発足する事をここに宣言する！

年会費永年無料！　会員には、会報としてベルたん情報を記載し回覧する義務と、それを閲覧し、ベルたんに想《おも》いを馳《は》せる権利が与えられる。

俺の熱い想いに賛同してくれる入会希望者は、回覧者サイン欄にその旨を記載されたし。

また、本日午後八の刻より、この会の為にあるのではないかと思われる店、その名も『天使の渚《なぎさ》亭』にて決起集会を行う。夜勤以外の入会希望者は奮って参加されたし！

『天使の渚亭』でボクと握手！

回覧者サイン欄

入会希望。但しくれぐれも御本人には知られないように!!【団長】
入会希望。会報は回覧後、団長に責任もって破棄してもらいましょう【副団長】
入会希望。副団長に同意【副団長補佐】
よし任せろ!【団長】
入会希望。ザック神《かみ》ってる【アスコット】
入会希望。ザック、グッジョブ!【ナルガ】
入会希望。干からびる前に次の会報頼む【ベン】
入会希望。入会希望者続出の予感【ルイード】
……
……
……
……

「やだコレ、全員入会希望じゃないの……」

思わず零れた私の呟きを聞いて、目の前に待機していた第一騎士団長は、自分のおかした失態に気づき、この世の終わりのように顔を青ざめさせた。

「お、お、お、王妃陛下!! み、み、見なかった事にしてくださいぃぃぃぃ!! お願いしますぅぅぅ!!」

瞬時にその場に這《は》いつくばる団長の、後頭部にぴょこんとついた寝癖に思わず苦笑してしまう。

もう日はとっくに暮れているというのに、一日このままだったのかしら。

この男は実力も統率力も申し分ないが、どこか抜けているところが良い意味で人間臭くて好感が持てると、団員達から慕われている。

重要な箇所は切れ者の副団長がしっかり締めているので、任務に影響するようなウッカリはないが、逆に誰も困らない寝癖などのウッカリは、こうしてそのまま放置されているのが、なんとも笑いを誘う。おそらく今日一日、副団長をはじめとする筋肉達から、生温かい目で後頭部を見られていたんでしょうね。

そんな団長の今回の特大のウッカリは、奇跡的に副団長の目を潜《くぐ》り抜けて、私の手元にやってきたようだ。

【天使と書いてベルたんと読むの会】会報　創刊号。

正規の護衛任務報告書に紛れたまま気づかず提出してしまったのだろう。

こんな面白そうなものを破棄されなくて良かった。ウッカリ団長渾身《こんしん》の、お手柄ウッカリね。

私は優しく団長に声をかけた。

「団長？　黙ってあげるから、私もマル秘会員にしてくださいね？　会員なんだからモチロン、会報を閲覧する権利があるわよね？」

私の手に渡る前に破棄なんかしたら許さないと笑顔で脅す。

「お、仰せのままに……」

項垂《うなだ》れる筋肉を前に、私は満面の笑みを浮かべた。

第二章　筋肉は天使を崇《あが》める　Ｓｉｄｅ第一騎士団

「よう、ザック！　朝早くからご機嫌だな！」

「あ、分かるぅ？　何せ今日は天使とデートの日だからよ！」

すれ違った夜勤明けの同僚に声をかけられ、俺は満面の笑みで答えてやった。

「くそ！　羨ましいぞ！　オレにも早く順番回って来ねぇかなぁ～！　おい、ちゃんと報告書回覧しろよな！　な！　な!?」

同僚はものすごい力で肩を叩《たた》いた挙句、しつこく念押ししてから去っていった。くそ、肩当ての上からでも痛えってどんだけ馬鹿力だよ！　筋肉が良い育ち方してるぜ!!

しかしそんな痛みも俺の気分を害する事はない。スキップしたい衝動を抑えて、あえて騎士らしく歩く。

この角を曲がれば集合場所の南門。痛みなんてすっ飛ぶ幸せが俺を待っている。

何故なら今日は……。

「おはようございます。今日はエーカー殿とスミス殿が護衛してくださるんですね。お手数ですが宜しく頼みますね」

俺の天使ベルたんと護衛デートの日なのだ（もう一人同僚が付いてくるが）!!

「おはようございますガードナー伯爵令嬢様。このザック・エーカーが今日一日しっかり護衛を務めさせていただきます」

俺も居るんだけどな、と白ける同僚のジェイドを尻目に、鏡の前で練習した最大限にカッコよく見える騎士の礼をしてから、いそいそとベルたんを馬車へエスコートした。


ベルたんこと、アナベル・ガードナー伯爵令嬢は、俺達第一騎士団の天使である。

「無表情で一見冷たそうなのに実は優しい良い子とかナニソレ萌える」

「平民上がりの騎士でも差別せずに、名前まで覚えてくれてマジ天使」

「子供達に向ける笑顔をいつか自分にも向けさせたい」

「とにかくもう嫁に来てくれ切実に」

こういった理由でファンが増え、月一回の彼女の孤児院慰問の護衛役の志願者は、掃いて捨てて薙《な》ぎ払っても、どこからかワラワラと湧き出してキリがない。

当初は護衛の座をかけて勝ち抜き剣術トーナメントやら、ジャンケン勝負やらしていたが、何回も護衛をする者と、一度も機会に恵まれない者と差が酷くなっていた。

このまま何度も機会のあるヤツがベルたんと親しくなってしまって、万が一ベルたんの恋人なんて世界で一番羨ましい存在になりやがったら……‼

そんな危機感からか、いつしか皆平等の当番制になった。月一回に二人ずつだから、順番が回ってくるまで恐ろしく長いが……。

その為、当番に当たった者は、しっかりベルたんを護衛しつつ、親交を深めるべく頑張る。その中で得た情報は護衛任務報告書とは別に、【天使と書いてベルたんと読むの会】会報に記して全員に回覧する事になっている。それを見て順番待ちする野郎共は、ベルたん成分を少し補給するのだ。


南の孤児院まで馬車で約三時間。

道中は天使の乗った馬車の前後を騎馬で走る。当たり前だがこの間は、休憩の時間以外は姿を見る事も喋る事もできない。

パレード用の屋根なしの馬車で走ってくれれば、ベルたんの美貌を拝みながら楽しく護衛ができるのにと何度思った事か。

思っただけでなく実際に要望書を出したが却下された。ちくしょう。

そんなこんなで孤児院に着くと、子供達がわらわらと集まってきて歓迎してくれる。孤児院にいる間は、普段無表情なベルたんの貴重な笑顔が拝めて最高に役得な時間だ。

いつかこの笑顔を俺に向けてほしい……。

これは団員の総意である。

南の孤児院があるこの街は、郊外ではあるが比較的栄えていて自警団もしっかり機能しているので、滞在中の護衛はさほど必要ない。

ベルたんはいつも俺達に街での休憩を勧めてくれるが、そんな事をしていたらベルたんと親睦が深められないではないか！　という訳で、「任務時間中ですから」とやんわりお断りする。

ベルたんが『任務』という言葉に弱いという事は、過去の会報の統計から判明している。本人がとても真面目なので、『任務』と言われると、それを邪魔してはならないという気持ちが働くようなのだ。

だから昼食も孤児院の質素な食事では足りなかろうと、街の食堂を勧めてくれるが、一分一秒でも傍に居たい俺達は「任務中ですから」と爽やかな笑顔でお断りする。

するとベルたんの眉尻が申し訳なさそうに僅かに下がるが、それ以上は何も言わないのだ。直立不動で萌える。

そんな事をどの団員もしていたら、なんと！　ある時からベルたんが！　お手製の！　お菓子を！　俺達にくれるようになったのだ‼

もともと、子供達の為に作ってきていたが、それを多めに作って俺達の腹の足しにと分けてくれるようになったのだ！　マジ天使‼

最初にお菓子を貰った団員はしばらく自慢しまくり、嫉妬と怨嗟《えんさ》の的だったものだが、ベルたんが毎回誰にでも作ってきてくれると分かってからは、同情的な目で見られるようになった。憐れ。

余談だが、ベルたんは『家訓』という言葉にも弱い。

ベルたんに良く思われたい一心で、孤児院の壊れた扉を直すという、明らかに任務の範疇《はんちゅう》を超えた親切を働こうとした団員が、

「壊れた物を見つけたら直せというのが我が家の家訓なので」

という非常に苦しい言い分でベルたんを黙らせたという回覧が回った時は、各所でザワついた。

課報部《ちょうほう》が入手した情報によると、ベルたんは早くに両親を亡くしているから、家族の決まり事と

いうものに憧れがあるのではないだろうか、という注釈に男泣きする野郎が多数。もちろん俺も泣いた。そして、親がいない子供達に昔の自分を重ねているから、あんなにも献身的なのではないかとの意見に全筋肉が泣いた。

翌日、第一騎士団は集団で蜂に刺されたのかと周囲に心配されるほど、皆見事に目元を腫らしていた。

そんな訳で、ベルたんの仕事ぶりを間近で拝見し、手伝える事があれば魔法の言葉『任務』と『家訓』を駆使してどんどん手伝う。

一緒に昼食を食べ、ベルたんが小さな子供達と遊んでいる様子を横目に見て癒されながら、やんちゃ坊主達を腕にぶら下げてグルグル回して遊んでやったり、ベルたんのジェパニ語の講義を一緒に聞いて勉強してみたり。日暮れ前まで楽しい時間を過ごす。

私ごときに護衛など勿体《もったい》ないと、申し訳なさそうな気配を漂わせるベルたんだが、常に子供達の笑い声が絶えない孤児院での時間は、俺達にとっても実りのある充実した時間なのだ。

どれをとっても北の孤児院とは大違い。

＊＊＊＊

「よ、よう、ザック。今日はエラいへこんでるな？　自慢の上腕二頭筋がしなびてるぜ？　腹でも痛いのか？」

「あ、分かるぅ？　今日は北の女王様の護衛の日なんだよ……」

「そっか……まぁ頑張れ！　帰ってきたら天使の回覧に癒されようぜ！」

「おう……」

夜勤明けの同僚に励まされ、俺は足取り重く集合場所に向かう。

今日は北の孤児院へ向かう女王様こと、カチュア・グリーズ伯爵令嬢の護衛当番の日だ。

こちらはベルたんと違って志願するヤツが居ないから、仕方なく最初から順番制になっている。

女王様と呼ばれているところでお察しだろうが、カチュア嬢はベルたんとは正反対の人柄だ。

まず朝は、集合時間に必ず遅れる。現に今も、集合場所の北門に着いてみれば、相棒のジェイドがぼんやりと馬車の馬と戯れていた。

それから待つ事、四半刻。

二人の侍女を連れて悠然と現れた女王様は、朝の挨拶をするでもなく、遅れた事を謝るでもなく、御者の手を借りてさっさと馬車に乗った。

はぁ……ベルたん成分が足りない……。

女王様は道中もやたらと休憩を取りたがり、降りた先々で買い物を始める。あまつさえ荷物持ちに俺達を使う。ベルたんのように、子供達へのお土産的な買い物ならまだ許せるが、この女王様は自分の物しか買わない。

その後、孤児院へ行く前に自分の実家の屋敷に寄り、そこで昼食を摂る。俺達は放置プレイだから街の食堂で食べる。

午後になってやっと孤児院へ到着すると、俺達は門の外で待たされる。曰く、むさくるしい男などついてきたら子供達が怯えるからとの事。

ああ……ベルたんに会いたい……。

待つ間に、見るともなしに中を覗くが、子供の姿はおろか笑い声も聞こえず不気味なくらい静かだ。外観はきちんと整備され、建物も南の孤児院とは比べ物にならないくらいに近代的で綺麗だが、中の子供達の様子はどうなんだろうか……？

南の孤児院は、子供達の食事や衣服、教育を最優先に資金をやりくりしている為、門構えや建物まではお金が回っていない。だからパッと見オンボロ屋だが、子供達は皆幸せそうに暮らしている。

王妃様は北と南に等しく寄付をしていると聞く。

……同じ資金量でこの外観を維持している事の意味に、吐き気がしてくる。

そうこうしているうちに、女王様と侍女達が出てきた。滞在時間は四半刻にも満たない。

朝から日暮れ前まで孤児院で奉仕活動をするベルたんとは大違いだ。会計帳簿を見るだけでももっと時間がかかるはずなのに。この女はきちんと仕事をしているんだろうか？

それとも世の貴族令嬢というモノは本来こんな感じなんだろうか？　平民の俺には一般の貴族令嬢というのがどんな生き物か分からない。そんな俺でも一つ確実に自信を持って言えるのは、ベルたんマジ天使という事だ。

ベルたんと女王様は背格好も髪の色も同じで、後ろから見ると一瞬見間違えそうになるが、その中身は天と地、雲と泥、筋肉と贅肉ほどに圧倒的な差があるのだ。

その後、女王様は孤児院を出発すると銀行に寄り、それからまた買い物が始まる。そして日暮れ前にやっと帰路につく。

俺達はいる意味があるのか？　と任務の必要性を問いたくなる、何の実りもない一日がやっと終わる……。

護衛対象の行動は当然、正規の任務報告書にきっちり記載し団長に提出している。

この報告書がいつか国政の上層部の目にとまり、ベルたんの天使っぷりと、女王様の悪女っぷりがちゃんと評価される日が来る事を切に願う。

第三章　ルート回避を目論《もくろ》むヒロインと、ルート突入するお助けキャラ

一

からりと晴れた空に、爽やかな風が軽く頬を擽《くすぐ》る昼下がり。窓の外の陽気に誘われて、私はベル（ランスロットがアナベルを愛称で呼ぶようになったから、便乗してそう呼び始めた）達と一緒に宮殿の庭園に来ていた。

「そこ、段差があるから躓《つまず》かないようにな。特にキャロル嬢」

沢山の荷物を持ったランスロットが、何でか私だけドジっ子みたいに言ってくるのが解せない。

「もー、言われなくたって、そんなドジしないよ！」

そういったそばから躓きそうになって、慌ててベルが支えてくれた。

足を捻《ひね》ったりしていないか心配してくれるベルに、それ見た事かと半眼になるランスロット。あははと笑って誤魔化す私に、その様子を笑顔で見守るメイド達。

うん、今日も平和だ！

今日はルイスや他の候補者達との予定もなく、久しぶりにゆっくりできるから、ピクニックがしたいとワガママを言って連れてきてもらった。てっきり堅物のベルにダメですと言われるかと思い

きや、マリアのお茶会で支度金を根こそぎ奪われてしまった件で私に同情的だからか、すんなり提案が通り今に至る。

少し離れた所で、ベルを中心にピクニック会場の準備が始まった。綺麗な芝生の上にランスロットが大きな敷き布を広げて、その端をメイド達が固定している。私も手伝いを申し出たが、一応妃候補なのだから座っていてくださいと、体良く追い払われた。

一応って何よ、と嚙《か》み付いてみたけど、誰も相手にしてくれない。仕方ないので邪魔にならないように、ちょうどよく木陰に設置されていたベンチを見つけて座り、空を見上げる。

前世のアタシの家では、こんなよく晴れた日は朝からお姉ちゃんが張り切って家族全員の布団を干してたなぁ……。干した後の布団の幸せな匂いがたまらなく好きだったなと、もう一つの家族に思いを馳せる。

時々恋しくなる時もあるけど、キャロルとして生まれてから十六年間、一緒に過ごしてきたこちらの家族との思い出や、キャロルとしての意識がしっかりしているから、もうそこまで引きずられる事はない。

思い出は大切に宝箱にしまってあって、時々そっと開いて懐かしんで、またゆっくり箱を閉じる。そんな感じ。

選考会当初は、すっかりヒロインになりきっていて色々やらかしたけど、次第に貴族令嬢キャロルとして落ち着いてきた。言葉遣いとかは未だに前世の影響を多分に受けちゃってるけど、そこはご愛敬《あいきょう》！

だってこっちの方が話しやすいし、公共の場では気を遣って話すようにしてるから、許してもらおう。

そんな風に気持ちに余裕が生まれてくると、この世界の常識とか慣習も思い出してきて、はた、と気がついた。

……え、片田舎の男爵令嬢が王子妃になるとか無理ゲーじゃない？

冷静に考えたら、私より相応《ふさわ》しい身分のご令嬢は山ほどいるし、こちらに身を置いてしまえば、ただの出来レースだって分かり切っていて、正直気分の良いものではない。

今こうして呼吸をして、心臓の鼓動を感じて、怪我《けが》をすれば血も流れるここは現実世界。ゲームに酷似しているけどゲームじゃない。ヒロインの為の世界じゃないんだから。

選考会のやり方もあの手この手で候補者達に揺さぶりをかけて品定めしてきて、前世のアタシ風に言うと、かなりエグい。

そもそも最初のお茶会からして酷い。

あの二つに分けられたテーブルにはそれぞれ、生《い》け贄《にえ》と飢えたライオンが用意されていた。

こちらの生け贄はもちろん私で、飢えたライオンはマリア。

あちらの席も、明らかに親が独断で申し込んだのだろう気弱な子爵令嬢タニア様と、高位貴族のとあるご令嬢。

ゲームでは結婚に乗り気じゃないって設定だったルイス。候補者の表と裏を効率的に見たいのは分かるけど、哀れな生け贄の立場はどうなるの？

あの時のアタシはいじめイベント歓迎モードだったから良かったけど、あちらのタニア様はあのお茶会の後体調を崩して、部屋に籠りきりになってしまった。

せめて生け贄二人を一緒の席にしてくれたら攻撃も分散したかもしれないし、仲間意識でも芽生えて耐えられたかもしれないのに。

今回の事がトラウマになって、彼女が今後社交界に出られなくなってしまったら可哀想すぎる。

それに、専属女官と護衛騎士の配置。要は二十四時間体制の監視でしょ？

プライベート筒抜けの一ヶ月生活とか、前世のアタシの世界だったら個人情報保護法とか、その他色んな法律に引っかかって訴えられる案件。

その他、護衛騎士が皆やたらイケメンだったり、給仕にワザとお茶を零させて反応を見たり、候補者に秘密の情報を流して、どこまで伝言ゲームされるか試したり……。

何なの？　私達って、あらゆる耐久試験で性能確認される部品か何かなの？

それに耐えきれず自分から辞退してくれれば、選考の手間が省けると言わんばかり。

これら全てルイスの指示のもとに実行されているんだから恐ろしい。レントゲンを撮ったらきっとお腹《なか》が真っ黒に写る事だろう。

何を隠そうルイスは前世のアタシの最推しだけど、画面から飛び出た腹黒とは関わり合いになりたくないって、今となっては心から思う。

そんな訳で、王子妃になろうという当初の意気込みは、現在進行形でみるみる萎《しぼ》んでいて、どうにか無難にこの一ヶ月を過ごそうという目標に切り替わっている。

他の攻略対象者に目を向けてみようかとも思ったけど、実際に結婚したいほど好きかと言われるとそうでもない。ゲームでは全エンディングをコンプしたいが為に頑張って攻略したけど、もうそんな必要ないもんね。

所詮、ゲームはゲーム。でも私が生きているのは現実なんだから。

乙女ゲームのヒロインではなく、片田舎の男爵令嬢キャロルとして現実的に考えると、領地に帰って、自分の身の丈に合った優しい旦那様をゆっくり探すのが一番だと思う。

でも、滞在中は語学やダンスなんかの自分磨きは頑張るつもり。だって何の得にもならないのに、ベルがあんなに真剣に丁寧に教えてくれるし、ランスロットも協力してくれている。

あの人達の優しさには誠意でもって応えたい。この滞在中に少しでも立派なレディになって、ベルやランスロットに褒めてもらうんだ！

決意も新たに、持ってきた語学の教科書を読もうとして、ふと宮殿の方を見ると、遠くの方から噂のお腹の黒い蜂蜜王子がこちらに歩いてくるのが見えた。

どうやら最近、候補者達に抜き打ちで突撃しているらしい。

ルイスと二人きりで話したと自慢気に語る者と、それを妬む者のバトル。ルイスはそんな風に候補者達を揺さぶって、どう反応するのかを見ているのだろう。最近のお茶会はそんなギスギスした雰囲気で行く気も失《う》せるから、体調不良を理由に、二回に一回は欠席している。

今日このままルイスと遭遇してしまったら、私が言わなくてもルイスの策略でどこからか彼女達に情報が漏れて妬まれ、次回のお茶会でイヤミを言われる事は確定である。非常に面倒臭い。

……よし、逃げよう。

私は咄嗟《とっさ》にベンチから離れ、ピクニック会場とは反対の薔薇園に身を隠す事にした。

後から考えれば、ベル達と大勢で居た方が身体的にも社会的にも安全だったのに、防衛本能と言うべきか、沢山ある丈の高い薔薇のアーチの陰に潜んで、物理的に身を隠す事を選んでしまった。

「やぁ、キャロル嬢。こんな所に隠れて何をしているの？」

ひいっ！　見つかってしまった……！　上手く隠れたと思ったのに！

振り返ると、背後にキラキラエフェクトを背負ったルイスの蜂蜜スマイルが目の前にあった。《ただしイケメンに限る》を免罪符に何をやっても大抵許される、羨ましいご尊顔である。

「ルイス殿下ご機嫌よう！　えっと……そう、薔薇を見ていました！　あっ！　もうピクニックの準備ができた頃かしら⁉」

私も必死によそ行きの笑みを浮かべて答える。

遭遇してしまったなら仕方ない。一秒でも早く会話を切断してベル達の所へ逃げよう。

「これ、落ちていたよ？　キミのでしょう？」

ルイスが差し出したのは薔薇の花びらの栞。

それは当初、前世のアタシがルイスの前でワザと落として、親密度アップイベント発生を企んでいたシロモノだった。そんな事すっかり忘れて教科書に挟んでいたものが、見事なタイミングで落ちたらしい……。

ひょっとしてシナリオの強制力が働いているの……？　ゲームじゃないはずなのに、しっかりイベントが起きるなんて怖すぎる！

そんな栞、捨てておけば良かったのにと思うかもしれないけど、ベルが手間をかけて、それは綺麗に作ってくれたから捨てられなかったのよぉー！

「この花びらはもしかして、最初のお茶会で僕があげた薔薇のものかな？」

ルイスの今の言葉は、ゲームでのルート分岐のキーワードだった。

ここで『イエス』と言えば見事ルイスルートに突入。『ノー』と言えば他のキャラの攻略、もしくは逆ハーレムルートへの布石になる。つまり私が出すべき答えは……。

「いえいえ、全然違います〜！」

私は全力で否定した。

ルイスルートに突入する気はない。花びらは別物という事にしておこう。

ではこれで失礼しますと、すれ違おうとしたのに、何故か進路を塞がれる。

「キャロル嬢はもしかして僕の事を避けている？　お茶会の時もあまり視線が合わないし、話す機会も少ないから気になっていてね……」

そんな寂《さみ》しそうな顔するなんて反則では⁉　ワザとだって分かっているのにガッツリ胸に刺さるのが悔しい。前世の最推しなだけに、一挙手一投足に萌えてしまうのが非常に困る。

「そ、そんな事はありませんよ？　気のせいです！」

「そう？　それなら良いんだけど……。タニア嬢のように部屋に籠りきりになってしまうのではないかと心配でね」

彼女が籠りきりになったのは、アナタのせいですけどね！

ついイラッとしてしまう。

「タニア嬢には専属女官を通して、もしここに滞在するのが嫌なら辞退しても構わないと伝えたのだけれど、どうやら辞退する気はないみたいでね」

「畏れながら、タニア様は辞退したくてもできないのだと思いますが？」

ルイスのいかにも困っているといった風な顔を見て、つい口に出てしまった。

マズイと思ったがもう遅い。だって辞退を促すなんて酷すぎる。しかもその話をダシにして、私がどういう反応をするか見るつもりなんでしょ？　傷ついた彼女をそこまで利用するなんて本当にサイテー。

「自分の力で生活していく術《すべ》のない貴族女性は、家の決定には逆らえません。もしここで勝手に辞退して家に戻ったらどんな目に遭うか分からず、どうにもできないんだと思います」

前世の記憶が甦ったからこそよく分かる。この世界の貴族女性達は不自由だ。相続権もなく、自由に仕事に就く事も出来ない。誰かに庇護されていなければ生きていけない人が大半だ。

そんな社会の在り方を劇的に変えてほしいなんて無理な事は願っていない。

でも、縁のあった人にくらい……例えば自分の妃候補として来てくれた無力なご令嬢の一人にくらいは、救いの手を差し伸べてくれる為政者であってほしい。自分の判断で家に戻る事もできず、かといってここでライオン達と戦っていく強さもない可哀想なタニア様。

腹黒いならその黒さ活かしてタニア様を何とかしなさいよ！

……とは流石に口には出さないけど。

「なるほど、そういう考え方もあるんだね」

口元に手を当てて、考え込むような仕草をするルイス。

もうこの際、言いたい事は言ってしまおう。幸い周囲には誰もいない。ルイスの護衛達は少し離れた所で周囲を警戒している。

私は笑顔をとっぱらい、ベルの凜《りん》とした仕事モード顔（無表情）を真似した。

「殿下、無礼を承知で申し上げます。候補者全員が必ずしも王子妃になりたくて来ている訳じゃないと思います。手っ取り早く選別したい気持ちは分かりますけど、それによって犠牲になる者の事も考えてください。私のように神経が図太い人ばかりじゃないんです」

ルイスの虚をつかれたような顔に少し溜飲《りゅういん》が下がる。

「私が殿下ならまず候補者全員と腹を割って話します。彼女達が本当はどうしたいのか。『僕だけに本当の事を教えて？』とか言って、そのお顔で切なげに微笑めば、どんな自白剤盛るより効果てきめんです」

ルイスは黙ったままこちらを見ている。

「家から言われて仕方なく来た人。本当にルイス殿下の事が好きでお妃になりたい人。それによって対応を分ければ良いんです」

候補者の半数は伯爵家以下の家柄。通常であれば王子妃など夢のまた夢。

ワンチャン王子妃になれるかもだから、お前とりあえず行ってこい的な、家の命令で来ている可能性が高い。

もちろん、私みたいな例外もあるとは思うけど……。

家の命令で来た人には一ヶ月のんびり過ごしてもらって、行ってきたけどダメでした！　という実績をあげればいい。

本当に王子妃になりたくて来た人達だけでサドンデス……もとい、健全かつ建設的な選考会をすればいいと思うのだ。製品テストのような機械的なものではなく、お互いの人となりをきちんと確認するような。だって、一生を共にする相手を選ぶんだから……。

「それから、私達は人間です。誰しも良い所や悪い所が必ずあります。性能や能力の完璧さだけを求めて、心が通わなくてもいいと思っているなら、今すぐこの選考会は中止して、よくできたカラクリ人形でも王子妃にしたら良いと思います。では、失礼しますっ！」

形ばかりぴょこんと頭を下げると、目の前の最推し様を決死の覚悟で押し退けて、猛然とピクニック会場を目指す。

ルイスがどんな顔をしているのか怖くて振り返れない。これだけあからさまに喧嘩《けんか》を売ったんだから王子妃選考からは脱落したはずだ。

ルイスはきっと私にも選考会を辞退してほしいんだろうけど、私はまだここでやりたい事がある。ベルにもっと色々教わるんだもん！　だから絶対に辞退はしない。

本当は選考会が終わるまで穏便に過ごしたいけど、この後も他の候補者の選別の為に生け贄になれというならやってやろうじゃない。一ヶ月分の滞在費くらいの仕事はしてあげますよ！

大魔王ルイスから逃れて薔薇のアーチが立ち並ぶ小路を抜けると、ランスロットが迎えに来てくれていた。

流石、護衛騎士！　もうちょい早く救出しに来てほしかったよ！

八つ当たりも兼ねてランスロットを置き去りにして、そのままピクニック会場目指して突き進む。

もしルイスが追いかけてきたらと思うと怖くて、ベルに見られたら「淑女たるもの！」と延々とお説教を食らう事確定の勢いで、ドレスの裾を持ち上げ走った。

——その場に残されたルイスがどんな顔をしていたのか。

それは周りに咲いていた薔薇達しか知らない。

見事ルート突入回避できたとキャロルは思ったようだが、意外性のある行動をした結果、攻略対象の興味を引くという、乙女ゲームお約束の《面白れー女》フラグを立ててしまったのだと気づくのは、だいぶ先の話である。

＊＊＊＊

一通りピクニックの準備を終えた頃、薔薇園を散歩してきた様子のキャロル様が、ものすごい勢いで突進してきた。思わず腕の中に抱きとめると、キャロル様は私に抱き着いたまま、長い溜め息を吐いた。

「ベル、良い匂い……。ここが私のサンクチュアリ……」

「いきなりどうなさったのですか？」

後方からランスロット様が追いついてきたので尋ねてみる。ランスロット様はひとつ頷いて、至極簡潔に答えた。

「ルイス殿下とお会いして、薔薇園デートをなさっていた」

「デートじゃないしっ！　喧嘩売っただけ！」

幼い子供のように頬を膨らませて不機嫌な様子のキャロル様。

「殿下と喧嘩なさったのですか？」

「売ってきたのよ！　あの腹黒王子が買うかどうかは知らないけど！」

「またルイス殿下をそんな風にお呼びして……」

「だって本当の事だから仕方ないもん～！」

誰かが聞いてはいないかと心配になり、私は咄嗟に周囲を見渡した。

ここにいる皆はキャロル様の不可解言語に慣れているが、万が一他の候補者や、その関係者に聞かれて、噂になったりしたら都合が悪すぎる。

支度金を失ってしまった事がよほどショックだったのか、キャロル様の行動はこの数日でかなり大人しくなって、マナー違反をする事も減っていた。けれど喋り方に関しては、当初の激しさはなくなったものの、あまり変化が見られない。

『ベルの声がお姉ちゃんに似てるから、どうしてもお姉ちゃんと話してる時みたいになっちゃうの。お外では気を付けるから許して？』

そんな風に甘えるように可愛らしく言われると、ダメですとは言えなくなってしまう。ルイス殿下や他の候補者達がいる場所など、部屋の外では令嬢として喋るように頑張っているので、一先《ひとま》ずはそれでいいかと思う事にしたのだけれど……。

「ねえねえ、それより早くピクニックしようよ～！　走ったら喉渇いたよ～！」

私の肩に顎を乗せたままキャロル様が催促を始める。

「まぁ、ドレスで走ったのですか？」

「やば、自らバラしてしまった……！」

行動は落ち着いてきたと思ったけれど、気のせいだった？

淑女たるもの、とお説教を始めようとしたところで、傍で見ていたランスロット様がぼそりと呟いた。

「一先ず二人とも、そろそろ離れては……？」

未だにキャロル様を抱きとめたままの状態でいた事に気づいて、それもそうだと離れようとすると、何故かまたぎゅうと抱きしめてくるキャロル様。

「ふん！　ランスロットってば、見てたならもっと早く助けに来てくれたら良かったのに！　職務怠慢の護衛騎士にベルは渡さないいんだから！」

「どうしてそうなるんだ……」

怒《いか》れるキャロル様と、呆《あき》れ顔のランスロット様。それを見て楽しそうに笑っているメイド達。

最近よく見られる光景に、今日も平和だなぁとほっこりする。

気を取り直して、皆で敷き布の上に座り、持ってきたお茶とお菓子を食べる。

「走った後はコーラとか炭酸系飲料が飲みたくなるけど、ないから仕方ない！」

お茶をぐい飲みするキャロル様を一応窘《たしな》めるが、周囲には誰も居ないしまあいいかと思うあたり、我ながら気が緩んでいるなぁと感じてしまう。

薔薇の香りを運ぶ優しい風が日除《ひよ》けにしている木の枝を遊ばせ、キラキラと煌めく木漏れ日が降りそそぐ。深く息を吸い込むと、肩の力が抜けて体が喜んでいるように感じる。

毎日頑張っているキャロル様に息抜きをしてもらおうと来てみたが、思いがけず自分も癒されてしまった。

「このアップルパイ、ベルが作ってくれたの？」

「はい、時間があまりなかったので簡単な物で恐縮ですが……。」

何せピクニックに行く事が決まったのが昨夜の退勤直前。すぐに用意できる材料で作れそうなものがアップルパイだった。

ガードナー家の領地はりんごの栽培が盛んで、アップルパイは子供の頃よく食べた思い出のスイーツでもあった。

「しかも薔薇の形してるよ！　スゴい！　可愛い～！」

キャロル様は手のひらサイズに作ってある一つを手に取って持ち上げ、目を輝かせて色んな角度からパイを眺める。

薄めにスライスしたりんごを蜂蜜とシナモンで煮て、切り分けて細く伸ばしたパイ生地の上に一列に並べてクルクル巻いて焼くと、薔薇のような形になるのだ。

これなら食べる時に切り分ける手間もかからないし、何より薔薇園でのピクニックに似合うと思ったのだけれど、どうやら喜んでもらえたようだ。

「ん～美味しいぃ！　こんな美味しくて可愛いスイーツを作れるベルをお嫁さんにしたーい！」

「キャロル嬢はルイス殿下のお妃になるのでは……？」

すかさずランスロット様がツッコミをいれると、せっかく幸せそうに緩んでいたキャロル様の頬がまた膨れていく。

「もー！　ランスロットったら、こんなちょっとした冗談にも嫉妬するとか、余裕なさすぎじゃないの？　せっかく協力してあげようと思ったのにもう知らないもん！　ランスロットの分のアップルパイも食べてやる！」

そう言うとキャロル様は、ランスロット様に取り分けたアップルパイを、鷲掴《わしづか》みにして口へ運ぼうとする。

「まっ！　待ってくれ！　すまなかった！　許してくれ！」

ランスロット様は大慌てで手を伸ばし、キャロル様に謝る。キャロル様はふふんと笑うと、アップルパイを天高く掲げ、まるで祭壇に立つ大司教のような、威厳に満ちた表情で厳かに言う。

「もう私につまらない嫉妬はしないと約束できる？」

「できる！」

「ついでに、今日みたいに殿下が出現したら、絶対に二人きりにしないって約束できる？」

「できる！」

驚くほど素直にキャロル様の言いなりになるランスロット様。

そんなにアップルパイが好きなのかしらと驚いていると、メイド達は訳知り顔で笑いながら自分達のアップルパイを頬張っている。

ようやくキャロル様からのお許しが出たらしいランスロット様は、普段キリッとさせている目元を和らげ、アップルパイを嬉しそうに食べている。

そんなに美味しそうに食べてくれるのならと、私は隣に座っているランスロット様に、自分用のアップルパイを紙ナプキンに載せて差し出した。

「ランスロット様、良ければこちらもどうぞ？」

「ベル、ついでに『はい、あーん』って食べさせてあげたら～？」

パイの欠片《かけら》を口元にくっ付けたままのキャロル様が、ニヤニヤ笑いながらそんな冗談を言う。

そんな恥ずかしい事する訳ないじゃないですか……！

すると、パイを差し出していた手にランスロット様の大きな手が添えられる。そして屈《かが》むように顔を近づけてきて、そのままの状態で掌に載っているパイにかぶりついた。

「……!?」

呆気《あっけ》にとられている間に、ランスロット様は手の上の残りのパイを、ひょいと持ち上げペロリと平らげて、満足気に頷いて微笑んだ。

「とても美味しかった。ありがとう」

「……かなり強引に『はい、あーん』を成立させたわね。ランスロット恐ろしい子……！」

真剣な顔で何やらブツブツ呟くキャロル様に、何か問題でも？　と笑顔で押し切るランスロット様。そして笑いを堪えすぎて、むせるメイド達。

うん、平和って事ね……。恥ずかしさのあまり、私は考える事を放棄した。

「あら？　そちらにいらっしゃるのは羊飼いの方じゃなくって？」

声のした方に視線を向けると、少し離れた所でマリア様がこちらを見ていた。どうやらカチュアや侍女を連れて散歩中のようだ。

平和だったピクニックに招かれざる客がいらっしゃった……。そう思ったのは私だけではなかったようで――。

「ちっ、面倒臭いのが来た……」

キャロル様、心の声が漏れてます……！

マリア様達は足元を気にしてか、ピクニック会場としている芝生には入って来ず、その手前の歩道からこちらに話し掛けているので、ごく小さな声は聞こえないのが幸いだ。

キャロル様はマリア様の前では一貫して、怯えたような素振りを見せているので、てっきり今回もそうなのかと思いきや、キャロル様は涼しい顔でティーカップを口に運んだ。

そして、さも今気づいたかのようにマリア様を見た。

「あらマリア様、御機嫌よう。今日も素敵なお衣装ですね？　まるで今から夜会にでも行くみたい！　見ているこちらの目がくらみそうです！」

とにかく装飾の多い豪奢な衣装を好むマリア様は、昼のドレスも全力投球で派手派手しい。今も、所狭しと縫い付けられた宝石が日光を乱反射して、キャロル様の夢物語に出てくるという、チカチカと光るクリスマスツリー状態である。

昼のドレスは露出や派手さを抑えるのが一般的である為、その事を遠回しに皮肉るキャロル様の言葉に、一瞬場の空気が凍る。

まさかキャロル様が噛み付いていくなんて……。

この後、お怒りのマリア様と激しい口論になるかと固唾を呑んでいると――。

「まぁ！　褒めてくださって嬉しいわ。ランドルフ家の娘たるもの、これくらいのドレスは普段着ですのよ？　田舎の羊飼いさんには実現不可能でしょうけど！」

そう言ってドレスを見せびらかしながら得意気に笑うマリア様。

あれ？　皮肉が通じていない……？

喧嘩にならなくて良かったが、何とも言えない空気が漂う。

「……話が通じなすぎて疲れる。……あれだよね、マリアって、イチゴを半分に切ってくださいって言われたら、言葉通り真に受けて、何も考えずに横方向にザク切りするタイプだよね、きっと」

「あー……ぽいですね」

「何だかものすごく分かる気がします」

笑顔をキープしたまま呟かれたキャロル様の言葉に、頭を下げているメイド達がぼそりと同意する。

だから聞こえますって‼

マリア様は、やはり豪奢な扇子で口元を隠して私達を見渡す。

「田舎ではそうして地べたに座ってお茶をするのが流行っているんですの？　なんてはしたない。陛下の側近でいらっしゃるランスロット様までそのような……陛下の御名に傷が付いてしまいますわ」

「この程度の事で我が君のご栄光に傷が付く事はありませんのでご安心を」

至極真面目な顔で一刀両断するランスロット様。

今度こそお怒りになるのではと緊張したが、マリア様は眉を顰めて少し考える素振りをすると、

「それもそうですわね」と頷きあっさり引き下がった。

もし立っていたら危うく膝がカクッとなっていたかもしれない。現にマリア様の後ろに控えていた侍女達は少し体が傾いていた。

薄々気づいてはいたが、マリア様は頭の回転があまりよろしくないのだろう……。全くこちらにダメージを与えられない事に業を煮やしたカチュアが、何かマリア様に耳打ちをしている。

「あー……カチュアが出てくるとめんどいから追い払おう。そうだ、どうせなら腹黒王子様に押しつけちゃえ……けけけ」

キャロル様はニヤリと笑ってそう呟くと、カチュアの耳打ちを遮るようにマリア様に話しかけた。

「そういえばマリア様！　薔薇園にルイス殿下がいらっしゃいましたよ～？　私もさっき薔薇園で会って色々お話しました！　早く行かないと居なくなっちゃうんじゃないかなぁ～？」

それを聞いたマリア様は急にソワソワし始める。

「まぁ！　それを早く言いなさいよ！　こうしてはいられないわ！　皆さん行きますわよ！」

そう言うと侍女達を引き連れていそいそと来た道を戻っていく。

「はい駆除完了～！」

キャロル様がバイバイと手を振りながら見送るのをカチュアは一瞬憎々しげに睨《にら》んで、マリア様の後を追っていった。

「うーん、カチュア怒らせたのはまずかったかな～？　でもルート突入は回避したし、ルイスに喧嘩売って選考からも外れたはずだし、今後関わらなければ大丈夫かな？」

残りの紅茶を美味しそうに飲みながら、何でもない事のように爆弾発言をするキャロル様。

「本当に殿下に何を言ったのですか……？」

不安になってそう聞くと、キャロル様は何かを考えるように空を見上げた後、

「ナイショ☆」

と言ってウインクと共にペロリと舌を出した。

都合が悪くなると何でも《テヘペロ☆》で乗り切ろうとするキャロル様に、私はお説教をする気も失せて、つい脱力してしまうのだった。

二

今日はルイスを囲んでの選考会本部主催のお茶会の日。

「キャロル様……お元気がないようですが、本当に大丈夫ですか？」

直前まで王宮の図書館に居た私は、一緒にいるベルとランスロットに心配されながら、カタツムリ並にトロトロと歩いて会場に向かっていた。

数日前に薔薇園でルイスに喧嘩を売ったから気まずくて、ものすごぉぉく行きたくない。けど欠席にしたら、ルイスにビビっていると思われそうで嫌だから、意地で出席する。

朝からあまりにも嫌そうにしてたので、体調不良という事で欠席しても良いのではと、ベルが言ってくれたけど、せっかく王宮の図書館に行く予定もあったし、何より逃げたと思われるのが癪《しゃく》なのよね。

この負けん気の強い性格のせいで支度金もカチュアにまんまと取られたのに、私ってば学習能力がないなと、今更ながら肩を落とす。

王宮との連絡通路を通り抜け、薔薇の宮の中庭に差し掛かったところで、ポツリと頬に何か垂れた。

こんなにいい天気なのに雨？　と思ったら傍にいたベルが急に背中から覆いかぶさってきて叫んだ。

「しゃがんでください‼」

何が起きたのか分からなかったけど、言う通りに咄嗟にしゃがむと同時に、ランスロットの軍靴が目の前に来た。そして、急に日が陰ったように暗くなったと思ったら、ガコンという何かがぶつかる音の後すぐに、バシャッという音がして周りの地面が水浸しになった。

あ、コレ知ってる……！

ゲームでランスロットルートに突入すると発生する、水かけいじめイベント！

攻略サイトでの呼び名は『水も滴る良いランス』……という事は!!

「キャロル様ご無事ですか!?」

私を庇《かば》う為に背中に乗っていたベルが離れたので、すぐにランスロットを見上げると、ずぶ濡《ぬ》れになったランスロットが、制服の詰襟を弛《ゆる》めながら髪をかき上げているところだった。

水も滴る良いランス、キタァァ!!

髪から滴り落ちる水滴が初夏の日差しに煌めいて天然のエフェクトとなり、濡れた髪を悩まし気にかき上げるランスロットの男前度を爆上げしている。

更には流し目気味にこちらを見るその目元のほくろで色気まで追加トッピングしてくるなんて、もはや犯罪です!!

ちょっとこれはけしからん！　控えめに言って最高!!

ゲームで見たランスロットの美麗スチルが、目の前でこんなにも見事に再現されているのに、どうして私の目にはカメラ機能が付いてないの!?

神様！　どうせ転生させるなら、それくらいの機能付けといてよ!!

「二人とも大丈夫か？　犯人はもう居ないようだからひとまず安全だ」

そんな男前度MAX状態のランスロットが手を差し出すものだから、ベルが頬を染めて高速瞬きをしている。

うんうん、そうなるよね！

私はランスロットルートに入っているはずがない。それなのに、このイベントが起きたという事はつまり……。

私は即座に空気となって、このイベントの主役である二人を横目で見る。

ベルはランスロットの手を取って立ち上がると、慌ててハンカチを取り出し、ランスロットの濡れた頬の辺りを優しく拭いてあげている。

「ありがとう。今度新しいハンカチを贈るよ」

そう言って嬉しそうに拭かれているランスロット。

あらあら、美男美女がいい雰囲気になっているじゃないの……！

ルート突入おめでとうございます！

ゲームの中ではお助けキャラでしかなかったベルだけど、現実世界だから誰でもヒロインになれるって事なのかな？　だとしたら、とっても素敵！

ゲームのイベントが起きちゃう厄介な世界だと思ってたけど、こういうのなら大歓迎！

ランスロットの想いが実るかもしれないと思うと嬉しくて、つい現状を忘れて二人をニヨニヨと眺めてしまう。

頑張れランスロット！　このままいけばもうすぐ鈍感の壁をつき崩せるはず……！

そんな生温かい目で見られているとは知らないランスロットは、離れた所に落ちている大きな桶《おけ》を拾いに行った。

おそらく水を張ったあの桶を、二階の窓から落とされたのだ。ランスロットは私達を守る為に自分のマントを被せ、降ってきた桶をサーベルで弾《はじ》いたのだろう。ガコンという何かがぶつかった音は、桶を打ち払う音だったんだ。

何それカッコイイ！　流石、近衛隊副隊長!!

「かなり大きな桶だから犯人は最低でも二人。ちらりとブレスレットをした女の手は見えたが、顔までは見る余裕がなかった」

悔しそうな顔をするランスロット。

だがしかし、私は知ってるんだな～。犯人、そして黒幕が誰なのか。ていうか、こんなアホな事するのは一人しかいないんだけどね。

「とにかく誰も怪我がなくて良かったです……」

心底ホッとしたように言うベルは、私を庇ってドレスのお尻から裾の辺りまで濡れてしまった。しかも、ご丁寧に芝生の切れ目の土が覗いている所で水をかけてくれやがったから、ドレスに泥が撥《は》ねてしまっている。

これ考えたヤツ、性格悪すぎでしょ……！　クリーニング代払え!!

「庇いきれなくてすまない。風邪を引くといけないから早く着替えに戻ろう」

「ベルとランスロットは着替えに戻って。私はこのままお茶会に行ってくるから」

二人が必死で庇ってくれたお陰で私は濡れずに無事。そして黒幕の狙いは私にお茶会を欠席させる事。それなら行くしかないでしょ！

「犯人が誰だか見当はついてる。ムカつくからひと言文句を言ってくる！」

私が宣言すると、二人は目を丸くした。

「ですが、証拠もなく疑えばキャロル様の立場も危うくなります！」

「大丈夫！　このキャロルさんに任せなさい！」

「……この上なく不安なんだが？」

呆れたような目で見てくるランスロットに向けて、私はビシッと指差した。

「ランスロットの見たブレスレットはゴールドに赤い石！　違う？」

「……合っている」

渋々認めるランスロットに私はにんまり笑う。

どうやら私が本当に犯人を知っていると分かってくれたみたい。

「無茶はしないよ！　もうこんな事しないように釘《くぎ》刺してくるだけにするから。何もしないでこのまま逃げるなんて悔しいじゃん！　だってベルのドレスが汚されたんだよ？　もしベルが風邪でも引いたら許せないでしょ⁉」

ランスロットの弱点をぐりぐり刺激してやると、効果はバツグンだった。

「……分かった。また何かあるといけないから、とりあえず会場までついていく」

「ベルは一旦着替えに戻って！　そのままだと流石に会場には入れないと思うから……」

そう言うとベルも渋々頷いた。

一人でお茶会に乗り込む私を心配そうに見るベルと、宮殿の入り口で一旦別れて会場を目指す。

さーて！　悪さをする悪役令嬢にお仕置きしに行きますか！

開始時間ギリギリにお茶会の会場に入ると、ルイスはもちろん、もうほとんどの参加者が集まっていた。

私は給仕の案内を無視して、マリアの居るテーブルへと直行する。

「何でアナタがここに……」

顔を引き攣《つ》らせるマリアの呟きに確証を得て、心の中でにんまりと笑う。

「何でアナタがここにって、マリア様ったら、まるで私がここに居るはずがないって思っていらっしゃるみたいですね？」

可愛らしく小首を傾げながら、私は周りに聞こえるように喋る。

「実はさっき中庭を歩いていたら、二階から誰かに水をかけられたんです……。アナベルとアンバー卿が守ってくれたのでこの通り無事でしたけど。……もしかしてマリア様、この件について何かご存じなのですか？」

怯えたようにそう言うと、マリアは動揺を隠しきれず目を泳がせる。

この人、悪役向いてないわ……。

私の発言が聞こえたのか、周囲の視線がこちらに向き始める。

「んな、な、何を仰っているの？　私は何も知らないわよ！　……そう！　いつもくっついている女官と騎士が見当たらないから、何かあったのかと思っただけ！」

「そういうマリア様こそ、いつもご一緒の侍女さん達が見当たりませんね？　どうなさったのですか？」

マリアの後ろを見ると、控えているのはカチュアだけで、やはり思った通り、いつもいる侍女二人が見当たらない。ゲームのシナリオ通り、マリアの侍女が実行犯なのだ。

「お、お使いを頼んでいるだけよ！　もうすぐ来るわ！」

どんな内容のお使いなのか詳しく聞こうとした時、邪魔者が現れた。

相手が相手だけに無視する訳にもいかず、心の中で舌打ちをしながら仕方なくカーテシーで挨拶する。

「第二王子殿下にご挨拶申し上げます」

「こんにちはキャロル嬢、水をかけられたというのは本当ですか？」

ルイスはいかにも心配していますという顔で話しかけてくる。薔薇園で喧嘩を売った事はどうやら棚上げらしい。私としては是非ともルイスに釘刺しの協力をしてほしいので、願ったり叶《かな》ったりなんだけどね。

いつ見ても萌えツボを刺激する麗しいご尊顔だけど、お腹の真っ黒な彼が全然心配していないのは知ってるから、私も怖がる演技で合わせる。

「はい……。今日はいつもと違って王宮の図書館からこの会場に来たんですが、その途中で二階の窓から、水の入ったとても大きな桶が降ってきたんです……！　アナベルとアンバー卿が庇ってくれなかったら怪我をしていただろうと思うと怖くて……！」

自分で自分を抱きしめるようなポーズをとると、殿下の手が肩にそっと添えられる。

「それは怖い思いをしましたね……。一体誰がそんな事を……」

誰がやったかなんて聡明《そうめい》な腹黒王子にはとっくに分かっているはずだけど、あえて私の三文芝居に乗ってくれるようだ。

「分かりません……。でもアンバー卿が、桶を落としたのはブレスレットをした女性だったと言っていました。そして、かなり大きな桶だったので、二人がかりで持ち上げないと難しいだろうとも」

その言葉に会場がざわめく。

この国では、婚約した女性にブレスレットを贈る風習があり、大抵は贈り主の男性の髪や目と同じ色の宝石などで装飾されている。犯人は女性、しかも婚約者がいると分かって、会場内にいる多くの人が驚いているようだ。

「ゴールドの物で、石は何色だったかしら……？　アンバー卿に聞けばすぐに分かるんですけど……？」

金のブレスレットと聞いて、更に周囲のざわめきが大きくなる。

この場にいる候補者達は、いわゆる婚活をしに来ているので、人様の恋愛話に特に敏感になっている。マリアの侍女の一人が最近婚約し、これみよがしに金のブレスレットをしているのは有名な事だった。

金のブレスレットが珍しい訳ではないけれど、薔薇の宮でとなると、その侍女一人しか思い浮かばない。

そこまで目撃されていたと知って、マリアは分かりやすいほど動揺している。悪い意味でだけど、ちょっと後ろのカチュアのポーカーフェイスを見習った方がいいと思う。

その時、会場の扉が開き、マリアの侍女達が静かに入ってきた。

ナイスタイミングだわ。彼女達にとってはバッドタイミングだけどね。

会場の異様な雰囲気と、水をかけたはずの私がマリアの目の前にいる事に顔を強《こわ》ばらせながら、二人はおずおずと近づいてくる。

「侍女さん達お帰りなさい！　……あら？　さっきお見かけした時とお召し物が違いますね？　もしかしてお使いの途中で水に濡れてしまってお着替えになったの？」

あれだけ大きな桶に、なみなみと水を張って持ち上げたら、絶対彼女達のドレスも濡れたはず。

そう思って、さも目撃したようにカマをかける。すると、図星だったようで侍女達は分かりやすく動揺を見せた。

「私達、何もしていません……!!」

「な、何を仰っているのか分かりかねます……！」

主人が大根なら侍女も大根だった。

公爵令嬢の侍女をやっているのだから、彼女達もそれなりに良家の世間知らずのお嬢様。悪役張ろうだなんて百年早いのよね。

「あら？　貴女は素敵なブレスレットをしてるんですね！　ゴールドの物なんて高価でなかなか付けられる物ではないですよね！　婚約者さんの愛の深さがよく分かりますねぇ～！」

追い打ちをかけるように指摘すると、会場の視線が一斉に侍女のブレスレットに注がれる。繊細な金細工のブレスレットにはルビーのような赤い石がはめ込まれている。

――もしアンバー卿が目撃したのが赤い石だったとしたら……。

会場からそんな囁《ささや》きが聞こえる。

「濡れ衣《ぎぬ》ですわ！　私の侍女を疑うなんてあんまりです！」

一層熱を帯びる会場内のざわめきに焦ったマリアは、激高して立ち上がり私に詰め寄ってきた。

「田舎の男爵令嬢の分際でこの私に恥をかかせようとするなんて！　……どうなっても知りませんわよ？」

親の仇《かたき》にでも会ったかのような顔で私に指を突き付けてすごむマリアは、ゲームだとなかなか迫力があったけど、実際目の当たりにするとそうでもない……。

マリアの方が身長が低いからだろうか？　僅か十センチぐらいの差だけど、見下ろされる圧迫感がないし、カチュアの操り人形でしかないマリアにどれだけ脅されても、コレジャナイ感が先に立つなぁ……。

そんな事を考えていると、キャンキャン吠えていたマリアが今度はルイスに訴えた。

「ルイス殿下も何か仰ってくださいませ！　アンバー卿が見間違えたのかもしれませんし、この宮殿の使用人がやったかもしれないではないですか！」

マリアの言葉に、ルイスは笑みを浮かべたまま小首を傾げた。

「……ランスロットは飛んでくる矢を払えるほどの動体視力の持ち主だから、見間違えるなんて事はないと思いますが……。もし犯人が宮殿の使用人という可能性があるなら、僕にも責任がある話だから、徹底的に調べる必要がありますね？　まあ、きちんと目撃者を探していけば、誰かしらが桶を運ぶ二人組を目撃しているだろうけど……？」

ルイスの言葉にマリアは蒼白《そうはく》になり、二人の侍女は立っているのもやっとの様子で体を震わせている。詳しく調べられたら、彼女達が犯人だってすぐバレちゃうもんね。

その様子をカチュアは少し離れた所から面白そうに眺めている。

おそらくカチュアは今回の件には関わっていないんだろう。きっとあのピクニックの日の仕返しをしたくて、マリアを唆すくらいはしただろうけど。だからこそ、こんなに杜撰《ずさん》で幼稚な手口だったのだ。

カチュア的には、計画が上手く行けば私の邪魔ができて、もしダメでもマリアの評価を下げる事ができる。どっちに転んでも美味しい展開なのだ。

このままいけば、勝手にボロを出して自供に持ち込めるだろうけど、追い詰めるのはこの辺でやめておかなくちゃ。マリアはどうせ公爵家の権力が守るだろうけど、きっと言いなりになるしかなかった侍女達が罰を受けたり、万が一、醜聞を気にして侍女の婚約がなくなったりしたら寝覚めが悪いし。

私は両手を握り合わせて上目遣いでルイスにお願いをした。

「お忙しいルイス殿下のお仕事を増やすのは申し訳ないので、今回は正式な調査は望みません！　幸い怪我もなかったですし！　でも私に限らず、もし今後誰かこのような目に遭う事があれば、その時は厳正に対処してもらいたいです！　……あ、アナベルのドレスが汚れてしまったのは、何とかしてあげてほしいですけど……」

釘は刺したからもう良いですと、遠回しにルイスに伝えると、腹黒王子は満面の笑みで頷いた。

ルイスもここが落とし所だと思ってくれたようだ。

「分かりました。被害に遭ったキャロル嬢の言う通りにしましょう。……この場で皆様に伝えておきますが、僕は幼稚な行為で誰かを陥れようとする人を、好きになる事はできません。次があれば厳正に処罰します。選考会中、もうこのようなトラブルが起きない事を願います」

いつもの蜂蜜スマイルを引っ込めて、真面目な顔でルイスはマリアを見据え、そして会場中を見渡してはっきりと宣言した。

拍手が沸き起こる中、マリアは俯いて唇を噛み締めていた。

幼稚な行為で誰かを陥れる人は嫌い……ねぇ……。どの口が言うのかと、思わず半目になってしまった。あ、ルイスの場合は高度に人を陥れているから違うって事？

とにかくこれで、私以外のご令嬢が酷い嫌がらせをされる事はもうないだろう。最高にけしからんランスロットを拝めて眼福の極みだったけど、一歩間違えれば怪我人が出ていたかもしれないんだから、しっかり反省してもらわないと！

そんな事を考えていると、蜂蜜スマイルを復活させたルイスが、胸元に挿していた薔薇を差し出してきた。

「アナベル嬢のドレスはこちらで弁償しますのでご安心を。怖い思いをしながらも、冷静な判断をしてくれたキミの心が少しでも慰められますように」

ルイスは何を思ったか、一歩距離を詰め、差し出していた薔薇を私の髪に飾ってくれようとする。周囲の目もあるので、笑顔を貼り付けて、されるがままになっていると、ルイスが耳元で囁いた。

「また栞にして持ち歩いてくれると嬉しいな」

顔だけじゃなく声までイケボとか反則でしょ！　そして栞の事はどうしてバレてるのよ⁉

してやったりと言わんばかりのルイスに、悔し紛れに私も耳元で囁き返す。

「情報の管理体制を見直した方がいいですよ。今日の私の予定、殿下の所から漏れてます」

早口でそれだけ言うと、飾ってもらった薔薇に手を添えて、さも嬉しそうに笑う。

傍目《はため》には、薔薇のお礼を言ったように見えただろう。

ルイスは一瞬だけ黒薔薇エフェクト付きの黒い笑顔を見せて頷いた。

言われなくても分かってるって事かな。

今日私は、滞在している部屋からではなく、王宮の図書館から会場に向かった。

水をかけられた場所は、いつもなら通らない道だった。つまり、マリアは何らかの方法で、私の予定を知っていたのだ。あの残念なマリアとその侍女達に、そんな高度な情報収集なんてできるはずがないから、情報源はカチュアって事になる。

選考会中、候補者が薔薇の宮から外出する時は、事前にルイスに申告が必要で、王宮の図書館に行く事はベルと二人きりの時に決めて、昨日ルイスに申告書を出した。

ベルがカチュアに情報提供なんてするはずがないし、私の部屋付きのメイドも、カチュアの事は嫌ってる。もし仮に誰かがカチュアに脅されていたとしても、彼女達は今朝になって予定を知った後はずっと部屋で仕事をしていたから、情報を流すのは不可能なのよね。

という事は、ルイスの近くにいる誰かから、カチュアに情報が漏れていたに違いない。

畏れ多くも第二王子殿下の機密が駄々漏れって、やばいじゃんそれ。

そう思って忠告してあげたんだけど、ルイスは既に分かっているみたいだった。

……つまり分かってて、そのままにしてるって事？　こわっ！

そういった情報戦も含めての選考会だとしたら、お妃様じゃなくて有能なスパイの選考会みたいだわ。

またもや蜂蜜スマイルの奥の暗黒面を垣間見《かいまみ》てしまった……。やはり腹黒は遠くから観賞するに限る。

私は改めて決意を固めた。ルイスルートに入らないように、イベントのフラグはしっかり折る！

そして、自分と関係ないイベントは楽しみつつ、このまま何事もなく選考会を終えて無事にお家に帰れますように……。

私は心の中で、転生の神様に向けてしっかり手を合わせた。

三

ランドルフ公爵令嬢お茶会事件から七日経《た》った。

支度金が北の孤児院への寄付金になってしまった件は、ランスロット様を通してルイス殿下に報告し、その後の対処をお任せする事になった。私は、私にできる事を精一杯やろうと決めて、キャロル様のダンスと語学のレッスンに心血を注いだ。

支度金がゼロになった事で当初は悲嘆に暮れていたキャロル様だったが、ピクニックで気分転換をしたり、ダンスレッスンのお相手をランスロット様にお願いしたりしていたら、あっという間に復活した。

「どアップなランスロットとか、鼻血で失血死ものの神スチルー!!」

と通常運転で軽快にステップを踏んでいた。

ちなみに、キャロル様の勢いに圧倒されたランスロット様の引き攣ったお顔という、珍しいものも見る事ができた。

「ベルとランスロットが踊ってるのを見たい‼」

ダンスレッスンの休憩中、キャロル様が突然そんな事を言い出し、私とランスロット様は思わず顔を見合わせた。

「ほら、もっと上手くなる為に、お手本が見たいのよ！　こう踊りたいってイメージを膨らませて踊ると良いって教本にも書いてあったし！」

ダンスの教本を胸に抱いて、何やら期待に満ちた目で私達を見るキャロル様。

確かに、他の人の踊り方を見ると色々参考になるけれど、私がダンスの専門講師のような素晴らしいお手本になるかは微妙なところ。というのも、社交界デビューして以来、極力ダンスをする機会を避けているので、その回数は片手で数えるほどしかなかったからだ。もちろん王妃様のもとでしっかり学んだので、踊れと言われればそれなりに踊れるけれど……。

そういう事なら今度、ダンスが得意な女官仲間にお願いして、レッスンに来てもらうのがいいかもしれない。そう伝えようとすると、ランスロット様はひとつ頷き、私に向かって恭しく手を差し出した。

「どうか俺と踊っていただけますか？」

「あの、実は私、ダンスはあまり得意ではなくて……」

そう言って尻込みしていると、ランスロット様は爽やかに笑って言った。

「大丈夫。俺もそこそこ踊れるくらいで得意じゃない」

それだとお手本にならないのでは……。

そう思って目を瞬かせているうちに、そのまま手を引かれて、フロアの中央に誘導された。

「こんな風になったらいけないっていう、悪いお手本も必要じゃないか？」

悪だくみをする子供のように、片眉を上げてニヤリと笑うランスロット様の提案に、ついクスリと笑ってしまった。彼に気を遣わせてしまって申し訳なく思ったけれど、悪いお手本でも大丈夫と思ったら緊張がほぐれて、肩の力が抜けた。

ピアノの演奏に合わせてステップを踏み始める。

ランスロット様は自分の事を、そこそこ踊れるくらいと評価していたが、キャロル様の練習相手として踊る様子は、お世辞抜きでとても上手だった。

騎士様だからなのか、体幹がしっかりしていて安定感があるので、今も安心して重心を預けて身を反らすポーズをとる事ができる。

こうして誰かと踊るダンスは久しぶりだけれど、ランスロット様が上手くリードしてくれるので、今のところスムーズに踊れている。まるで自分も上手くなったように感じられて、嬉しさについ頬が緩む。

「得意じゃないと言っていたが、とても上手じゃないか」

至近距離で美丈夫様の爽やかな笑みを浴びて動揺したせいか、上手と言ってもらったそばから足元が狂う。

よりにもよってターンの途中にステップを踏み間違えて、体が傾く。

転ぶ！　そう思った途端、浮遊感と共に景色がぐるりと回る。

ランスロット様が倒れそうになった私を軽々と持ち上げ、そのままぐるりとターンして着地させてくれたのだ。

「スパダリランス様キタコレー‼　転生して良かったぁぁ‼」

キャロル様の雄叫びも耳をすり抜けるくらい、自分の心臓の音がうるさかった。

思いのほか高く持ち上げられて驚いた事もあるが、転びそうになったところをこんな風にカッコ良く助けられてはドキドキしない方がおかしいと思う。というか、重かったですよね絶対‼

「足をくじいたりしてないか？」

心配そうに覗き込んでくるランスロット様の様子に我に返り、慌ててお礼を言う。

「ありがとうございました……！　重かったですよね、申し訳ありません……！」

「いや？　羽根のように軽かったが？」

さらっとそんな事を言うランスロット様を前に、いよいよ顔が熱くなる。

「やだもう、控えめに言って最高……！　クーデレでスパダリとか、属性盛りすぎでしょ‼　水も滴る良いランスイベント発生したから、もしかしてこのイベントも起きるかなって、試してみて大正解～‼」

ピアノ伴奏をしてくれたメイドと一緒になって、きゃいきゃいはしゃぐキャロル様。

上手く踊れなかったものの、何故かキャロル様は喜んでくれているようだ。

そんなキャロル様に、やれやれと、妹を見るような視線を向けて笑っているランスロット様。

私に向けてくれる笑顔と違うな……なんて、その違いにホッとした自分に動揺していると、目の前に大きな手が差し出された。

「どこも怪我がないなら、良いお手本になるようにもっと練習しよう」

そう言って誘ってくれるランスロット様に頷き、私はその手を取った。

『ようこそアナベル嬢。こちらへ座ってくれるかな？』

退勤時間になって、女官長がお呼びだと聞いて部屋に行くと、そこに居たのは第二王子ルイス殿下。

しかもいきなりジェパニ語での会話。

——蜂蜜腹黒王子キター‼

脳内キャロル様の雄叫びを聞きながら、予想外の展開に固まっていると、ルイス殿下が優雅に私の手を取り、ソファーへとエスコートしてくださった。そして対面にある椅子には座らず、何故かそのまま隣に腰をおろす。

こんな至近距離で話すんですか⁉

『驚かせて済まない。秘密裏に妃候補の傍付き女官の話を聞きたくてね。誰にも聞かせたくないからジェパニ語で頼むよ』

『畏まりました』

なるほど。妃候補の適性審査の中間報告という事か。

ジェパニ語なのは、部屋の隅に控えている殿下付き女官にも聞かせたくないという事なのだろう。

『畏れながら、そういう事でしたらアンバー卿もお呼びいただけないでしょうか？　私だけの意見では偏りが出るやもしれませんし……』

私一人で腹黒殿下の相手は荷が重いからランスロット様に居てほしい切実に……。そんな気持ちからそう申し上げると、ルイス殿下は不思議そうに首を傾げた。

御歳二十にもかかわらず、どこか少年的な美を残す殿下の、ふんわりカールのプラチナブロンドが揺れて白皙の頬にかかる様子が、何故か背徳的で目のやり場に困る。

『ランスには個別に話を聞くから心配しないでいいよ？　それより今は貴女の話をじっくり聞きたいんだ……』

そのサファイアのような瞳の奥に揺らめく艶を感じて嫌な汗をかいた。一体何を企んでおられるのか……。

（ルイスはね、あのふんわりマシュマロの蜂蜜がけみたいな甘い雰囲気に騙されたらダメ！　ああ見えて実はものすごい腹黒王子なんだから！）

毎日キャロル様から聞かされてきた殿下の属性情報が脳裏にこだまして恐怖心を煽《あお》る。

つい、座る位置をずらして殿下から距離をとると、殿下は瞳を大きく丸くした後、ふわりと笑った。

『ふぅん？　アナベル嬢も僕が怖い？　不思議だな……バレるほどの接点は今までなかったのに』

離れた距離の分、身を乗り出すように殿下が詰めてくる。

普通のご令嬢なら殿下の色香に悩殺されるんだろうけど、こ、怖いですから……!!

『それともキャロル嬢から何か聞いていているのかな？　彼女も何だか僕の事を避けているみたいだから』

ご明察……！

図星を指された気まずさから思わず顔を伏せると、手入れの行き届いた繊細な指先で顎を持ち上げられ、探るように瞳を覗き込まれる。

これがキャロル様の言う《顎クイ》というやつだろうか……？

実際されてみると……残念ながらトキメキよりも恐怖が勝る！

『お、畏れながら殿下におかれましては、えー、優しげな美貌の内にですね……そう、為政者としての、腹ぐ……いえ、れ、冷徹さも秘めておられるように感じる……といったような事をキャロル様から伺っておりましたので……』

蜂蜜腹黒を、何とか美辞麗句に纏められたと安堵《あんど》したのも束の間。

『ふーん、優しそうに見せかけた腹黒王子だと思われてるんだね』

何故分かるんですか……!!

必死で無表情を保ちつつ、懸命に言い訳を考えるが、極度の緊張状態に置かれた今、全く思い浮かばない……。しかし、次に続いたルイス殿下の言葉に眉を顰めた。

『キャロル嬢はどう？　かなり突飛な令嬢だから貴女も苦労してるんじゃないかな？』

キャロル様を貶めるような嘲笑を含んだ言い方がカチュアと重なり、思わずムッとしてしまった。

『キャロル様は少し変わってらっしゃいますが、私の話をよく聞き入れて改善に努めてくださっていますし、語学やダンスのレッスンにも熱心に取り組まれています。それに休みを取らない私を心配して休日をくださいました。周囲の事も考えて行動できる優しい方だと思います』

毅然《きぜん》とそう申し上げると、殿下は楽しげに目を細めて、くつくつと笑った。

『試すような言い方をして悪かった。どうやらそのようだね。ランスからも聞いてる』

試す……？

何を試されたのかイマイチ分からなかったが、それにしてもこの体勢で会話の内容が伝わってないとなると、あの女官に変な誤解を与えるのではないだろうか……？　現に部屋の隅に控えている女官は、チラチラとこちらに視線を寄越している。

『畏れながら殿下、この状態ですとあちらの女官に誤解を与えるのではないかと……！』

やっとの事でそう言うと、殿下はチラリと女官を見遣《みや》り、人払いを指示して女官を外に追い出してしまった。

ちょっと、それ逆効果ですよね！

今から更に如何《いかが》わしい事をするから出ていけ的な、恐ろしい誤解を植え付けた絶対!!

あまりの事態に流石の私も顔面蒼白になっている自信がある。

殿下はそんな私の様子を見て満足気に笑うと、手を離して立ち上がり、対面の椅子に座ってくださった。

『すまないね。アレにはしっかり泳いでもらう為に、あえて誤解《エサ》を与えた』

あえて誤解を与えた……？

『貴女が報告してくれた、北の孤児院への寄付の件についての調査に必要な事だと考えてくれればいい』

殿下は長い足を優雅に組み替えて艶やかに笑った。

背後に黒薔薇が咲き乱れている幻が見えて怖い。

『それからしばらくの間、貴女の行動を常に把握しておく事も必要になった。申し訳ないが、当面は休日も人を付けるから共に行動してほしい』

私の行動を把握……？

監視されるような誤解が何かあるのだろうかと不安に思っていると、殿下はニコリと笑った。

『安心して？　これは貴女を守る為の措置だから。貴女に二心《ふたごころ》がない事は数々の報告書で証明されているし、両陛下も僕も信頼している』

『勿体ないお言葉、身に余る光栄です……』

私は思わず床に膝をついて最敬礼をした。

数々の報告書というのが何なのか怖かったが、両陛下に信頼いただけているという事が何よりも嬉しかった。

「レディ、さぁ立って？　名残惜しいけど今日はこの辺りで終わりにしよう。続きはまたの機会に……」

殿下は母国語に切り替えると、私を扉口までエスコートしてくださった。

その際、耳元で『話を合わせて』と囁かれたので、頷く事で返事をする。

「ところで貴女の次の休みはいつだったかな？」

「明後日《あさって》です、殿下」

外で待機している女官に聞かせる為か、やや声高に話す殿下に合わせて私も大きめに返事をする。

「そうか、残念だな……。その日は公務が重なっていて、時間を取れそうもないんだ。貴女には寂しい思いをさせてしまうね……」

殿下の美しい手が私の右頬に添えられる。

これはきっと恋人っぽい雰囲気の返事をしないといけないのだろう。

どうしよう、恋人なんていた事ないからサッパリです!!

「私のような者に御心をくだいてくださるなんて、身に余る光栄です殿下……」

「アナベル……」

結局無難な回答しかできず視線を彷徨わせていると、悩ましげな吐息と共に殿下の顔が迫ってきて、避ける間もなく左頬に近づいた唇がリップ音を立てて離れていく。

明らかに外に聞かせる為に行われたものだと分かっていても、顔が熱くなってしまう。

殿下は成功したイタズラを誇るようにウインクを一つして、外への扉を開けた。

扉の外には思惑通り、すぐ近くに先程の女官が顔を赤くして控えていた。更には殿下の護衛騎士達も居て、気まずそうに視線を逸らしている。

あまりのいたたまれなさに早口で殿下に辞去の挨拶をして素早くその場を離れた。歩きながら火照《ほて》った頬が冷めてくると同時に、頭も冷静になる。

あれ？　よりによって妃選考会中に殿下とイチャつく女官ってどうなの？　いくら調査の一環といっても、変な噂が立ったら私お嫁に行けなくなるのでは……？

腹黒殿下の行動の真意が読めず、私は思わず廊下のど真ん中で頭を抱えそうになったのだった。

四

「お帰りなさいませ、カチュア様」

そう言って出迎えた侍女に、お茶を淹《い》れるよう指示すると、私はお気に入りのソファーに身を委ねた。選考会で担当しているマリアの話し相手をするという退屈な勤務時間に飽きて、体調不良という事にして早めに切り上げ自室に下がってきたのだ。

たった一ヶ月の滞在にもかかわらず、マリアは家から多くの使用人を連れてきている。私が居なくても彼女達が上手くやってくれるので、少しくらい手を抜いてもどうという事はない。

一息ついた後、私はいつものように届けられた報告書を読んだ。

それはルイス殿下の動向を探るべく、弱味を握った殿下付きの女官にお願いして、彼が薔薇の宮で接触した令嬢やその時の様子などを、毎日報告させている物だ。

王族に関する情報をリークさせる事は罪になるのだろうが、これも一重にお世話しているマリア様の為に仕方なく……という事にすれば首謀者はマリアという事にできる。

マリアは甘やかされて育った世間知らずのワガママなお嬢様だから、「どうしても命令に逆らえなくて……」とでも泣けば充分だろう。

何か後ろ暗い事をする時は、しっかり擦《なす》り付ける相手を用意した上でするのが賢い私のやり方。今までもそうやってきて失敗した事はない。

しかし、この報告書を書かせている女官はおつむがあまり良くないようで、毎日取り留めのない事しか書いてこない。もっと選考会の為に有益な情報を流してくれないと、危ない橋を渡っているリスクに見合わないと苛立《いらだ》つ。

それでも、殿下がどこの令嬢と会ったかだけでも分かれば役に立つから我慢している。今日もてっきりそんなつまらない報告書かとタカを括っていたのに……。

『殿下は人払いをしてガードナー伯爵令嬢と部屋にこもり、とても親密な様子だった』

この一文を読んで思わず報告書をぐしゃりと握りしめてしまった。

あの女、いつの間に殿下と接近していた？

一瞬にして胸の内に黒い炎が燃え上がる。

奥手そうなフリしてしっかり殿下狙いという事か。てっきりイカれた男爵令嬢の世話で手一杯だと思っていたのに油断した……。

王子妃になるのはこの私！　邪魔はさせない！

時を同じくして王妃様の女官になったあの女が私は大嫌いだ。

家格も同じ伯爵家で年齢も同じ。自然と私達は何かと比べられる事が多かった。

容姿は二人とも美人系で系統が被っているし、学力も仕事の出来も同じくらい。

でも無表情の石像のようなあの女に比べて、私の方が感情豊かで話し上手。男っ気のないあの女に比べて、私はキープしている男も複数いる。どう考えても女として魅力があるのは私の方だ。

けれど何故か人が集まるのはいつもあの女の方。大した事のない身分の者に好かれたって何の得にもならないから別に良いが、職務中はニコリともしないあの女を取り囲んで、楽しそうにしているのを見ると無性にイラつく。

王妃様だって目立った贔屓《ひいき》はしないけれど、重要な仕事はいつもあの女の方に任せる。両親が早くに死んだあの女の家を王妃様の実家が後見しているというから、やはり無意識に依怙《えこ》贔屓していたのだろう。

一度王妃様にその事を涙ながらに婉曲《えんきょく》に訴えたら、

「貴女は慈愛をもって万民に接する事ができるようになれば、国一番の淑女となるわ」

と、諭すように言われた。

……慈愛って何？

あの女がやってるような偽善を私もやればいいって事？

困ってる下級メイドを助けて、寂れた片田舎の孤児院に足繁《あししげ》く通って、平民も交じっているような野蛮な騎士達にも優しくして……。

それが何の役に立つというの？　そんな下々の者にかかずらっていても利益は何も生まれない。時間の無駄。

私は最低限の努力で最大限の利益を得たい。

世間は結婚となると家格の釣り合いを重視するけれど、私はそこら辺のつまらない貴族なんかと、一般的な結婚をするつもりはない。

見た目も爵位も最上級の裕福な男と結婚して、常に流行の最先端のドレスに高価なアクセサリーを身に付けて、多くの人間に傅《かしず》かれて、誰もが羨むような生活をしたい。

だから最初は王太子妃の座を狙っていた。ゆくゆくは王妃となって国の頂点に君臨する、最も私に相応しい地位だから。でも我が家は伯爵家だからそのままでは家格的に上位貴族に負けてしまう。

そう思い、コネやら賄賂やら策を尽くして、何とか王妃様のもとへ出仕できた。本当は王太子付きになって最短ルートを進みたかったが多額の賄賂を以《もっ》てしても無理だったから仕方がない。

殿下の母親である王妃様に気に入られれば、きっと王妃様から王太子妃に推薦してもらえるはず。

そう思って王妃様に気に入られるよう頑張ったし、折に触れて王太子殿下をお慕いしているとアピールしてきた。

ところが、王太子殿下の正妃の座は隣国の王女に掠《かす》め取られてしまった。どうして私じゃないのか理解できなかったが、外交政策の一環であれば仕方がない。王太子殿下もお可哀想に……。

そうなると必然的に狙いは残った第二王子妃になる。どの家も考える事は同じようで、第二王子妃には国内の令嬢をという流れになって、この選考会が開催される事になった。

当初は私も妃候補として名乗り出る気でいたが、あれほど王太子殿下をお慕いしているとアピールしてしまった王妃様の手前、すぐさま第二王子に乗り換えては心象が悪くなるかと悩んでいた。

そんな時、王妃様が女官長に話しているのを聞いてしまったのだ。

「ルイスはガツガツした令嬢が嫌いなのに、立候補者だけのギラギラした選考会なんてやっても誰も選ばないで終わるに決まってるわ。そんな意味のない選考会の為に私の可愛い女官を三人も貸し出せなんて、陛下は何を考えてるのかしら！」

いい事を聞いたと私は嗤《わら》った。

今回の選考会は名乗り出たヤツがバカを見る。

ならば私は裏方に回って、妃候補達の足を引っ張りつつ、健気な女を演じて殿下に見初めてもらおう。殿下から私を選んでもらえれば、私が王太子を慕っていたという件も問題なくなる。

王族の求婚を断るなんて下手したら不敬罪になってしまうのだから。

なんて完璧な計画なのだろう。

あとはさり気ない出会いを演出できれば、殿下もきっと私を気に入ってくださる。

そうして私は努めてさり気なく、選考会を手伝う女官に立候補した。あとの二人は王妃様が選んだが、あの女が含まれていて腹立たしかった。

選ばれたもう一人の女官は、普段あまり見る事ができないルイス殿下を間近で見られるかもしれないとあって、頬を上気させて喜んでいた。なのにあの女はいつも通りの無表情で、自分よりも他に適任がいるのではないかと、遠回しに断った。

私は怒りで目の前が真っ赤に染まったような錯覚を覚えた。

私が必死で得ようとするものを、この女はいつもすました顔で要らないと棄てる。欲の欠片もない清らかな天使にでもなったつもりなのか。……虫唾が走る。

いつかあの女のおキレイな羽根をもいで地べたに這いつくばらせて、その背中を踏みつけてやる。憎しみに満ちた目で私を睨む女を見下ろすのはさぞ快感だろう……。

その為には……。

ひしゃげた報告書を伸ばして、最後まで読み直す。

『別れ際に、ガードナー伯爵令嬢は二日後が休日だが、殿下は公務が重なっていて逢《あ》えないのが残念だといった会話をしていた』

あの女は二日後が休みなのか。殿下と会わないとなれば、きっといつも通りに南の孤児院に行くだろう。であれば……。

思わず口元に笑みが浮かぶ。

私は部屋の隅に控えていた私付きの侍女を傍に呼んだ。

「二日後に屋敷と孤児院に行くから、護衛の兵を寄越してと屋敷に連絡して」

「かしこまりました。しかし、二日後は休日ではないですが……」

「大丈夫よ、マリア様には明日許可をいただくから。他ならぬ私の頼み事だし、孤児院へ寄付を持っていくんだと言えば、殿下の為だと許してくださるに決まってるわ」

公爵は教育を間違えたと断言できるほどに、無知で傍若無人なマリア。

学院にいた頃からそうだったが、数年経った今でも全く何も変わっていない。今だって他の候補者達の邪魔をしつつ、マリア自身の評価も下がっている事を全く理解していないのだから笑える。

親の権力を笠《かさ》に、学院でもやりたい放題だった彼女の取り巻きとして、私もだいぶ甘い蜜を吸わせてもらった。もちろん今回の配属も、学院で知り合いだった事を全面に押し出して彼女付きにしてもらった。

マリアの操縦の仕方は心得ている。今回も私の為にその素晴らしい権力を行使してもらおう。

だって、頭の悪い彼女には宝の持ち腐れだものね？

待っていてアナベル……。

——最後に笑うのはこの私。

挿話2　ランスロット、マル秘会員になる

それは、第二王子妃選考会の一年ほど前の事――。

近衛隊の訓練を終えて執務室に入室すると、我らが太陽である国王陛下は机に肘をついてニヤニヤと書類を見ていた。ここにはそんな楽しくなるような書類など回ってこないはずだが……。

「陛下に申し上げます。ランスロット・アンバーただ今戻りました。……その書類に何かございましたか？」

「おお、ランスか。まぁ、面白いから読んでみろ」

そう言って渡されたのは、第一騎士団の定型の護衛任務報告書二枚と別に、もう一枚……。

【天使と書いてベルたんと読むの会】会報？　何だこれは？

定型の報告書を見ると、王妃陛下の名代で孤児院慰問へ行ったアナベル・ガードナー伯爵令嬢と、カチュア・グリーズ伯爵令嬢に対する護衛任務の内容がそれぞれ書いてあった。

アナベル嬢に関しては、一日の様子が事細かに書かれているが、カチュア嬢に関しては、グリーズ家や孤児院内での空白の時間が多い。両方とも端的かつ客観的に書かれているが、出発時間に始まり途中の休憩、孤児院の滞在時間等が彼女達の人柄を如実に物語っている。

そして謎の会報とやらを読んで唖然としてしまった。

何なんだコレは……。


団外秘!!

【天使と書いてベルたんと読むの会】会報

○月×日晴天
報告者
アルジャーノン・ウィッティントン
バーソロミュー・ウォルステンフォルム

本日、団員諸君のかねてからの夢を叶えるべく、団内で随一名前の長い我々があえてタッグを組み、決死の覚悟でベルたんの護衛の任に就かせていただいた。涙をのんで順番を代わってくれた団員にまずは敬意を表する。

いつも通り、早朝の集合時間前にベルたんは降臨なさった。

こんなに覚えづらい我々の名前も、ベルたんはしっかりと記憶してくれていて、律儀に家名で呼んで朝の挨拶をしてくださる訳だが、ここで作戦を決行。

有事の際に、長たらしい名前で呼び合っていると、指示が遅れるなどして場合によっては『任務』に支障をきたす恐れがある。

その為、我々の事は名前で、それでも長たらしい場合は愛称で呼んでいただきたいとの団長からの指示ですと申し上げた。

するとベルたんはいつもの無表情のまま、そのアメジストのような美しい瞳を何度か瞬かせて驚いていた。

その頑張って驚きを隠そうとしている様子に直立不動で萌える。

そして数秒逡巡《しゅんじゅん》した後、我々が夢にまで見た言葉をくださったのだ‼

「分かりました。ア、アルジャーノン殿、バーソロミュー殿。私の事もガードナー伯爵令嬢ではなく、名前で呼んでいただいて結構です」

キタコレ‼

思わずそう叫びたくなる衝動を抑えて、我々は重々しく騎士の礼をとった。

「ではこれから団員一同、ベルた……ゴホッ！　失礼、アナベル様と呼ばせていただきます。我々の『任務』にご理解、ご協力いただき感謝いたします」

そう言うと、ベルたんは鷹揚に頷いてくれた。

やはり魔法の言葉『任務』と、駄目押しで『団長』を使ったのが効いたようだ。そして律儀なベルたんは、相手を名前で呼ぶからには、自分も合わせなければならないという思考に必ず至る！という予想は見事的中した。

鋭い洞察力を持った本作戦の発案者に、改めて賞賛の拍手を贈りたい。これで我が団員の夢『ベルたんと名前で呼び合いたい！』ミッション達成である。

そしてここからは、名前の長い我々が是非とも達成したい追加ミッションである。

俺は意を決して次のステップへと踏み出した。

「アナベル様、アルジャーノン殿とバーソロミュー殿ではまだ長たらしいので、今後はアルとミュー とお呼びください」

「え……それは……」

流石に愛称呼びは難易度が高いだろうか。今日のところは名前呼びを許可してもらったところで良しとすべきか。

ベルたんに拒否される事を想像して怯え、不覚にも俺は尻込みしてしまった。

するとここで、我が団きっての頭脳派であるバーソロミューが、神妙な顔で前に進み出た。

「アナベル様、想像してみてください。今まさにアルジャーノンの後ろに賊が忍び寄り、剣を振りかぶったとしたら。それに気づいたのがアナベル様だけだとしたら……？」

おどろおどろしく語るバーソロミューに、ベルたんも思わずゴクリと息を呑んだ。そんな姿も天使。

「そうなった場合、『アルジャーノン殿後ろ！』と言うのと、『アル後ろ！』と言うのと、どちらがアルジャーノンの生存率を上げると思われますか？」

「それはもちろん短い方が……！」

思わず拳を握りしめて真剣に答えてくれるベルたんに激しく萌えつつも、我が意を得たりとバーソロミューは頷く。

「我々を愛称でお呼びいただく事は、我々の命を守る事にも繋《つな》がるのです。アナベル様には是非ともご理解、ご協力いただきたく」

「……わ、分かりました。アルにミュー、今日一日頼みます」

バーソロミュー恐ろしい子……！

単にベルたんから愛称で呼んでもらいたいという邪《よこしま》な欲望を、壮大な命のやり取りの話にまで発展させて、ベルたんを納得させるとは……！

がしかし、ファインプレーである！

グッジョブである！

流石我が団きっての頭脳派！

名前が長い団員諸君はきっと、この会報を読み歓喜の涙を流している事だろう。次回の護衛の日に、呼んでほしい愛称をベルたんに申告する事をお勧めする。

ベルたんについて語りたい事はまだまだ沢山あるが、この大いなる任務を無事遂行できた事を早急に団員諸君に知らせんが為、名残惜しいがここで本報告を終わる。

なお、同志バーソロミューの偉業を讃《たた》える会を、本日午後八の刻より『天使の渚亭』で行うので、夜勤以外の団員諸君は奮って参加されたし。

以上。

回覧者サイン欄

勝手に団長命令発令しちゃうのはどうかと思う【団長】

団長が話合わせれば丸く収まりますよ【副団長】

副団長に同意【副団長補佐】

偉業達成キタコレ‼【アレクシス】
アルとミューに感謝‼【ナルガ】
俺はディーと呼んでもらうと決めた！【ベネディクト】
感動の涙が止まらない【ルーカス】
北の女王様（笑）に孤児院への寄付を勧められたので皆も注意されたし【ランディ】
ランディ今日一日乙。ベルたんに癒されろ【ブラッド】
……
……
……
私もベルたんにアリーと呼ばせてみようかしら【アイリス】

やたらとテンションの高い会報は『ベルたん』ことアナベル・ガードナー伯爵令嬢についてのものだった。

回覧者サイン欄には団員達の歓喜のコメントがビッチリと書かれてある。どうやらアナベル嬢は第一騎士団員に熱狂的に好かれているらしい。

そしてこの報告書は団外秘となっているが、回覧者サイン欄《らん》の一番下のアイリスとは、もしかしなくとも王妃陛下だろう……。更には、最終的にこの部屋にある時点で、守秘義務は全く機能していない。

「その会報は、第一騎士団長が本来破棄するところを、間違って普通の報告書と一緒にアイリスに回しちまって以来、面白がった彼女が団長に、破棄せずにこっそり回すように命令したそうだ」

陛下は愉快そうに笑い、バックナンバーもあるぞと、分厚い報告書の束を机の上に取り出した。

「……拝見しても宜しいでしょうか？」

「気になるならお好きにどうぞ？」

陛下に面白がられるのは癪だが、王宮では表情を崩さず完璧な女官という印象の強いアナベル嬢の、普段と違った様子が知れるとあって興味が湧いた。彼女は近衛隊の中でも人気のある女官だが、王妃陛下の庇護下にある高嶺《たかね》の花という位置づけなのだ。

会報の高すぎるテンションに慣れるのには苦労したが、王宮では見られない素顔の彼女を知る事ができて嬉しかった。

それ以来、彼女を見かけるとつい目がいってしまうようになり、情報漏洩《ろうえい》？　誰ですかソレ知らない子ですね状態で回ってくる会報を、楽しみにするようになっていった。

職務中は無表情を貫く彼女も、日々観察を続けていると、微《かす》かな表情の変化が段々分かるようになってきた。

ある時は、後輩の手助けをして、お礼を言われた事に頬を染めて喜んでいたり、またある時は、ネズミ退治用に厨房《ちゅうぼう》で飼っている猫が産んだ子猫を見かけて、触りたそうにソワソワしていたり……。

「……っ‼」

そんな可愛らしい場面を目撃する度に、言葉にならない感情が胸を衝《つ》いて、思わず息が詰まる。

これが例の会報で頻《しき》りに書かれている「尊い」とか「萌え」という感情なのだろう。

いつかあの笑顔を自分に向けてほしいという、彼らの意見に激しく同意する。

自分はとある騎士に憧れて、少年の頃から武芸を磨く事ばかりに心血を注いできたので、女性にこんな感情を抱くのは初めてだった。

何とか彼女と親しくなりたいと思い、それとなく話しかける機会を探すものの、真面目がドレスを着て歩いていると評判の彼女を相手に、職務中の無駄話などできるはずもなく、かといってプライベートな時間に、わざわざ捕まえてまで話すような面白い話題もない。

同じような思いを抱く男達が焦ってアプローチした結果、彼女に瞬殺されていくのを見て、ますます身動きが取れなくなり、何も進展しないまま、季節が一巡しようとしていたある日――。

「今度開催する『第二王子妃選考会』でお前も護衛騎士やってこい。担当は要注意人物のノースヒル男爵令嬢だが、相方の女官は『ベルたん』だ」

選考会に彼女が駆り出されるとは聞いていたが、まさか自分にこんなチャンスが来るとは夢にも思っていなかった。

同じ令嬢を担当するという事は、会話する機会も多いだろう。業務上の会話をきっかけに、プライベートな話題に発展させて、彼女との距離を詰められるかもしれない。

そんなこちらの気持ちを見透かすようにニヤリと笑う陛下。

「……勅命しかと承りました」

手玉に取られているような悔しさを感じながらも、せっかく与えられた好機を逃してなるものかと、俺はすぐさま拝命したのだった。

第四章　近づく距離

一

よく晴れた清々《すがすが》しい休日の朝。

そんな朝にお似合いの爽やかな笑みを浮かべた新緑の瞳の美丈夫が、待ち合わせ場所に佇《たたず》んでいた……。

「おはよう、ベル。今日はよろしく頼む」

「おはようございます……ラ、ランス様。こちらこそ御足労をおかけして、誠に申し訳ございません」

「いや、南の孤児院に関しては以前から興味があったから、訪問の機会を得て嬉しいよ」

腹黒殿下（不敬）とのジェパニ語会談以降、常に誰かが傍に居るようになった。

それは女官であったり、近衛であったりしたが、物々しいものではなく、偶然を装ってさり気なくだったので、周囲も特に不思議に思わなかっただろう。

休日の予定を聞かれて、南の孤児院に行きたいと話したら、誰か同行者を手配すると言われた。

そして待ち合わせ場所に来てみたら……同行者はまさかのランスロット様だった。

普段の騎士服ではなく、かといって貴族らしい豪奢な服装でもない、一般市民ファッションに身を包んだランスロット様は、それでも底抜けにカッコ良かった。朝の忙しい時間帯にもかかわらず、行き交う人が一瞬足を止めて見惚《みと》れていくくらいには。

休日の為か、普段上げている前髪を下ろしたままなのも、少し幼げに見えてまた新鮮だった。

――ランスロットの私服スチル萌え死ぬぅぅ〜!!

例のごとく脳内キャロル様がのたうち回っている。

最近キャロル様が悶える気持ちが分かってきたのが我ながら怖い。そんな注目の的のランスロット様は顎に手をやり、まじまじとこちらを見下ろしている。

「今日は髪を下ろしているんだな。女官服のベルは美しいが、私服だと可愛らしい感じになるんだな。とても新鮮な発見だ」

公衆の面前でサラッとお世辞を言われて、恥ずかしさの極致である。

「あ、ありがとうございます。……ランス様もとても素敵です」

何とかそれだけ絞り出すと、ランスロット様は「ありがとう」と爽やかに笑って、手を差し出してきた。

「カバンをお持ちしますよ、レディ?」

「お気遣いありがとうございます。でもそんなに重くないですから自分で持てます」

子供達へのお土産でパンパンのカバンを、ランスロット様に持たせるなんて申し訳ないので、丁重にお断りした。するとランスロット様はひとつ頷いて、至極真面目な顔で恐ろしい事を言った。

「女性に重い荷物を持たせるのは騎士道に反する。それなら、ベルごと運ぶとしよう」

まずい。このままいくとキャロル様が一生に一度されてみたいと呟いている《お姫様抱っこ》を体験する事になってしまうのでは……！

こんな人通りの多い場所でそんな事をされたら、恥ずかしくてしばらくこの停留所を使えなくなってしまう！

「わ、分かりました。では、荷物をお願いいたします！」

私が慌ててカバンを渡すとランスロット様は満足気に頷き、今度は腕を差し出してきた。

エスコートしてくださるという事なのだろう……。

しかしパーティーなどの社交場以外で腕を組んで歩くと、何というか、恋人のような雰囲気になってしまう気がするのは私だけだろうか？

そう思ったらドキドキしてしまい、腕を掴むのを躊躇っていると、ランスロット様は笑って耳元に顔を近づけ囁いた。

「ひょっとして手を繋《つな》いで歩いた方がいいかな？」

ランスロット様と手を繋いで歩くとか‼　絶対体中の汗が繋いだ手から噴き出す‼

私はまたもや慌てて、ランスロット様の腕に掴まった。そんな私を見て楽しそうに笑うランスロット様の様子に、何だかとてもくすぐったい気持ちになった。

王宮ではいつも真面目な顔の彼しか見かけた事がなかったから、選考会を通してこんなにも笑顔を見る機会が増えるとは思わなかった。

近衛隊の副隊長という重職に就いている彼は、護衛騎士なんて、本来はやらなくてもいいはず。けれど、嫌な顔一つせずにキャロル様や私とも親しくしてくれるし、水をかけられた時も、ダンスで転びそうになった時もしっかり護《まも》ってくれた。

今日だって貴重な時間を割いてわざわざ来てくれて、荷物まで持ってくれた上に、こうして私に歩調を合わせてゆっくり歩いてくれる。

「なるほど、これが《スパダリ》……」

「ん？　何か言ったか？」

「いえ、何でもないです……！」

キャロル様語録の《スパダリ》の意味を身をもって理解した瞬間だった。

「そういえば、今日は本当に王宮の馬車じゃなくていいのか？」

「休日に私用で王宮の馬車を使うなど、畏れ多いです！」

休日はいつも街の乗合馬車で孤児院まで行くので、今回もそのつもりでいたら、ルイス殿下が王宮の馬車の使用許可をくださった。

しかし休日のちょっとしたお出かけに最高級に目立つ馬車なんて……小心者の私にはとても考えられず、丁寧かつ強固に辞退したのだ。

「王宮の馬車が嫌なら我が家の物でもいいが……」

「の、乗合馬車は市井の噂や情報収集にはもってこいなので‼　あ！　ほら、あの馬車ですよ！」

ランスロット様と馬車という密室で三時間二人きりとか！　想像するだけで恥ずかしくなる！

絶対無理‼

私は話題をぶった切ってランスロット様の腕を引っ張り、乗合馬車へと急いだ。

朝の乗合馬車はいつも通り大盛況だった。

乗客の多くが商人で、最近の物価の話や近隣の街や領地の景気の話、街で聞いた噂話など、耳を澄ませば多くの情報を得る事ができる。

「すごいな……。ベルの言う通りここは情報の宝庫だ」

隣に座っているランスロット様の低い声が耳元で響く。

騒がしい車内なので、顔を寄せ合って話さなければ声が聞こえないから仕方ないのだけれど、顔が近づく度にドキドキしてしまう。しかも混雑している為、自然と体の距離も近く、馬車が少しでも揺れると腕と腕がぶつかってしまうのだ。

いつも侍女と来ているときは気にも留めないのに、こんな些細《ささい》な事が気になってしまい恥ずかしくなる。これならいっそ王宮の馬車で来た方が、適切な距離は保てたのかもしれないと考えてしまった。

ランスロット様に許可をもらい、雑念を振り払う為にレース編みを開始する。

今日は孤児院の女の子達の髪に飾るリボンを作るつもりでいる。キャロル様の髪にレースを編み込んだりして可愛らしく飾るのが最近の密かな流行りになっているので、それを子供達にもしてあげようと思ったのだ。

そんな様子を横からしげしげと見つめられて、結局集中できず、手元が狂いそうになる。

何か暇潰しになる物をご持参くださいって言っておけば良かった……！


しばらくして、乗客の半数ほどが入れ替わり徐々に減っていき、いつも南の街まで乗っている顔見知りが多くなってきた。

「おや？　今日は珍しい人を連れているね？　旦那様かい？」

「違いますっ‼」

向かいの席に座った顔見知りの恰幅《かっぷく》のいいご婦人の質問に、私は食い気味で返す。

今日はもう何度も色んな人にそう聞かれて、その度に全力で否定していた。

こんな勘違いをされてはランスロット様に申し訳ないので、彼からも是非否定してほしいのだけど当人は、

「ご想像にお任せします」

そう言って爽やかに笑うばかり。そんな意味深な返し方はやめてほしいのですが……⁉

案の定このご婦人も、あらあらまぁまぁと、好奇心を隠し切れない様子で喜んでいる。

今は当人がこの場にいるから執拗《しつよう》な追及はされないけれど、次回侍女と来た時に根掘り葉掘り聞かれるに違いない……！　やはり王宮の馬車の方が良かったと、もう何度目かの後悔が頭をよぎった。

「ランス様、ちゃんと否定してください……！」

思わず睨みつけるようにお願いすると、ランスロット様は何故か、何度も深呼吸をしてから謝っ

てきた。

そんな風に居たたまれない時間を過ごして南の街についた。

任務でついてきてくれているランスロット様が夕方まで快適に過ごせるように、孤児院への道すがら、色々な店を紹介する。

郊外にしてはかなり栄えている街なので、きっと楽しめるだろうと考えていると、ランスロット様はピタリと足を止めてひとつ頷き、こちらを見た。

「そういえばベル、子供達にお土産を買いたいんだが、一緒に選んでくれないか?」

「お土産ですか? ……子供達はもちろん喜ぶと思いますが、そこまでお気遣いいただかなくても大丈夫ですよ?」

子供達にお土産を買ってくれるだなんて、ありがたい申し出だけれど、そこまでしてもらうのは心苦しい。お土産なら私が用意した物もあるし……。

でも、子供達と仲良くなりたいからと言われて、今度は何を買うか頭を悩ませる。

子供達が喜ぶといえば真っ先に思いつくものはお菓子だけれど、値が張る上に人数分ないと喧嘩になる為、大量に必要になってしまう。ランスロット様にそこまでしていただくのは申し訳ない。

そうなると他には……肉? ……いや、手土産が肉はどうなんだろう……。育ち盛りだからつい……。果物? 野菜?

困った事に食べ物しか思いつかないでいると、ランスロット様がぼそりと呟いた。

「いくらあっても困らないような日用品なら迷惑にならないだろうか?」

日用品! それだわ!

「タオルはいかがでしょう？　皆で使えますから人数分なくても大丈夫ですし、長く使えますから」

そう言うと、また深呼吸を始めるランスロット様。

「……ではそうしよう。オススメの店はあるかな？」

「それでしたら少し戻りますけど、先程通ったあのお店が良いかと……」

ランスロット様を案内して、来た道を戻る。孤児院に着くのが少し遅くなってしまうけど、子供達もきっと喜ぶはず。

そうして立ち寄った雑貨店で、上質なタオルや高級石鹸《せっけん》などを、大量に購入してくださったランスロット様。

仮にも近衛隊に所属しているのだから、財布の心配はしないで大丈夫と言って笑ってくれたが、子供達の為とはいえ申し訳なさすぎる……。そう思って見ていると、ご自分の胸元を握りしめて深呼吸を繰り返すランスロット様。

先程から何度も深呼吸をしているので心配になって、どこか具合が悪いのか尋ねると、精神統一をしただけだから大丈夫と、爽やかな笑顔が返ってきた。

なるほど、流石騎士様は、いついかなる時でも鍛錬を怠らないのだと感心してしまった。


「ところでベルは何色が好きなんだ？」

雑貨店の他に何軒か寄り道をして歩きながら、私達は色々な話をした。好きな食べ物に始まり、休日の過ごし方や苦手な物など……。その中で好きな色の話になった。

好きな色と言われて思い浮かぶのは――。

「私は緑が好きです」

「……それは、こんな緑？」

ランスロット様が嬉しそうにご自分の瞳を指差しているのを見て、そういえば彼の瞳も緑色だったと、恥ずかしくなった私は慌てて領地の話をした。

好きな色と言われて思い浮かぶのは、領地を覆う静謐《せいひつ》な針葉樹の重厚な緑。

ガードナー家が代々治める領地は長い年月を経て育った常緑の針葉樹の森に守られ、領民は森と共に生きている。

一年通して葉が落ちない彼らの姿は、いつも穏やかで笑顔を絶やさなかった祖父母のような何とも言えない安心感がある。でもクリスマスの時期になると街中の木々がリボンなどで一斉に飾り付けられて若返ったように華やいで見えるのも好きだった。

ガードナー家の屋敷の庭にもシンボルツリーがあって、その時期になると庭師が飾り付けてくれている。子供の頃はその木陰で家族とピクニックをしたり、弟と遊んだりしたものだ。そんな懐かしい思い出の色。

ランスロット様の瞳の色は新緑の緑。春になると祖父母に手を引かれて送り出されるように若い芽が一斉に顔を出す。何かが始まりそうで心躍らされる、春のひと時だけ見られる希望に満ちたとても素敵な色だ。

そう伝えると、前髪をくしゃりと乱しながら、照れたように笑って喜んでくださった。

――尊い……。尊いがすぎる……。

脳内キャロル様に激しく同意します。

今度は私がランスロット様に好きな色を聞くと、少し言いにくそうにしながら呟いた。

「……俺の好きな色は実は紫なんだ」

「……」

「別に狙っている訳ではないんだ！」

ランスロット様は慌てたように前置きして教えてくれた。

ランスロット様のご実家には花好きのお母様の為の温室があって、そこに遥《はる》か昔にジェパニから取り寄せた、ウィステリアという木があるそうだ。

パーゴラという、背の高いブドウ棚のようなものに、蔓《つた》を這わせて育てているので、花が満開の時期になると沢山の房状の淡い紫の花が一斉に垂れ下がり、まるで空から花が降ってくるように見えるのだとか。その光景がとても綺麗で、子供心に感動したのだと教えてくれた。

満開の花を見て喜ぶ小さいランスロット様はどんな風だったのだろうと想像して、思わず頬が緩む。

今でこそクールで寡黙なアンバー卿と呼ばれているけれど、ふいに見せてくれる悪戯《いたずら》っぽい面から考えるに、もしかしてやんちゃな子だったかもしれない……。

「……ウィステリアはジェパニ語では『フジ』と言うのだそうです。実物は見た事がないので、そんなに綺麗なら私も見てみたいです」

ジェパニ語を勉強していて、その木の事は知識としては知っているけれど、そんなに綺麗な花が咲くなんて……いつかどこかで見られる機会があるといいなと、まだ見ぬ花に想いを馳せる。

「そうか、『フジ』と言うのか……。帰ったら早速手紙で領地の母にも教えてあげよう。きっと喜ぶ」

感心したように頷くランスロット様の言葉に、私は思わず首を傾げた。

「お母様は領地にいらっしゃるのですか？」

社交シーズンの最中だからてっきり王都にいるのかと思っていたけれど、ランスロット様は少し淋しそうに笑った。

「実は今年のシーズン、母は王都に来ていないんだ。俺達には領地での仕事が忙しいからだと言っているけど、どうやら体調を崩しているらしくてね……。自分にも他人にも厳しくて、弱音を吐かない強い人だから、アンバー家の男共は皆、密かに心配しているんだ」

肩をすくめつつも、お母様を思って優しく笑うランスロット様に心が温かくなる。

いつ突然会えなくなるか分からない事を身をもって知っているから、家族を大切にする人はとても素敵だと思うし、そんな様子がとても眩《まぶ》しく映る。

「……ベルの瞳を見ていると、母と母の好きなその花を思い出すよ。とても綺麗な花だから是非見てほしい。今年はもう花の時期が終わってしまったから……来年二人で一緒に見よう」

優しい声音で言われたその言葉に、二人で満開のウィステリアを見る場面を想像して胸が高鳴った。

何より、ランスロット様の思い出深い場所に、一緒に行こうと誘ってくれた事がとても嬉しかった。自分の大切な思い出を共有してもいいと思える相手だと言われたようで、頬にじわじわ熱が集まってくる。

『二人で一緒に』。そんな彼の言葉一つでこんなにドキドキして舞い上がってしまうなんて、一体私はどうしてしまったのだろう……。

――やだも～！　甘ぁぁい！　クーデレランスロット本領発揮⁉

自分で自分を抱きしめながら悶える脳内キャロル様と頬の熱を散らすように、私は慌てて手で顔を扇《あお》いだ。

侯爵家に訪問するなんてとても畏れ多い事で、普段の私なら即辞退するところだけれど、ランスロット様の思い出の場所を見てみたいという思いが強くて悩んでしまう。

結局、是非見に来てほしいと、期待に満ちた目で私を見つめるランスロット様に、背中を押されるように答えた。

「……もし侯爵夫人にお許しいただけるのであれば是非……」

「もちろん！　母ならきっと喜んで歓迎してくれる！　早速『フジ』の名前と一緒にベルの事を話しておくよ」

来年の約束……。

選考会が終わってお互いの日常に戻っても、また会える機会ができた事がとても嬉しかった。

もしこれが単なる社交辞令で、叶わないものだったとしても、来年の春まではこの約束を宝物のように胸に大切にしまって過ごしていける。

そんな風に思った自分に驚いて、またもや頬に熱が集まってしまう。

「――とな……」

ランスロット様が小声で何か呟いていたが、頬を冷ますのに必死で聞き逃してしまったのだった。

＊＊＊＊

朝の乗合馬車は大盛況だった。

多くが商人なのだろう、最近の物価の話や、近隣の街や領地の景気の話、街で聞いた噂話など、耳を澄ませば確かにベルの言う通り多くの情報を得る事ができた。

王宮で得る情報は、煩雑な手続きを通した上で官僚が選別や加工したものになる為、伝わってきた時にはもう機を逸しているものや、都合の良いようにねじ曲がって伝わってくるものが多い。きっと辿《たど》り着くまでに排除されてしまった有益な情報も沢山あるのだろう。

だからこうして新鮮かつ多岐にわたる情報を収集できるこの空間に内心驚いていた。

「すごいな……。ベルの言う通りここは情報の宝庫だ」

狭い上に周りが騒がしいので、隣に座ったベルに顔を寄せて耳元で喋ると、形の良い耳がほんのり染まる。

この距離感も王宮では得難いものだなと、別の意味でこの狭苦しい空間に感謝した。

彼女はそんな喧噪《けんそう》に耳を傾けながら、持参したレース編みを始めた。いつも乗る馬車とは比較にならないほど揺れる車内で美しく編み出されていくレースは、彼女の高度な技術以上に何よりも、彼女がこの空間に慣れている事を証明していた。

余談だが、孤児院に着いた後、このレースがリボンとなって女の子達の髪を飾った時には、会報で頻出単語と化していた『ベルたんマジ天使』を思わず口にしそうになってしまった。

陽《ひ》が高くなっていく中、馬車は順調に進み、乗客も半数以上が入れ替わっていた。途中顔見知りが乗ってくると、彼女はにこやかに挨拶を交わし相手の近況を聞く。ベルがいつもは侍女と一緒に来ているからか、中には隣に座っている俺の事を夫や恋人なのかと聞いてくる者も居て、真っ赤になって否定する彼女を尻目に、「ご想像にお任せします」とにこやかに答え続けた。

一切否定しない俺に、潤んだ瞳で非難の目を向けてくる彼女がたまらなく可愛かった。

そうして孤児院のある南の街に着くと、そこから徒歩で孤児院へ向かう。歩きながら、土地勘がない俺の為に、美味しいと評判の料理店や、書店、武器防具店などを丁寧に紹介してくれる。

おそらく街で時間を潰しやすいようにとの配慮なのだろうが、生憎俺は彼女から離れる気は全くない。何か言われたら魔法の言葉『任務』と『家訓』で押し切ろうと思う。

二人で歩いていてふと、これは広義的な意味でデートと言っても過言ではないのでは？　と思い至った。

休日に待ち合わせをして、二人で出かける……。これをデートと言わずしてなんと言うのか。それならば、この機会を全力で満喫すべし。

俺はひとつ頷いて思考を完全に切り替えた。

「そういえばベル、子供達にお土産を買いたいんだが、一緒に選んでくれないか？」

「お土産ですか？　……子供達はもちろん喜ぶと思いますが、そこまでお気遣いいただかなくても大丈夫ですよ？」

俺が任務で仕方なく付いてきていると思っているベルはそう言うが、意中の人が親しくしている人達の所に行くのだから手土産は必須だろう。

「せっかく訪問するなら子供達と仲良くなりたいから、是非買っていきたいんだ。何がいいかな？」

「そうですね……」

頬に手を当てて思考に耽《ふ》けるベル。伏し目がちになると余計に睫毛《まつげ》の長さが際立ち、貴婦人の持つ一級品の扇子のように美しい。芸術品を鑑賞する気持ちでしばし眺めていると、何事も決断の早い彼女にしては珍しく迷っている。

――子供達に喜ばれる物と言えば菓子が妥当だろう。しかし、菓子はいささか値が張るし人数分ないと喧嘩の元になる。ランスロット様にそんな負担を強いる訳にはいかない。

……おそらくそんな事を考えて悩んでいるのだろう。

俺は手に持っているベルのカバンを見つめた。もちろん、自分の荷物は自分で持つと言って聞かなかった彼女に、カバンを持たせてくれないならベルごと運ぶと究極の選択を迫って勝ち取った物だ。

ベルがお菓子を作ってきている事は、このカバンからほのかに香る甘い匂いで分かっている。もし俺が菓子を買ったら、ベルは遠慮して自分で作ってきた菓子を出さずに、密かにそのまま持ち帰るのではないか。それは大変宜しくない。そこらの店の菓子なんかより、ベルの作った菓子を食べたい。

であれば……。

「いくらあっても困らないような日用品なら迷惑にならないだろうか？」

そう提案すると、何かを閃いたように嬉しそうにこちらを見上げてくる。普段表情が乏しい分、ふいに見せる笑顔の威力がすごい。控えめに言って一個師団駆逐できそうな破壊力。その破壊力によろけそうになるのを鍛え上げた全身の筋肉でもって耐える。例のテンションの高い筋肉達の会報で頻出する『直立不動で萌える』というやつだ。

「タオルはいかがでしょう？　皆で使えますから人数分なくても大丈夫ですし、長く使えますから」

「……ではそうしよう。オススメの店はあるかな？」

「それでしたら少し戻りますけど、先程通ったあのお店が良いかと……」

少し戻る。うむ。これでまたデートの時間が延びる訳だ、素晴らしい。

早く孤児院に行きたいベルには申し訳ないが、少しでも長く二人きりの時間を過ごしたい俺にとっては大変ありがたい。

着いた店で、俺の出費が極力少なくなるような品選びをしてくれようとした真面目な彼女。財政的に何の心配もない事を示す為に、一番質のいいタオルと他に石鹸なども大量に購入した。仮にも近衛に所属しているのだ。これくらいの出費は痛くも痒《かゆ》くもない。

唯一の実害と言えば、申し訳なさそうに眉尻を下げてこちらを見上げるベルが愛らしすぎるお陰で、またもや直立不動を維持しつつ、心を鎮める為に深呼吸が必要になった事くらいである。

その後も、そういえば本も買っていきたいと言ってまた来た道を戻る。先程のベルの案内で店の配置は記憶しているから、頭の中で次に寄り道する店も考えながら彼女との会話を楽しむ。

選考会が始まってから、折に触れてベルと親密になりたいとアピールしてきたが、それじゃあ伝わらないとキャロル嬢や部屋付きメイド達に、何度もダメ出しをくらってきた。だから最近は直接的に好意を伝えるようにしているので、ベルも俺を意識してくれるようになってきたと思う。

今だって、好きな色を聞いたら緑色が好きだと言うから嬉しくなって、こんな色かと顔を近づけて瞳を見せた。

すると顔を赤くして目を泳がせながらも、「……ランス様の瞳の色は私にとって希望の色です」とはにかむように微笑んでくれた。

この色彩で産んでくれた母に、今までで一番感謝した瞬間だった。

もういい大人だというのに、こんなにも相手の言動に一喜一憂するなんて、まるで子供に戻ったようだと無性に恥ずかしくなってしまったが、恋とはきっとこういうものなのだろう……。

実家の温室に咲くウィスティリアを口実に、ベルを我が家に招く約束ができた。彼女はただ、花を見せてもらうだけだと思っているだろうが、何とか二人の関係を今以上に進展させて、花の咲く頃にはせめて婚約者として両親に紹介したいものだ。

「来年だけじゃなく、毎年一緒に花を見られるよう頑張らないとな……」

日差しが暑かったのだろうか、頬や耳に手を当てて熱を冷ましていたアナベルには、そんな俺の呟きは聞こえていないようだった。

＊＊＊＊

孤児院に着くと、わらわらと子供達が集まってきた……と思ったら、私ではなくランスロット様に群がった。

「「「ベル姉ちゃんが恋人連れてきたーー!!」」」

慌てて否定するけれど、子供達のどよめきに掻《か》き消されてしまい、困り果てて思わずランスロット様を見上げる。

ランスロット様は顎に手をやって数秒思案した後、爽やかな笑顔を子供達に向けてこう言った。

「今はまだ違うんだ。いずれ……ね？」

驚いて言葉が出ない私を余所《よそ》に、また大きなどよめきが起こり、子供達は更に騒ぎ立てる。

「ライバル多いけど頑張れ兄ちゃん‼」

「ベル姉鈍いからストレートに攻めた方がいいよ！」

「ここに来る騎士様の中でも兄ちゃんが一番カッコイイから、きっと大丈夫だよ！」

嬉々《きき》として様々なアドバイスや励ましをする子供達に頷きながら、ランスロット様は私を見て嬉しそうに言った。

「ベルは本当に子供達から好かれているな」

それは嬉しいけれど、この状況は恥ずかしすぎます……！

せっかくの休日だろうに、監視役でわざわざ南の孤児院までついてきてくださったランスロット様。これから夕方まで孤児院に居るので、どうぞ街でゆっくりしていてくださいとお伝えしたら、また良い笑みで却下された。

「そういう訳にはいかないな。これは『任務』の一環だからね。それにもっとベルや子供達の事を知りたいし」

そう言って子供達に笑いかけると、女子達は一様に顔を赤くして嬌声《きょうせい》を上げ、男子達はわいわいと囃《はや》し立ててまた大騒ぎとなった。更には持って来たお土産を披露して、子供達を完全に虜《とりこ》にしてしまったようだ。

その後は子供達と遊んだり、院長に施設の事を熱心に聞いていたり、質素な食事も子供達と楽しそうに食べてくれた。

体が資本の騎士様には物足りない食事だっただろうと、念の為余分に用意してきていた手作りのお菓子を差し出すと、ものすごく嬉しそうに笑って受け取ってくれた。

「これがあの手作りの菓子か。食べられる日が来るなんて夢のようだ」

あのというのがよく分からなかったが、喜んでくれたようで良かった。ランスロット様は一つ一つ味わうように食べた後、菓子よりも甘い台詞をくださった。

「とても美味しかった。今度は俺の為だけに作ってくれたものが食べたいな」

……無言で脳内キャロル様が倒れた。

これだけあからさまなアプローチを未だかつて受けた事がなくて、どうしていいか分からなくて困ってしまう。

王妃様のもとに来て以来、結婚は王妃様の薦めてくださった方とすると決めていたし、周囲にもそのように言っていたから、今まで誰かと恋の駆け引きというのをした事がない。経験がないから、自分のドキドキするこの気持ちも、ランスロット様の気持ちもまだ信じられない。

自分に耐性がないだけかもしれないし、もしかしてランスロット様は誰にでもこういう事を言っているのかもしれない。そんな事を考え出して更に身動きが取れなくなっていた。

でも女官生活で、ありとあらゆる噂話を聞いてきたが、ランスロット様に関してはその手の浮いた噂はついぞ聞かなかった。それゆえの『クールで寡黙なランスロット様』という印象だったのだ。

それに半月を共に過ごして沢山話をして、新たな一面を沢山知る事ができたけれど、軽薄だとか不誠実だとか感じる事は一度もなかった。

そんな事を考えながらランスロット様を見遣ると、いつの間にかヤンチャ盛りな男の子達を順番に肩車してやったりして遊び始めていた。

子供達と楽しそうに遊ぶその自然体な笑顔に胸がときめく。

……ランスロット様のくれる言葉を信じてみよう。

あとは自分の気持ちがどうなのかだけれど……と、ここまで考えて、はたと気づく。

でもランスロット様からは好きだとか交際してほしいとか、そういう決定的な言葉は貰っていない……。親しくなりたい、もっと知りたいとは言われたけれど、もしかして友好を深めたいって事かもしれない!?

だとしたら自意識過剰だ……。

自分ばかりあれこれ考えて、ドキドキしているのが恥ずかしくなる。

孤児院に来て、子供達以外の事をこんなに考えるのも初めての経験だった。

顔に集まった熱を手で扇いで散らしていると、人形を持った女の子が遊びに誘ってきたので、私はその手を握った。

言われてもない事をあれこれ考えても仕方ない。またその時考えよう!!

人はそれを現実逃避と言うのだが、更に現実逃避したい出来事が、豪華な馬車に乗って孤児院に迫っていた。

昼食後の休憩も兼ねて孤児院の庭で子供達と遊んでいると、遠くに王宮のものだろう豪華な馬車が近づいてくるのが見えた。

　先駆けで一足先に駆けてきた騎士と、いつの間にか門の外に出たランスロット様が話している。

話が終わったのかランスロット様は額に手を当て、陰鬱な溜め息を吐きながらこちらへ歩いてきた。

　何か良くない事が起きたのだろうか？

　不安に思う気持ちが顔に出たのだろうか、ランスロット様は私を見ると、眉間のしわを緩めて苦笑いをした。

「あの馬車にルイス殿下が乗っているらしい。この孤児院の視察に来たそうだ」

　蜂蜜腹黒殿下再び……!?

　衝撃のあまり声も出せずに固まっていると、ランスロット様は顎に手をやり目を細めた。

「おそらく、北の孤児院の寄付問題の調査の一環だと思うが……絶対俺の邪魔しに来たな、陰険腹黒王子め」

　後半何だか恐ろしいキャロル語が聞こえてきたが、そうこうしている間に、馬車が孤児院の慎ましやかな門の前に到着したので、院長を伴って慌てて迎えに出た。

　馬車から降りてきたのはやはり第二王子ルイス殿下。

　王宮にいる時と変わらない王子然とした美しさは、素朴な孤児院において異様に浮いていた。

が、しかし……。

「「王子様キターーー!!」」

　子供達にはものすごくウケていた。

　ランスロット様が来た時以上の大騒ぎが始まり、あっという間に殿下は子供達に取り囲まれていた。護衛が慌てて止めに入ろうとするのを手で制し、殿下は子供達に向かって優しげに微笑んだ。

「いきなり来ちゃってごめんね？　ベルがこちらに来てると聞いたから僕も来たくなっちゃって」

キャロル様がよく使う、《テヘペロ☆》という擬音語が聞こえてきそうな素振りで話す殿下に、口元が引き攣る。

感じる寒さを必死に堪える大人達に対し、子供達は更に盛り上がる。

「ランス兄ちゃんのライバル登場だ!!」

「ベル姉ちゃんモテモテだなー!!」

「どっちもカッコ良すぎて選べないよー！」

話が変な方向に行ってる……！

下手したら不敬罪にもなりそうな為、慌てて止めに入ろうとすると、殿下は悲しげに子供達に言った。

「ランスはベルとずっと一緒に居るから、今のところ僕の方が不利なんだ。だから皆、僕の事を応援してほしいな？」

マシュマロの蜂蜜がけのような甘い笑顔に、年少の子供達は落ちた。

「いいよー!!」

「おうじさまがんばれー!!」

「おうじさまとけっこんしたら、ベルねえはおひめさまだね!!」

きゃいきゃいと可愛らしくはしゃぐチビッ子達を余所に、もうすぐ卒院を控えそれなりに世の中を知っている年長の少年少女達はヒソヒソと囁き合う。

「王子様と結婚なんて苦労が絶えないんじゃ……？」

「しかもあの王子絶対腹黒いぜ？」

「でもベル姉みたいな賢くて慈愛に満ちた人が王子妃になれば、この国は更に良くなるんじゃないかなぁ？」

「でも腹黒……」

「天は二物を与えずとも言うから、この際もう腹黒は諦めるしかないんじゃない？」

ちょっと！　聞こえてるから！　もう少し小さい声で‼　いや、それ以前に思っていても口に出したらダメなのよ‼

度重なる不敬に、これはもう頭が地面にめり込む勢いで平身低頭謝罪せねばならないと決意した時、殿下が面白そうに笑い出した。

「君達は人を見る目が備わっているね？　特に最初に腹黒と言い出した君」

殿下と目が合った少年キーファは顔を強ばらせて固まった。

思い思いに騒いでいた子供達も微妙な空気を感じ取り、水を打ったようにしんとなる。

「ベルに院長？　彼の人柄と学力はどうなのかな？」

私と院長は慌てて地面に膝をついて頭を下げた。

「畏れながら申し上げます。このキーファはとても聡《さと》い子で学力も申し分なく、昨年推薦で王立学院に入学した子にも劣りません。隣国語はもちろん、私が教えているジェパニ語も日常会話はマスターしております。とはいえまだ子供ですから、至らない点もあります。本人にはよく言って聞かせますので、どうぞお慈悲を……！」

「わ、私からもお願い申し上げます‼　キーファは将来有望な子です！」

院長と二人、平伏して最大限の謝罪スタイルをとる。

そんな私達を見て事の重大さを悟ったのか、子供達は凍りついている。

キーファも、余計な事を言った自分の口を戒めるように強く唇を噛みしめて、深々と頭を下げていた。

殿下はそんな事はしないだろうが、世の中には理不尽な貴族も居て、下手したらその場で手打ちという事も有り得るのだ。

子供達が固唾を呑んで見守る中、殿下は子供達を安心させるように優しげに笑った。

「ガードナー伯爵令嬢ならびに院長の献身と、キーファの今後の可能性に免じて謝罪を受け入れよう。キーファは孤児院を卒院後、王立学院に入り、更なる知識を身につけて国の為に働くように。推薦状は私が書こう」

殿下の言葉に子供達が沸き立った。

キーファの優秀さは誰もが認めるところだったので、未来が拓《ひら》けた事を皆喜んでいた。

本人は頬を紅潮させながらも、口元をひくつかせて最敬礼していた。

うん、分かるよ。腹黒王子にロックオンされてしまった気持ち。

彼は本当に優秀な子だから、殿下の後見のもとでメキメキと頭角を現すだろう。遠くない未来、殿下に扱《こ》き使われるキーファの姿が想像できて嬉しいやら、気の毒になるやら……。

でもきっと、彼の未来は明るいものになるだろうし、その輝きは孤児院で育つ子供達の希望ともなるだろう。

「さて、時間もあまりないから、僕に孤児院の事を沢山教えてくれるかな？」

「うん！　あのねー、今からちょうどお勉強の時間なんだよー！」

「王子様こっちだよー！」

殿下は大はしゃぎで案内をするチビッ子達について、院内に入っていった。

その後は、私が担当するジェパニ語の授業と、年少組の算術の授業を視察したり、会計帳簿を検《あらた》めたり、本当に真面目に視察されていた。

その後、あっという間に帰る時刻になり、ルイス殿下は私達に微笑んだ。

「せっかくだから王都まで一緒に帰ろう？　いいよね？」

無言の圧力付きの提案を辞退する勇気はなく、私はランスロット様と共に殿下の馬車に乗り込んだ。

「あの、殿下はどうして今日こちらに？」

勇気を出してそう質問すると、殿下はニッコリ笑った。

「僕がいれば何よりも確かな証明になるからね。それに、僕は選考会やら調査やらで色々大変なのに、ランスばっかり順調のようでズルいから邪魔しに来たんだ」

「やっぱりですか……」

がくんと項垂れ、溜め息を吐きながら呟くランスロット様の横で、私は首を傾げた。

「……証明になるとは、どういう意味ですか？」

「今は内緒。近いうちに分かるよ」

そう言うと殿下は、これ以上は聞いてくれるな、という風に意味深に笑った。

——ひいっ！　黒い!!

脳内キャロル様が怯えるのも無理もない、何やら言いようのない圧のこもった雰囲気に、私はそれ以上の詮索を諦めたのだった。

二

空は快晴、風も爽やか。だけど私の心には今にも雨が降りそうなレベルで、どんよりした分厚い雲が覆っている。

今日は順番に回ってくるルイスと一対一での交流の日。ピクニックの日に喧嘩売って以来、初めて二人きりになるから、何を言われるのか怖くて仕方がない。

「キャロル嬢、今日は天気もいいので薔薇園を散策しませんか？」

「エエ、ヨロコンデ……」

いつ見ても尊さ垂れ流しのルイスに、甘い笑顔で誘われて断れる訳もなく、現在一緒に薔薇園に来ている。

薔薇も羨むほど美しい王子様のエスコートを受け、レースの装飾も美しい日傘を差して、しゃなりしゃなりと歩く私。

傍目にはルイスとのデートを満喫しているように見えるだろうが、気分は完全にドナドナされる子牛のそれ。

ベルとランスロットは、私達の交流を邪魔しないようにという配慮か、遥か後方から着いてくる。そんな配慮全く必要ないから是非とも傍にいてほしいし、何ならランスロットにポジションを代わってほしい。ベルとキャッキャうふふしながら散歩したい。

それに、ランスロットとルイスが二人で散歩っていう、けしからん構図も、薔薇がとてもお似合いで貴腐人に需要があると思うし。こちらの世界に腐った文化があるかは知らないけど……。

ていうかランスロットとは、ピクニックの時にベルのアップルパイを人質にして、私がルイスと二人きりにならないようにしてくれるって約束したのに、全然守ってないじゃない！

職務中という事もあり、ベルとランスロットは表向き無表情で歩いてるけど、取り巻く空気が甘ったるいのよね！　普段だったらニヨニヨ見守るところだけど、心に余裕がない今は、無性に割って入りたくなる。

私を見てと言わんばかりに咲き誇る薔薇達の間を、地面を縁取る自分の日傘の影ばかり見ながら黙々と歩いていると、ルイスの足が止まった。

顔を上げるとそこは、薔薇の蔓を絡ませて作られた大きなアーチの並ぶ小路。

ルイスに喧嘩を売った例の事件現場だ。

え、現場検証からの断罪ですか？　あれから何日も経ってるし、もう時効とかダメですかね？

「この前ここでキミに言われた事、あの後よく考えたんだ」

そう呟いて、傍に咲いていた薔薇を優しげに撫でるルイス。

いやもうこんな状況じゃなければ、美麗スチルゲットだぜ‼　と騒ぎ出したいレベルで尊い。

そんな私の心の葛藤をよそに、ルイスは静かに話し出した。

「正直言って、父上と兄上が取り計らってくれたこの選考会は、僕にとってありがた迷惑だし、この上ない厄介事だと思っていた。僕と兄上は同じ王妃腹だから王位継承を巡る派閥争いもないし、今のところは平和だ。でも僕がどんな妃を娶《めと》るかによっては、思わぬ争いの火種になるかもしれない。だから結婚なんてしなくてもいいとさえ思っていた」

これはゲームの中でも、ルイスの抱える闇として語られていた内容だ。

彼は兄の事をとても尊敬している為、王太子である兄の王位継承の邪魔にならないような生き方を常に優先してきた。自分を担ぎ上げてひと旗揚げようとする人間を排除する為に、あらゆる手を使ってきた結果、陰険腹黒王子に成長したのだ。

「でも兄上が、自分の子供と僕の子供を一緒に遊ばせたいと言うから、それなら兄上の希望を叶える為に何としても結婚しなくてはと思ってね」

……ん？　あれ？

「兄上の子だから、それはそれは可愛い子が生まれるだろう？　親の目が届かない子供達の世界で何かあったら大変じゃないか。僕の子供が同年代で生まれれば、常に傍で見守り支える存在になれるし、僕も親として子供達の成長に干渉していける」

これは……尊敬という概念を遥かに通り越して……。

「しかし、僕の目の黒いうちは平和でも、僕の子供を担ぎ上げて、良からぬ事を考える者が出てくるかもしれない。兄上の子を脅かすなんて到底許される事ではない」

ブラコンだ。ブラコンがここに居る……。

「だから僕の妃は、その周囲を含めて、そういう野心を抱かないモノ、その他の僕が考える条件に適合したモノを選ぼうと考えていた。それ以外は辞退してくれたら手間が省けるとさえ思っていた。

……今考えると酷く傲慢だった」

ルイスが真剣な話をしてる最中だけどごめん、公式にすら載ってない衝撃の事実に動揺してしまう……！

そういえば、隠しキャラ王太子の攻略の時、悪役令嬢ばりにルイスがしゃしゃり出てくるのはそういう理由だったのか……！　今すぐ攻略サイトの掲示板にタレコミたい……！

ルイスは私に向き直って、自分の胸に手を当て頭を下げた。首元で一つに纏められているプラチナブロンドの髪がはらりと肩口から垂れる。

まさか三次元で目にする事になるとは夢にも思わなかったその頭頂部には、陽の光が授けた天使の輪が燦然《さんぜん》と輝いていて、ルイスは実は天使でしたと言われても、ええ、そうだと思ってました！

と前のめりで賛同できる尊さ。

「今までの選考の進め方でキャロル嬢にも精神的苦痛を与えてしまい、申し訳ありませんでした」

ぼけっと眺める事、数秒……。王族に頭を下げさせてしまった一大事に気づき、尊み成分過剰摂取でぐいぐい上がっていた血の気が、一気に急降下する。

「あ、頭を上げてください！　私は全然大丈夫ですので！　むしろ宿泊費や支度金の分は生け贄でも何でもやるつもりでいましたので！　ただ、他のか弱いご令嬢が可哀想だなーと思ってただけで！　でも遠い国に《ただしイケメンに限る》という魔法の言葉がありまして、見目麗しいというのはそれだけで大抵の事が許されてしまうものなので、きっとご令嬢達も怒ってないと思います！」

マシンガントークでフォローとも言えないお粗末なフォローをしながら辺りを見渡す。薔薇のアーチが周囲からの視線を遮っている為、殿下の護衛騎士達が少し離れた所から見守っているだけだった。……不敬罪で斬られないよね？

「生け贄ね……。キミはとても芯の強い女性のようだ」

頭を上げた殿下は、はにかむようにくすりと笑った。

あぁ……スクショ撮りたい……！

「キミの助言に従って、候補者の皆と改めて話をしてみたんだ。タニア嬢ともね」

最初のお茶会で心に傷を負って、部屋から出られなくなってしまったタニア様。

ルイス殿下が本心を聞いたところ、やはり家の命令で気が進まないまま参加していたそうだ。そのまま泣き暮らしていたのかと思いきや、そんな状況の彼女を献身的に慰めてくれた護衛騎士と恋に落ちて、長い引きこもり生活でちゃっかり両思いになっていたそうだ。

家格的にも問題がないので、選考会終了後、二人の婚約をルイス殿下が両家に勧めて差し上げるという。

……タニア様、意外と逞しかった件。

「他にも、実は領地に両思いの恋人がいるというご令嬢もいてね。どれだけ自惚《うぬぼ》れていたのかと恥ずかしくなってしまったよ」

いやまぁ、殿下は自惚れても当たり前のご尊顔だから仕方ないと思いますけどね。

「もちろん、僕の事を本当に好きで妃になりたいと言ってくれた人が大半だった。でも、僕のどこが好きか聞くと、全部が好きですと纏められたり、顔とか立ち居振る舞いとか、そういう外見的なところばかりで、キミの言う『性能や能力だけの心が通わない関係』というのはこういう事かと身をもって実感したよ」

ヤバい、私の提案が殿下の自尊心をバキバキに折る結果になっている？

瞳を揺らして悲しげに微笑むルイスの姿に胸が激しく痛む。誰が何と言おうと、最推しの悲しむ顔は見たくない！

「殿下は八ヶ国語が堪能だって聞きました。将来、大好きなお兄さんを外交面で支える為に一生懸命勉強したんですよね？　私なんて今三ヶ国語だけでも難しいなって思ってるから本当に尊敬しますし、そんな風に大好きな人の為に何かを頑張れる人は素敵だと思います！　それに、自分が間違ったと思ったらこうして目下の者にもきちんと頭を下げられるところも推せる！　……今回の選考はちょっとやり過ぎちゃったかもしれませんが、殿下の腹黒さは味方であればこれほど心強いものはないですし、ていうか腹黒属性の需要は時代を問わず高いですし！　やり過ぎだと思ったらブレーキをかけてくれる人が傍に居ればいい訳で！　要するに何が言いたいかというと、ありのままの殿下を知って、その上で好きだって言ってくれる人がきっといるハズです！」

そう、例えば乙女ゲームのヒロインとか！　……ってヒロインは私だったぁぁ！

すっかり忘れていた事実に愕然《がくぜん》としていると、私の再びのマシンガントークを黙って聞いていたルイスが、艶やかに微笑んだ。

「……キャロル嬢は確か、御家族の反対を押し切ってまで立候補してくれたんだったよね？」

「えっ！　ええ……まぁ、あの時はそうデスネ……」

選考会の知らせを聞いて前世の記憶が戻って、舞い上がった状態で立候補しましたね……。

「ご両親は、選考会本部にわざわざ連絡をくれてね。身の程を弁《わきま》えず娘が押しかけて申し訳ない。

問題があればすぐに強制送還してくれて構わない、と言っていたそうなんだ。野心の欠片も感じられない素敵な御家族だね……？」

「エエソウデスネ……？」

「そしてキミは僕の努力を認めてくれて、ありのままの僕を受け入れてくれている」

ありのままの腹黒い姿を見せられすぎるのは全力で遠慮したいんですがね……。

「更には今回のように、やり過ぎそうになる僕を止めてくれるはずだよね？」

いや～、無双状態のルイスを止めるとか無理ゲーじゃないかな……。

ルイスは一歩近づいて私の手をそっとすくい上げ、ニッコリ笑った。

背後の薔薇が黒く染まって見えるのは何でだろう……？

「という訳で、明日から僕もキャロル嬢の語学の勉強会に参加するよ」

「ど、どういう訳で……？」

「それはもちろん、共に過ごす時間を増やしてキミの事をもっと知りたいし、僕の事ももっと知ってほしいからだよ」

「へっ？」

どこかで聞いたな……こんなセリフ。確かランスロットがベルの分厚い鈍感防御壁に穴を開ける事に成功したド直球攻撃だ。つまりは……？

言葉の意味が脳みそに入国拒否されている間に、ルイスの唇がレースの手袋越しの手の甲にそっと触れる。

「《ただしイケメンに限る》か……。良いコトを聞いたな。どこまで許されるのか、イロイロ試し

てみたくなるね？」

上目遣いからの極上腹黒スマイル頂きました！

わぁぁぁん！　そんな黒いルイスも最高ですぅぅ！　とか思う私、終わってるな……。


それからというもの、ほぼ毎日ルイスが出現する。

語学の時間であれば、会話練習の相手になってくれたり、ダンスの時間であればパートナーとして一緒に踊ってくれる。ランスロットがパートナーの時ですら尊すぎて直視できないのに、最推しと手を取り合ってこんな至近距離で見つめ合うとか無理！　顔中の毛穴を全部埋めたい！

そんな風に羞恥心と闘いながらルイスと過ごす時間が増えていく日々。

こんなに頻繁に顔を出して他の候補者達との兼ね合いは大丈夫なのかと聞くと、黒薔薇エフェクト付きの蜂蜜スマイルが返ってきた。

「この僕が、バレるような下手《へた》を打つはずがないでしょう？」

……心配した私が悪かったデス。

そんな状態だから、公務が詰まっていてルイスが来られない日は、何だか物足りないと感じるようになってしまった。

マズイ、非常にマズイ。

ルイスなしじゃ生きていけない体になったらどうしてくれるのよ！

そもそもが前世の最推しで好感度はＭＡＸ値。喧嘩を売った時に少し下がったものの、こんな風にまめまめしく会いに来られて好感度メーターはいとも簡単に上昇。その後はずっと振り切れたまま。

ルイスは何を思ってこんな事をするんだろう？　期待させるだけさせておいて、最後にドン底に落とすとか？　そうだったらもう立ち直れない自信がある。

そんなある日、ダンスのレッスンで一緒に踊っていて違和感を覚えた。いつもは羽でも生えてるんじゃなかろうかというほどに軽やかなステップなのに、今日はやけに彼の足取りが重い。どうしたのかとルイスの顔を見ると蜂蜜のような笑顔は健在だけど、よく見ると目が充血していて、全体的に血の気がない。

私はダンスをやめて、そのままルイスの手を引っ張っていきソファーに座らせた。

「殿下、ちょっと触りますね！」

許可が下りる前に、ルイスの両目の下まぶたを思いっきり引き下げて色を見る。うん、白い。前世のアタシがどこからか仕入れたにわか知識だけど、下まぶたが白いのは貧血気味だったハズ。

突然の事に驚いているルイスとその周囲を見渡して、淡々と伝える。

「殿下はおそらく貧血気味です。ちゃんとお医者様に診《み》てもらって休養をとってください」

確かルイスルートに入ると、日中ヒロインと会う為に睡眠時間を削って公務で無理をした結果、熱を出して寝込んでしまい、ヒロインが看病するというイベントがあった。もしかして、これが前ぶれなんじゃないかな……。

イベント自体は、体調不良で甘えたになったルイスに果物を食べさせてあげたり、甲斐甲斐しく看病して、汗を拭いてあげたりする甘酸っぱい内容でお気に入りだった。

美麗スチルも、パジャマ姿で口を開けてちょっと照れ臭そうにあーんってしてる顔で、きゅんが止まらず床を転げ回って萌えた記憶がある。あまりにジタバタしたからお姉ちゃんに静かにしなさいって怒られたっけ……。

でも実際にやつれ気味のルイスを見ると、たとえイベントを潰す事になろうとも、これ以上悪化してほしくないと思う。

「体調が悪い日はちゃんと休んでください！　こんな風に無理して来られても、ちっとも嬉しくないですっ！」

腕を組んで睨みをきかせ、怒っていますアピールをすると、ルイスがクスクスと笑い出した。

「すごいなキャロル嬢は。けっこう上手く隠せてたと思うんだけど、キミにはバレちゃうんだね」

取り繕わなくて良くなったからか、ルイスはソファーの背もたれにぐったりと体を預け、深い溜め息を吐いた。

「ちょっと書類仕事が溜まっていてね……。夜に時間をとって頑張っていたんだけど、無理しすぎたかな」

やっぱり睡眠時間を削っていたのね。過重労働ダメ、ゼッタイ！

「殿下、とりあえず自分のお部屋に帰って寝ましょう？　それで元気になったらまた……ダ、ダンスの練習に付き合ってくれてもいいんですよ？」

もう来なくていいと言えば良かったのに、何だかツンデレのような発言になってしまって頬に熱が集まる。そんな私を見てルイスは嬉しそうに笑う。

「ありがとう。じゃあお言葉に甘えて寝ようかな？」

そう言うとその場で体勢を変えて、隣に座っていた私の膝に頭を乗せて横になった。

「ちょっ！　ここで寝るんですか⁉」

「もう眠くて眠くて一歩も動けないんだ。すまないけど四半刻ほど膝を貸してね？」

「いやでも……」

「ただしイケメンに限る、ってこういう時に使うんでしょ？」

そう言ってルイスは目元を擦《こす》りながら小さな欠伸《あくび》をした。

使い方違う気がする……！　ていうか、三十分膝枕って……！

部屋の隅に控えている殿下の侍従を見ると、両手を合わせてお願いしますポーズをとっている。

そんな事言われてもー！

部屋の空気が一瞬にして生温くなる。

メイド達は急に仕事を思い出したとそそくさと退出していき、ルイスの侍従とベルも殿下にブランケットを掛けて、隣の部屋に待機していますと静かに移動していく。

ちょっと！　置いていかないでよー‼

ルイスを見ると完全に眠る体勢になっていて、今更叩き起こすのも忍びない。よく見るとうっすら目元に隈もできている気がする。

……仕方ない！　三十分の我慢よ！　これは人助け、恥ずかしくない恥ずかしくない……！

手近に暇を潰せるような物がないから、ひたすら時計を見て、時折ルイスの様子を窺う。さっき少し動いた拍子にルイスの髪が頬にかかってしまったのを、よけてあげたくて仕方ない。何ならついでにほっぺもツンツンしたい。……でも触ったら起きてしまうと思って衝動に耐えている。

何なのこの面映《おもは》ゆい状況は‼

太ももから伝わってくるルイスの頭の重みと温もりに、改めてこの人はゲームのキャラじゃないんだって実感する。

前世のアタシはひたすら画面越しに二次元のルイスを眺めていたから、表情だってシステムで造られている何種類かしか見た事がなかった。攻略サイトと睨めっこして必死でコンプリートした美麗スチルも全部で十枚にも満たない。

ダンスで重ねる手が意外に大きくしっかりしてるって事も、こうして上から見下ろすと、何だかあどけなく見えるって事も知らなかった。さっきなんか勢いに任せて下まぶたの色まで見ちゃったし。

それから、何でもできるのに意外と絵が下手だったり、泳いだ事がなかったり——バタフライまでマスターしている私がその事を自慢したら、「僕だって練習すれば泳げるようになるよ」って拗《す》ねていた——こうして色んなルイスを知って、画面越しの推しを尊ぶ感覚は別のナニカに塗り変わってしまった。

その別のナニカを、このまま育てていって良いのか分からなくて戸惑う。こちらの世界の感覚だと、どうしても身分というものを気にしてしまう。

どうせ上手くいきっこないなら、本気になりたくないのに……。

「ん……」

寝返りを打ってこちら側を向いたルイスがうっすらと目を開けた。時計を見ると、約束の時間まであと十分ほどある。

「殿下、あともう少し時間ありますからまだ寝ていて大丈夫ですよ」

意識があるうちにと、頰にかかっている髪と、おでこの辺りで乱れている髪を手櫛《てぐし》で直してあげると、ルイスはふわりと笑ってまた目を閉じた。

「キャロル……何か話をして？」

「話……ですか？」

「何でもいいよ。キミの話でも、おとぎ話でも……」

おとぎ話……。

ふと、ルイスに聞いてほしいと思った。

私の中にいるルイスの事が大好きな前世のアタシの事を……。

……今なら寝ぼけているし、前世の話をしても多少変なおとぎ話としてすぐに忘れるはずだよね？

「……これは遠い遠い、日本という国のお話です。その国はまるで魔法のように便利な物が沢山ありました。高い塔の上までほんの少しの時間で登る事ができる機械や、遠い異国に居る人ともその場ですぐ会話ができる機械とか……」

「それはすごいね……行ってみたいなぁ……」

眠たげな声でルイスが相槌《あいづち》を打つ。

「その日本のある所に女の子がいました。……女の子は、優しい父親とおっちょこちょいな母親、しっかり者で美人な姉のいる温かい家庭に生まれました――」

約束の時間になり、アナベルと殿下の侍従はそっとドアの隙間から中を確認する。

視線の先には膝枕のまま、笑顔で言葉を交わす二人。ルイスは肩口から垂れているキャロルの長い髪を指に絡ませて遊び、キャロルも時折ルイスの髪を手で梳《す》いて整えている。

桃色幸せオーラが漂っている様子を見て、有能な侍従は次の予定を何とかキャンセルする為に退出していく。

アナベルも、そのうち起きて来る二人の為に、疲労回復効果のあるお茶を用意しようと、そっと扉を閉めた――。

挿話３　筋肉は目撃する

団外秘‼　緊急回覧‼
【天使と書いてベルたんと読むの会】会報号外

○月×日晴天
報告者
ロベルト・クルーズ

緊急事態だ。

夜勤明けに家に帰ろうと、乗合馬車の停留所へ行ったら、幸運にもベルたんをお見かけした。ベルたんに会いたいと毎日神に祈っていたのが通じたのだろうか！

特に今月は第二王子妃選考会のお陰で、孤児院慰問を他の女官殿が担当する事になっていて、ベルたん成分が不足している。

俺は思わずその場で神に祈った。

ベルたんはいつもはアップに纏めている銀糸にも勝る美しい髪を下ろして、可愛らしいバレッタで飾り、清楚なワンピースに身を包んでいたから、休日のお出かけなのだろう。

朝からマジ天使だった。

勇気ある団員諸君が少しずつ聞き出した情報からすると、おそらく今日も侍女と共に南の孤児院へ行くのだろう。きっとあの大きめのカバンには子供達へのお土産が詰まっているに違いない。マジ天使。

団員の夢であった『名前で呼び合う』ミッションをクリアした今、次のミッションである『休日もベルたんを護衛させてもらう』を何とか早急に達成したいものである。そうすれば、もっと頻繁にベルたんに会えるのだから。

こうなれば一刻も早く、ミッションクリアの為の人員を選出せねばなるまい。そう決意を漲《みなぎ》らせながらベルたんを見ていると、今日はいつもの侍女殿が居ない。

まさか一人で行くのか？　いくら治安が良いとはいえ流石に危険では？　そこで俺のちっぽけな脳みそが珍しく閃いた。

もしや今この時こそミッションクリアのチャンスなのでは⁉

幸いにも俺は夜勤明けでこの後はオフだ。このまま護衛に名乗り出てベルたんに付いていけばいいではないか！

睡眠？　そんなものは今の俺には必要ない！　団員のみんな！　オラにパワーをくれ‼

俺は祈りを込めて天に向かって両手を広げて、パワーを取り込む。周囲の冷たい視線なんて気にしないんだからっ‼

そしていざベルたんのもとへと一歩踏み出したところで衝撃的なものを見てしまったのだ‼

ベルたんは一人ではなかった。そこには私服姿のランスロット・アンバー卿がいたのだ！　ランスロット・アンバー卿といえば誰もが知る陛下の側近で、近衛の中でも腕はピカイチと言われている男。そして王子妃選考会でベルたんとペアを組んでいるという、今一番妬ましい男ランキング堂々第一位の男だ！

休日に一緒に出かけるまでに二人は親密になってしまったのだろうか？

親しげに言葉を交わす美しい二人は街の雑踏の中でも一際目を引き、一幅の絵画のようだった。集めたパワーを手に余らせたまま唖然として見守っていると、なんとベルたんがアンバー卿の腕に親しげに手を回して、更にはアンバー卿を引っ張るようにして乗合馬車へ乗り込んだのだ!!

ジーザス!!

夜勤明けの疲労感も手伝い、俺はガクリと地に膝をついてしまった。

しばらくその まま放心状態でいたが、この未曾有《みぞう》の緊急事態を早く団員諸君に報《しら》せるべく、休日返上でこの報告書を書いている。

団員諸君らには今後の対策について、多くの情報と忌憚《きたん》なき意見を求めたい。

以上。

回覧者サイン欄

相手がアンバー卿なら勝ち目はない気がする【団長】

諦めたらそこで試合終了ですよ。陛下に掛け合って何とかしてこい【副団長】

副団長に同意【副団長補佐】

無理無理無理!! 泣【団長】

団長が情けない件【アーサー】

皆焦るな！ 卿はまだベルたんの生態をよく知らないはず！ 時間はある！【ナイジェル】

そうだ！ 今まで深めてきた俺たちとベルたんの絆《きずな》を信じよう！【ベン】

俺もアンバー卿みたくイケメンになりたい【ルパート】

ベルたんは永久に俺達の天使っす！【イーサン】

ベルたん頼むから攻略されないでくれ！【ノマル】

むしろ俺に攻略されてくれ【チェスター】

……

……

……

……

残念ながらランスは会報の愛読者なのよねぇ～【アイリス】

第五章　陥れる者達の暗躍

一

院長室と書かれた無駄に豪奢な扉を、侍女に開けさせて部屋に入ると、酒の臭いが充満していて私は思わず顔を顰《しか》めた。

「……これはグリーズ伯爵令嬢様。次回の慰問はまだ先かと記憶しておりましたが、今日はどうされましたかな？」

声の主である北の孤児院の院長は、目が痛くなるような真紅のソファーに座り、昼日中から酒を飲んで、醜く肥大した体を更に肥えさせていたようだ。

赤ら顔で驚いている院長を一瞥《いちべつ》して、私は対面に座った。相変わらず悪趣味なソファーだが、粗末なものよりまだマシだ。

「臨時の寄附金があるから持ってきたの。善意に溢れた第二王子妃候補の方々からよ」

テーブルの上に小切手を出すと、覗き込んだ男はその額に目を瞠《みは》る。

「これはまた……儲《もう》けましたなぁ！　いやはや、お妃候補の方達ともなると、慈善活動にも熱心でらっしゃるんですなぁ。有難い事でございます」

降って湧いた大金に男は醜悪な顔を更に醜く歪《ゆが》めて笑う。何故こんな男が聖職者で、しかも孤児院の院長に収まっているのか心底分からない。しかし、そのお陰でこちらも甘い蜜を吸っているのだから今は考えない事にする。

「いつもは半額が私の取り分だけど、今回は私が稼いできたものだから八割貰っていくわ」

そう言うと、男は大袈裟に顔を顰めた。

「八割！　それはあまりにも無慈悲な‼　こちらの取り分があまりに少ないと、対外的に取り繕えなくなります。寄附金を着服しているのがバレては貴女様が困るのでは……？」

悪事の露見を仄《ほの》めかして暗に脅してくる薄汚い男。

私を脅すなんて身の程を知らなすぎる。この男の生殺与奪の権利を持っているのは私だというのに、酒の飲みすぎで忘れたのだろうか？

男から漂ってくる酒の臭いに嫌気がさし、扇子で口元を覆い隠す。

「お前が更に懐に入れなければいい話よ。元手のかからない孤児《しょうひん》で儲けてるんだから、今回くらい我慢したって問題ないでしょ？　証拠はこちらが握ってる。バレたら困るのはお前の方よ」

そう言ってやると、男は脂ぎった唇を悔しそうに噛んでいる。やはり忘れていたようだ。

この男は、孤児を人身売買のブローカーに売りつけて儲けている。もちろん人身売買は犯罪で、露見すれば極刑も免れない。私はその証拠を握る事に成功し、黙っている見返りに孤児院への寄附金や国の給付金を半分受け取っている。

まだブツブツ言いながらも、北の孤児院名義の支払手形を切る男を見ながら、こんなお粗末な脳みそでよくそんな危ない橋を渡れているものだと逆に感心する。

もっとも、寄附金の着服に関しては国にバレないように、私も手を加えている。行政の担当部署の人間を買収して、抜き打ち調査の日程をリークさせたり、会計帳簿も不整合がないよう装って、監査にも手心を加えさせている。

万が一バレたとしても、私まで巻き添えにならないように手は打ってあるが、せっかくの金づるには長生きしてもらった方がいい。

「名宛人はいつも通り『アナベル・ガードナー様』でよろしいですかな？」

「ええ。期日は少し早めて一週間後にして頂戴」

男が書き終わった手形を受け取り、思わず笑みが浮かぶ。

この大金が一週間後には私の物になる……。

着飾るしか能のない令嬢達が、慈善活動に見せかけた打算で、殿下の歓心を買おうとした無駄金。孤児に使うより私が使った方がよっぽど有意義なのだから、私が貰ってあげるのだ。

支払手形さえ手に入ればもう用はない。居るだけで酒臭くなりそうな空間から早く抜け出そうとソファーを立った。苦々しげな男を見下ろして優越感に浸ると同時にふと思い出した。

「あとの二割の寄附金の使い途だけど、教師でも雇って頭の良い子供を二、三人教育させなさい。育ったら王妃陛下に進言して王立学院に入れさせるから、商品達と同じように大切に扱って」

そう言うと、男はしたり顔で頷いた。

「なるほど、街では最近ウチの評判が悪いようですからな。どこが発信源か分からないが、北の孤児院は待遇が悪いから、子供を任せるなら南の孤児院へ、と誰もが声を揃えて言うとか……。ウチが教育に力を入れていると分かれば、変な噂もなくなるかもしれませんな」

私は鼻を鳴らして嗤ってやった。平民共の噂が何だというのか。

家畜小屋で牛や豚が鳴いていたとて、気にする必要など何もないのに。

それをあの女は逐一王妃様に報告していたが、そんな面白くもない話なんかより、私の仕入れてくる流行の最先端のファッションについての話の方が、よっぽど王妃様を楽しませられる。

それなのに王妃様のお気に入りはあの女。全くもって理解できない。

思い出したら一気に気分が悪くなってしまった。

おそらくあの女は今日という貴重な休日も、わざわざ鄙びた孤児院で高尚な慈善活動とやらに勤しんでいる事だろう。

でも……笑っていられるのも今のうち。

そのうち、この男を切る時に一緒にあの女も巻き添えにしてやるのだ。その為の手は打ってある。いい子ちゃんのあの女の顔が絶望に染まった様を見る日が楽しみでならない。

「下々のくだらない噂話なんて誰も気にしないわよ。検査が来た時に上手く取り繕えていれば問題ないわ。もし何か問題が起きた時は以前話したように対応して」

それだけ言うと私は次の目的地である銀行に向かう為に、悠々と部屋を後にした。

銀行で用事を済ませたら、化粧品店に寄ろう。何せ明日はルイス殿下とのお茶会の日だから、最新の商品で念入りに化粧をしないといけない。

お茶会の主催はマリア様だけれど、殿下と私の二人きりで話せるように、ちょっとした手を打ってある。

候補者ではないから当然と言えば当然なのだけれど、今まで殿下とゆっくり話す機会に恵まれなかった。それなのにアナベルは既に殿下と二人きりで話す機会を得ていたと知って愕然とした。

このまま偶然の機会を待っているだけでは、いつまで経っても殿下に見初めてもらえない。あの女に負ける訳にはいかない……！

機会が巡ってこないなら、誰を陥れても強引にでも引き寄せるまで。今までだってそうしてきた。ゆっくり話す時間さえ得られれば、殿下を虜にする自信はある。殿下はどんな風に愛を囁いてくれるのだろうか……？

馬車の窓から、過ぎ行く街並みを眺めながら、私は明日に思いを馳せた。

二

薔薇の宮には、その名を冠するに相応しく、薔薇が競い合うように美しく咲き乱れる庭園がある。その庭園を一番美しく観賞できるサロンで、薔薇を愛《め》でる時間など一秒たりともないまま、しがないメイドの私は、黙々と茶会の準備をしていた。

「ねえ、ブリジッタ……。今日は一体どうしちゃったのかしらね、アレ」

一緒にテーブルセッティングをしているメイド仲間が、周囲に聞こえないようにこっそり私に話しかけてくる。というのも、普段そんな事は絶対にしないカチュア・グリーズ伯爵令嬢が、今日に限って茶会の準備の陣頭指揮を執っているからだ。

「ちょっとそこ、花が曲がってるわ。すぐにやり直してちょうだい」

「もっと早くできないの？　これだからメイド風情はダメね」

じゃあお前がやれよ、と言いたいが、言ってしまえば人生が破滅するレベルの報復をしてきそうなカチュアに、そんな事を言える猛者《もさ》はどこにも居ない。

彼女は階級の低い者に対して酷く傲慢で、いじめられて泣いた者や、耐えきれずに王宮を辞した者も多い。そんな私達メイドの天敵である彼女に遭遇してしまったら、声を殺してひたすらに嵐が過ぎ去るのを待つしかないのだ。

それにしても、茶会の開始時刻までにはあと半刻以上もあり、ここまで準備を焦る必要はないはず。だというのに嫌がらせかと思うほど私達を急《せ》き立てるカチュアのお陰で、早くも準備は終わろうとしている。急いでかつ丁寧にカトラリーを設置し終えて、ちらりと天敵の様子を窺う。

カチュアは手下の侍女を従えて、出入口である扉の傍に偉そうに立ち、近くのメイドに精神攻撃をしかけている。本当に、いつもならこんな茶会の準備など手下に任せきりの彼女が、何故今日に限ってここに居るのか不思議だった。

するとにわかに扉の外がざわついた。

主催者のマリア様が早めに来たのかと思い扉口を見ると、何故か天敵がほくそ笑んでいる。違和感を覚えながらも入室してきた人物を見て、サロン内に動揺が走る。

よりによって主賓である第二王子ルイス殿下が時間よりもだいぶ早く来てしまったのだ。しかもこの茶会を主催したマリア様不在の状態で。

主催者の方が遅れてくるなど通常時でも失礼極まりない状態なのに、更に相手が王族である。

これはまずいのではなかろうか……。

流石のカチュアも慌てるかと思いきや、彼女は先程の嫌な笑みから一転、美しい笑顔で殿下を迎えている。

「これは殿下！　……ようこそお越しくださいました！」

「やぁ、カチュア嬢。……もしかして私は来る時間を間違えたかな？」

茶会の招待客どころかホストすら不在のガランとした室内を見渡す第二王子殿下に、カチュアは動揺した風に言い繕う。

「も、申し訳ございません、少々手違いがあったようでございます。今すぐにマリア様をお呼びいたしますので、殿下はどうぞこちらのお席へ」

そう言うと、共に居た侍女にマリアを呼びに行かせ、私達にはすぐに紅茶を用意するよう命じる。

その声音も殿下の前だからか、普段と真逆の慈悲深いもので、思わず鳥肌が立つ。

殿下の近くに座ったカチュアは何を思ったか、潤んだ瞳で祈るように両手を胸の前で組み、悩ましげな表情を作る。

「畏れながら殿下、このカチュアのお願いを聞いてくださいませ」

鳥肌再び。

男を前にするとこうも化けるのかと驚きを通り越して最早《もはや》感心する。その辺の男ならこれでイチコロなのかもしれない。しかし流石は殿下、常と変わらないにこやかな笑顔で「何かな？」と先を促す。

「大変申し上げにくいのですが……恐らく招待状を代筆した侍女が、開催時刻を書き間違えてしまったのだと思います。もしそれがマリア様に知られてしまったら、その侍女がどうなってしまうかと私は恐ろしくて……」

そこまで言うと、さも怯えている風に己を掻き抱くカチュア。男の庇護欲をそそると共に、さり気なく豊かな胸まで強調するテク。

ブラボー。もはやスタンディングオベーション級である。

それにしてもマリア様、殿下への手紙も代筆させてるって余程字が汚いのか、王子妃になる気がないのか……。

殿下は少し考える素振りを見せた後、甘く蕩けるような笑みを浮かべて頷く。

「なるほど。では、私の予定が急に変更になって、少し早めに来てしまった事にしよう」

するとカチュアの顔がパッと華やぐ。ブラボー（再）。

「あぁ……ありがとうございます殿下。なんてお優しいんでしょう！　これでその侍女もマリア様に酷い叱責を受けなくて済みます！　その侍女に代わり、心よりお礼を申し上げますわ」

そう言うと、潤んだ瞳で殿下を見つめる。いちいちあざとい……。

「マリア嬢はそんなに怯えるほど周りに厳しくあたるのかな？」

「いえ！　その……私達が悪いんです……。マリア様のお心通りにして差し上げられないから。でも、時々辛くて……」

そう言ってハンカチで目尻を押さえる仕草をする。あざとい……（再）。

「そう……。ちょうどマリア嬢について、傍付き女官である貴女に話を聞きたいと思っていたところだったんだ。色々聞かせてくれるかい？」

「ええ、もちろんです！」

「ありがとう。では、あまり周囲に聞かれたくない話だから、ジェパニ語で話そうか」

「……申し訳ありません、ジェパニ語は得意ではなくて……」

「そうなの？　アナベルは堪能だから貴女もてっきりそうなのかと思ったんだが……」

瞬間にカチュアの顔が固まる。

カチュアにアナベル様の話は地雷だ。

案の定カチュアはすぐに立て直し、にこやかに笑うが、笑顔が微妙に引き攣っているのがよく分かる。

「ジ、ジェパニ語ではなく、フラン語ではいかがでしょう？」

すると殿下は落胆したように首を横に振る。

何故ならフラン語は隣国の言葉で、学院でも必須科目となっていた為、卒業した者ならある程度は話せる。しがないメイド風情の私でもだ。

「で、では、イトゥリ語では？」

「ではそうしようか」

そうして二人はフラン語よりはややマイナーなイトゥリ語で話し始めたが、カチュアの語学力はそれほどでもないようで、殿下の言葉が聞き取れず話が進まない。

やむなく途中フラン語を交ぜる為、断片的ではあるが会話の内容が伝わってくる。ちなみに私は親戚がイトゥリにいる関係で言語も勉強したので、もれなく全て理解できていた。

カチュアは拙いイトゥリ語で、仕えているマリア様を遠回しにけなす事に終始している。

給仕を終えて、部屋の隅で空気となりながら、ふと、もしかして今日のカチュアの狙いはこれだったのかもしれないと思った。

彼女の殿下に対する態度を見ていると、明らかに殿下狙いだと分かる。であれば、一番王子妃に近いだろうマリアが邪魔なはず。そこで、マリアに対する殿下の心象を悪くしようと画策したのではないか。

時刻を間違えたという招待状もわざとだったから、カチュアは私達に準備を急がせたのではないだろうか？　準備が終わっていないと殿下が出直してしまうかもしれないから。

結果、殿下を引き留める事に成功し、さり気なくマリアが殿下への手紙も代筆させていると暴露し、失敗をした侍女に酷くあたると告げ口までした。そして、マリアを出し抜いて先に茶会を始めて殿下と二人で会話をする機会を見事に得ている。

このまま殿下のハートを射止められると、おそらく彼女は思っている事だろう。

しかし話の行方は、段々不穏なものになっていく。

というのも、殿下が事あるごとにアナベル様を引き合いに出すからだ。その度にカチュアの苛立ちは増し、ついには攻撃対象がマリア様からアナベル様へと切り替わっている。

王妃様に贔屓されているのをいい事に、冷たい態度をとってくるとか、担当であるキャロル様を甘やかして増長させ、階級社会の秩序を乱しているとか……。

カチュアがアナベル様を悪く言う度に、つい眉間にしわが寄ってしまう。ある事ない事上手く捻《ね》じ曲げて自分に都合が良いように捏造《ねつぞう》するそのスキル、もっと人様の為になる事に使えばいいのに。

殿下も殿下だ。わざとアナベル様との対立を煽《あお》ってどうしようというのか。

私は段々腹が立ってきた。このままでは尊敬するアナベル様がカチュアに何かされかねない。アナベル様は私達下級メイドにも優しく、絶大な人気を誇っているのだ。彼女に嫌な思いをしてほしくないのに……。

カチュアの背後に立っているからバレないのをいい事に、その後頭部を睨みつけながら二人の会話を聞いていると、ふいに殿下が呟く。

『何だか変な臭いがしないか？』

……臭い？

私は周囲を見渡して匂いを嗅いだ。しかし、茶菓子の甘い匂いしかしない。そう思って再び殿下に目をやると、こちらを見ていた殿下と目が合った。

しまった……。

それはすぐ逸らされた為、周囲には気づかれていないのが幸いだった。背中をひやりとした汗が伝う。

殿下がイトゥリ語で呟いた言葉につい反応してしまった。つまり私が会話の内容を把握していた事がバレてしまった。しかし、即刻退出を命じられるかと覚悟していたら予想に反して特にお咎《とが》めもなく、マリア様が慌てて現れるまで二人の会話をそのまま聞かされた。

そうして茶会が終わり、片付けも一段落着いた頃、メイド長から呼び出された。

嫌な予感をひしひしと感じながら向かった先には、それはそれは美しいルイス殿下がいらっしゃった。

『ロロ男爵令嬢、急に呼び出してすまないね。とにかく座って』

『ロロ男爵が次女のブリジッタでございます。殿下におかれましてはご機嫌麗しゅう……』

いきなりイトゥリ語で始まった会話に、やはり先程の茶会で私が会話を理解していた事がバレていると分かり、私はその場から動けなくなった。よりによって殿下直々に罰を言い渡すほど重大な罪だったのかと、これからの沙汰を想像して体が震え出す。

『ああ……。怖がらせてしまったね。貴女を罰しに来た訳じゃないから安心して？　ちょっと頼みたい事があるんだ』

立ったまま固まってしまった私を気遣ってか、少し首を傾げて優しげに微笑む殿下。

……罰を受ける訳じゃない？　それに、殿下がこのしがないメイドに頼み事……？

その言葉に勇気を得て、私はブリキ人形よろしく不自然な動きで、勧められたソファーに何とか座った。

『さっき貴女はアナベル嬢が悪く言われる度に、カチュア嬢を睨みつけていたね？　アナベル嬢とどういう関係なのかな？』

『以前、仕事で困っていた時に助けていただいて、それ以来尊敬していますが、特に親しい間柄ではありません……。先程は、カチュア様のお話があまりに事実とかけ離れていたので、つい腹が立ってしまいました』

対面に座ったルイス殿下の質問に、やや緊張しながら答えると、殿下は小さく頷いた。

『申し訳ないが貴女の事を少し調べさせた。勤務態度も真面目で、学院での成績も優秀だった貴女を見込んでお願いがあるんだ』

そう言って微笑む殿下の背後に黒い薔薇が咲き乱れる幻覚が見えて、私は思わず目を擦った。

おかしいな……。この宮殿に黒薔薇は咲いていないはず……。

殿下は顎の下で手を組み、身を乗り出すようにして仰った。

『アナベル嬢を助ける為に、カチュア嬢にとある嘘の情報を流して、それが本当だと信じ込ませたい』

アナベル様を助ける……？　アナベル様がカチュアのせいで危機に陥っているという事だろうか？　それは何としてもお助けしなければ！

『嘘の情報を本物だと信じ込ませる……。それなら――』

咄嗟に閃いた私の提案に殿下は満足そうに微笑み、諾の返事をくださった。そのまま計画の内容を細かく決め、殿下からの連絡があり次第、即実行する手筈《てはず》となった。

相手があの恐ろしいカチュアではあるが、上手くいけばアナベル様のお役に立てる。そう思うと、緊張と興奮で手のひらにジワリと汗が滲んだ。

三

王妃という重責を背負った女性が、何代にもわたり使い続けてきた由緒ある執務席。その席の現在の主である私は、今しがた読み終えた報告書から視線を上げた。窓の外を見ると、どんよりとした雲が垂れ込め、初夏を彩る花々に潤いを与えるような優しい雨が降っている。しばらく晴天が続いていたから、草花にとっては恵みの雨だろう。

いつの頃からか、雨の日は頭痛がするようになった。だが今日の頭痛の原因はきっと雨のせいだけではない。気休めにしかならないと知りながらも、こめかみを指で揉んでいると、雨の音ばかりだった室内に硬質なノック音と来客を告げる女官の声が響く。

「王妃陛下、ルイス殿下がお越しになりました」

入室の許可を出してすぐに入ってきたのは、呼び出していた次男。事前に人払いをしていたので、室内には二人だけだ。

「ルイス……忙しいところ来てもらって悪いわね。体調を崩して医師に診てもらったと聞いたけれど、大丈夫なの？」

「ご心配ありがとうございます。軽い貧血でしたのでもう平気ですが、王妃陛下《ははうえ》こそお疲れのように見えますよ？　体を労《いた》わってくださいね」

「ありがとう。大丈夫よ」

息子の気遣いを嬉しく思いながら、私は早速机越しに手元の報告書を差し出す。ルイスは受け取ると素早く目を通し、無言で私の顔を見つめた。

「これで北の孤児院長が孤児の人身売買に関与している証拠が揃ったわ。ブローカーの摘発、孤児の救出は特殊部隊に至急対応させる。問題は北の孤児院長とカチュアなのだけど……」

今度はルイスが持ってきた報告書を受け取り、すぐに目を通す。ルイスには孤児院周辺の店や、銀行周りの調査をお願いしていた。

結果は悪い方向に予想通り。信じたくないが、現実と向き合わねばならない。

「母上の懸念通り、カチュアは北の孤児院長と共謀して寄付金の一部を着服しており、アナベルを主犯に仕立て上げるような偽装工作をしています。ただ、現段階ではカチュアこそが主犯であるという決定的な証拠がなく、カチュアがアナベルに脅されて行ったと言い張れば、通用してしまう状況です」

鈍く続いていた痛みが重くなり、再度こめかみに手が行く。

何故。どうしてそこまで。

カチュアは何を思ってこんな事をするのか。本人に聞かなければ分からないと知りながらつい考えてしまう。

カチュアは階級差別意識が強く、そこが少しでも改善されればという願いも込めて、孤児院の代理慰問を託した。第一騎士団の護衛報告書を見るに、あまり熱心ではないようだったが、毎月きちんと訪問しているし、本人も子供達が可愛かったと報告してくる為、そのまま継続させていた。

寄付金の使途や運営状況を調査する監査部の定期監査でも、問題はないと報告が上がってきていたし、グリーズ家からも北の孤児院へ寄付しているとカチュアから聞いていたので、南と違って建物が綺麗であるという話にも納得していた。

ところがそれら全てはカチュアの偽装工作だった。

グリーズ家からの寄付の実績はなかったし、監査部の担当調査官はカチュアから賄賂を受け取り、抜き打ち監査の日程を彼女にリークし、監査内容にも手心を加えていた。

そうしてカチュアは私からの毎月の寄付金、それからルイスの王子妃候補者からの寄付金を孤児院長と共謀して着服し、更にはその罪をアナベルに着せようとしている。

カチュアがアナベルをそれほどまでに恨むような何かがあったのだろうか？

アナベルは亡き友人の忘れ形見であり、王都に呼び寄せてからは後見人をしている事もあって、実の娘のように思っている。彼女も私を信頼してくれている事がよく分かるので、いい関係を築けていると思う。

公的な女官としても、真面目がドレスを着て歩いていると評される通りの、誠実かつ丁寧な仕事ぶりは評価に値するし、信用している。

何事も最初が肝心と、アナベルの新人教育を信頼の厚い女官長に任せたお陰だろう。ただ、感情表現の乏しい女官長に影響されて、アナベルも仕事中は無表情になってしまったのは、ちょっと誤算だったが……。

アナベルを呼び寄せた当時、私の周囲の女官や侍女は私と同年代の者が多く、一番若くてもアナベルより十歳も年上だった。だからアナベルの為にカチュアや他の若い女官を幾人か雇った。

不幸が重なり王立学院に通えなかったアナベルに、同じ年代の子達と接する機会を与えたいと思ったからだ。そしてアナベルに、信頼できる友と呼べるような存在ができたら良いという想いもあった。かつて私とアナベルの母親がそうであったように。

ところが、カチュアは何かにつけてアナベルをライバル視していた。

同い年で家格も同じという事が裏目に出たのだろうか？　しかし、アナベルは特にカチュアを意識している様子はなく、一同僚として接しているように見えた。それもまたカチュアの癪に障ったのかもしれないが……。

ある時、近隣国であるイトゥリから来訪する国賓の担当女官のリーダーを、アナベルに任せた事があった。女官達の中で彼女が一番イトゥリ語の習熟度が高かったし、来訪が決定してから彼女はイトゥリの文化について細かいところまで勉強し直していた。

そういった姿勢も評価しての事であったが、その人事に関して私がアナベルに対し贔屓をしすぎているのではないかと、カチュアが遠回しに訴えてきた。

あくまで公正に検討した上での決定だと伝えたが、イトゥリ語なら自分も話せるし、そもそも我が国の言葉こそが大陸公用語なのだから、イトゥリに阿《おもね》る必要はない。無愛想なアナベルより自分の方が上手く立ち回れるはずなのに、と最後まで納得がいかなかったようだった。

我が国は大きく、イトゥリは小国。大した事はない国だとカチュアは思っているのだろうが、それは違う。

イトゥリは近年、工業と農業ともに目覚《めざま》しく発展し、我が国との貿易も盛んだ。更に、規模は大きくないものの練度の高い空軍を有していて、仮に戦争にでもなれば厄介な相手となりえる。そんな国の国賓に、万が一にも失礼がないようにと考え行動するアナベルと、上から目線で対応しようとするカチュア。

どちらにリーダーを頼むかなど迷いようがないというもの。

「貴女は慈愛をもって万民に接する事ができるようになれば、国一番の淑女となるわ」

折に触れてカチュアに何度もそう伝えてきたが、私の言葉だけでは彼女に影響を与える事はできなそうだと歯がゆく思っていたところに、気になる報告書が舞い込み、時を同じくしてルイスの妃選考会が決まった。

王太子妃になりたがっていたカチュア。そちらが駄目になったので今度はこの選考会に立候補するのではないかと思っていた。

ところが、彼女は候補者の為の専属女官をやりたいと申し出てきた。

妃候補として立候補しないで良いのかと聞けば、王太子殿下への気持ちの整理がまだつかないのに、立候補はできませんと、しおらしい事を言う。少し前の私なら信じたかもしれない。でもその時は、彼女が何かを企んでいるかもしれないと疑った。

というのも、第一騎士団内部で密かに発足している『天使と書いてベルたんと読むの会』の会報に、思わず眉を顰める事が書いてあったのだ。

『同じ銀髪美女でも、ベルたんと北の女王様には天と地、雲と泥、筋肉と贅肉ほどの圧倒的な違いがあるな』

同じ銀髪……？

カチュアは銀髪ではない。

それなのにどうしてこんな事が書いてあるのか……。

試しに孤児院慰問の日に人を遣って遠くから確認させると、カチュアが銀髪のウィッグを着けていたとの報告があった。それも、ちょうどアナベルくらいの長さの……。

北の孤児院へは人があまり往来しない、王城の最北の門から馬車に乗る為、その直前の一室で変装をすれば気づく者はまずいない。また、第一騎士団も城内の警備をする機会が少ない為、普段のカチュアを知らないのだ。

カチュアがアナベルの真似をしているとして、理由は何か？　カチュアは実はアナベルに憧れや好意があって真似しているのか、それともアナベルを真似する事で、何か得られる利益があるのか。

嫌な予感がして、すぐに私は陛下直属の密偵を借りて北の孤児院について調べ始め、今に至る。

こうして証拠が揃った以上、北の孤児院長とカチュアはすぐに捕縛しなければならない。しかし、アナベルに着せられた濡れ衣を取り払ってからでなければ、彼女が巻き添えになってしまう。

……どうしたらいいの。

こめかみに爪が食い込み、思わず長い溜め息が出た。

私の長考を見かねてか、ルイスが静かに口を開いた。

「僕に考えがあります。まずは秘密裏に北の孤児院長を捕縛します。その際、アナベルを同行させる事をお許しください。上手く行けば彼女が関与していない事を証明できるかと。その後、院長を尋問してカチュアの関与を吐かせるのと同時進行で、カチュアの方にも罠《わな》を仕掛けます。その為の人選も既に終えています」

もうそこまで手を回しているのかと、我が息子ながら驚かされる。この子が世界征服などを企むような子ではなく、ただの兄好きで良かったとつくづく思う。

温厚で実直かつカリスマ性も兼ね備え、次代の太陽として申し分なく成長した長男。そんな長男こそ王に相応しいと、あえて暗い夜に光ろうとする月のような次男のルイス……。なんてカッコイイ事を言ったけれど、要はお兄ちゃん大好きすぎてたまに暴走するこの子が心配なのだ。

ルイスは幼い頃から特別賢かった。

兄も賢かったが、比べれてみればその差は歴然。もし生まれた腹が違えば、継承争いの火種になりえたかもしれないが、そうではなかったので安心していた。

ところが、いつの世にも権力を欲する貴族はいるもので、優秀と評判のルイスを王位に押し上げて己の娘と結婚させ、外戚として権力を得ようとする者が現れた。

とある伯爵家の長男だったその男は、娘を連れてルイスのもとへ足繁く通い、ルイスを手懐けようとした。

その企みを見抜いたルイスは、人を雇って、男とその兄弟達の素行をつぶさに調べ上げ、伯爵家の当主へ送りつけた。

結果、伯爵家は後継者をその男から、素行に問題がなく優秀だった三男に変更した。後継者から外されたその男と娘は、その後ルイスのもとへ来なくなった。

この件にルイスが噛んでいる事は表沙汰にはならなかったが、他家の後継問題に干渉すべきではないと、王はルイスに説教した。

ルイスはよく分からないとでも言うように、可愛らしく首を傾げた。

「だって、あの男が言ったのです。優秀な人間こそが家の跡を継ぐべきだって。だからそうなるようにお手伝いしただけです」

そうであっても、今回の事はやりすぎではないかと窘めると、ルイスは首を横に振って微笑んだ。

「だってあの男はよりにもよって、兄様より僕の方が次の王に相応しいと言ったのです。そんな危険思想の持ち主を当主に据えては、のちのち兄様のご治世の邪魔になります。不敬罪を適用して投獄しても良かったくらいなのだから、廃嫡程度で済ませてあげた事にむしろ感謝すべきです」

この時ルイス弱冠六歳。

我が子ながら、そら恐ろしいと思った。

ルイスにとっての善は兄であり、兄を妨げるものは全て悪。その理念のもとに行動するので、その後も何度かやりすぎて王の雷が落ちた。

成長するにしたがって、上手く取り繕うようにはなったが、三つ子の魂百までとも言うから、今も裏で色々やっているのだろう……。

「……アナベルの安全を最優先に考える事。それが同行許可の条件です。それからカチュアに関しても、こんな事になるまで気づけなかった私の責任も大きい。お願いだから酷い事はしないと約束して」

目的の為なら手段を選ばない傾向がある息子に念を押す。

「安心してください。やり過ぎて嫌われては困る人ができたので、もう無茶な事はしません」

ルイスはそう言って照れたように笑った。

おや？　家族以外の他人の話題を、この子がこんなに嬉しそうに話すのは初めてかもしれない。

「嫌われては困る人ができたという事は……絶対無駄だと思っていた選考会も、蓋を開けてみれば大成功という事かしら？」

「少なくとも僕にとっては。あちらは逃げ腰なので、今頑張って囲い込んでいるところです」

あら……それはもう逃げられないわね。どちらのお嬢様か分からないけれど、心中お察しします。

「この件が落ち着いたら、どちらのお嬢様か聞かせてちょうだいね。楽しみにしているわよ」

「はい、もちろん」

親の欲目で見なくとも見惚れるような、優雅な所作でお辞儀をして、ルイスは退出していった。

束の間、頭痛を忘れてしばし呆《ほう》ける。

なんと、絶対無駄骨に終わると思っていた選考会が、驚きの実を結ぶようだ。逃げる獲物を嬉々として追う傾向があるルイスだから、王子妃目当てのギラギラした立候補者に食指が動くはずがないと思っていたが、どうやら虎穴に入って怯え出した憐れな兎《うさぎ》が居たようだ。

ルイスが選ぶ娘なら信頼できる。……私が姑としてすべき事は嫁いじめではなく、ルイスがその娘をいじめ過ぎないように注意する事ね。

ベルを鳴らして女官を呼び、紅茶を淹れてくれるよう頼むと、席から立ち上がって体を伸ばす。

息子が心配してくれた事だし、一息入れよう。

窓際に立って、雨に烟《けむ》る外の景色を眺めながら考える。

ルイスもめでたく片付くとなれば、後はアナベルだ。あの子は恋愛方面では真面目が甲冑《かっちゅう》を着て歩くと言われているほどに守りが硬い。それは概ね私のせいなのだけど……。

アナベルの両親が相次いで亡くなった時、後継者である弟がまだ幼かった為、家督を狙う親類の息子と、無理矢理結婚させられそうになっていた彼女を見かねて助けた。そして今後このような事がないように、私の実家にガードナー家の庇護を要請し、領地運営の建て直しを助けると共に、私自身もアナベル達の後見人として睨みをきかせる事にした。

そしてアナベルにも、望まぬ男から迫られたら、王妃が決めた相手と結婚すると言って断りなさいと伝えた。その時のアナベルの心底安心したような顔を見て、我ながら良い事をしたと思ったが、まさかその後、誰彼構わず教えた通りに断り続けるとは思っていなかった。

良い人に出会うまでの盾になればぐらいに思っていたのに、今や重騎士並の防御力を誇っている。いつも警護してくれる近衛達に聞いたところ、アナベルは世界最高峰級の高嶺の花扱いになっており、本人を落とすより先に王妃様を落とせと囁かれているそうだ。

そんな訳ないじゃない……。親代わりが決めたからといって、すんなり結婚するなんて事……アナベルならやりそうだ。

私に多大なる恩義を感じているらしい彼女なら、私がどんな相手を薦めても、いつもの無表情ですぐに頷きそうで心配だ。もちろん彼女にお似合いの良い相手がいるなら推薦する事も吝《やぶさ》かではないけれど、できれば自分で好きになった人と一緒になってほしいと願っている。

とある暑苦しい会報からの情報によると、どうやら最近ランスロットとアナベルが休日に二人で出かけたらしい。ランスロットが頑張ってアプローチして、分厚い甲冑に風穴を空けたというところかしら?

陛下から、アナベルを選考会の女官として寄越してくれと頼まれた時は何故だか分からなかったけれど、あれはランスロットの為だったのね。

彼の頑張り次第ではこちらの良い報告も聞けそうだと、少し晴れやかな気持ちになるが、二組の新しいカップルの誕生を憂いなく祝う為には、この着服事件を迅速に解決しなければならない。

女官の淹れてくれた紅茶に砂糖をいつもより多めに入れる。考えなければならない事が山のようにあるから、甘いもので頭の回転を良くしてまたひと頑張りしよう。

お気に入りのティーカップを持ち上げ、紅茶の優しい香りをゆっくり吸い込み、そう気合いを入れ直した。

第六章　北へ……。

一

ルイス殿下の南の孤児院突撃訪問から三日ほど経ったある日。朝食を終えて、キャロル様に語学の講義をしていたところに、ランスロット様がいらっしゃった。

「キャロル嬢、急に申し訳ありませんが、今からベルをお借りする。長くかかるので今日は戻れません。代わりの女官を手配しましたが、訳あってベルの不在を知られたくないので、今日は一日体調不良という事で部屋に籠っていただきます」

私とキャロル様は思わず顔を見合わせた。

「ベルはこのまますぐに俺と来てくれ」

声色は優しいが、やや緊張した面持ちのランスロット様に不安を覚える。

……私の不在を知られたくない？　極秘裏に私はどこへ連れて行かれるのだろう？

「待って。ベルはどこへ連れて行かれるの？　仕事サボってお忍びデートって訳でもないんでしょう？」

不信感を隠さないキャロル様の質問に、ランスロット様はひとつ頷く。

「どことは申し上げられないが、全てはルイス殿下のご指示です。王妃陛下からも許可をいただいています。俺も一緒だから、ベルが危険な目に遭う事は絶対にないので安心してください」

ランスロット様が一緒と聞いて、無意識に詰めていた息を吐き出した。彼が一緒なら大丈夫だと思うくらい、ランスロット様を信頼していた。

「それはここ最近ベルに付いていた護衛と関係があるのね？」

「……そうです」

キャロル様が私に付いていた監視の存在に気づいていた事に、ランスロット様は驚いた顔をしていた。かく言う私も驚いて瞬きが多くなってしまった。

日々の会話が不可解言語に汚染されがちで分かりにくいが、キャロル様は思考能力が高い。語学の講義をしていても感じたが、論理的かつ多角的に物事を捉えられる為、三ヶ国語同時並行で学習しているにもかかわらず、しっかり身についてきている。

あとは次々に繰り出される不可解言語とマナーさえどうにかなれば、王子妃として充分やっていけるのではないかと感じていたのだ。

キャロル様は可愛らしく小首を傾げてしばし思案した後、頷いた。

「分かったわ。ベルが心配だからホントは私も一緒についていきたいけど、私の髪色は目立つし、殿下の計画に支障をきたしたら後がこわ……ん！　支障をきたしてはいけないですものね！」

そうですね、後が怖いですね。殿下は怒らせない方が良いですね、絶対。

大事な事なので、私は何度も頷いた。

そこから薔薇の宮の裏口に停《と》めてある馬車まで、誰にも会わないよう細心の注意を払っての移動を開始した。裏通路は多くの使用人達が使うので、客人用の表通路を歩いているが、妃候補者達が思い思いに出歩くこの宮殿で、誰にも会わずに進むのは難しいのではないかと思っていた。しかし、何故か今日は不思議なほどに静まり返っている。

何かあったのだろうかと不安に思っていると、ランスロット様が歩きながらこちらに顔を寄せて小声で教えてくれた。

「さっき、ルイス殿下からの手紙を全候補者に配ったんだ。今頃彼女達は部屋の中で必死に殿下への返事を書いている事だろう」

なるほど、それは確かに誰も出歩いていない訳だ。きっと手紙の内容も選考の対象になると考えて、どんな返事を書くか頭を悩ませているに違いない。そこまで手配が行き届いている事に驚きを通り越して恐怖すら感じる。

ルイス殿下は絶対に敵に回してはいけない。脳内キャロル様とそう頷き合いながら、ランスロット様についていく。

ルイス殿下の思惑通り、誰にも遭遇せずに中庭に面した回廊を通る。回廊の終わりの角を曲がろうとしたところで、その角の先からドアの開く音がした。

誰かいる！　どうしよう……！

咄嗟に動けず固まっていると、ランスロット様が肩を抱くようにして誘導してくれた。回廊の端の一番太い柱、その中庭側がコの字型になっていて、そこに二人で隠れて息を潜めた。

コの字型の窪《くぼ》みは狭く、先に入った私は大理石の柱と同化する勢いで密着しながら、私を囲うように後ろに立ったランスロット様が窪みからはみ出ないように必死にスペースを作った。ドアから出てきた人物が、どうか反対側に歩いていってくれますようにと必死に神に祈る。

しかし、回廊の大理石の床にコツコツと硬質な靴音が響き、祈りも虚《むな》しく、誰かがこちらへ近づいてきている事を知らせてくる。

目の前にある柱の模様と、顔のすぐ横に後ろから伸ばされているランスロット様の肘付近の騎士服の布目を、息を殺してひたすらに見つめる。

「ちょっとカチュア！　結局ルイス殿下は居なかったじゃないの！　他の候補者を出し抜いてお会いできるとお前が言うから、わざわざ来たのに、とんだ無駄足だわ！」

「申し訳ありませんマリア様。お手紙のインクの乾きが甘かったので、こちらに来て書いたのではないかと思ったのですが……」

カチュアとマリア様？

よりによって一番見つかりたくない二人が柱の向こう側を歩いている……！

「そうだわ！　早く戻って殿下へのお返事を書かないと！　他の候補者達に出遅れてしまうじゃないの！」

「御安心ください。そちらは侍女に代筆させておりますので。内容はマリア様主催のお茶会のお誘いに致しました」

すぐ近くで靴音が止まる。万が一にもはみ出て見えていないか、たまらなく心配になる。

「あら！　素敵！　この前のようにお茶会に来ていただければ、沢山お話できますものね！　あの時だって、ルイス殿下もきっと待ち遠しくて早めに来てくださったのだもの！　流石カチュアだわ！　そうと決まれば珍しい茶葉と菓子をお父様に取り寄せてもらわなくては！」

「では、お部屋に戻ってご実家にお手紙を書きましょう。速達で手配いたしますわ」

そんな声がして、靴音が足早に遠ざかっていく。

殿下へのお手紙が侍女の代筆で大丈夫なのだろうかと余計な心配をしつつ、靴音がしなくなったところでようやく息を吐く。

もう大丈夫だろう……。

そう気を抜いて振り向くと、至近距離に騎士服の詰襟。思わず見上げると視界いっぱいの端整なお顔と、私を匿《かくま》うように両側に伸ばされた逞しい腕という密着度満点な状況。

——壁ドンキタコレー!!

脳内キャロル様が膝をついて、壁ではなく床をドンドン叩いている。これがおそらくキャロル様が死ぬまでに一度されてみたいとほぼ毎日呟いている《壁ドン》なのかもしれない……!

心なしかランスロット様の顔が赤らんでいるように見えて、こちらも頬や耳が熱を持つ。お互いの吐息も届きそうな近さで、恥ずかしさのあまり目を合わせていられなくて思わず下を向くと、慌てたようにランスロット様が距離をとる。

「すまない、緊急事態とはいえ近すぎた。怖い思いをさせて本当に申し訳ない」

口元を覆い、頭を下げて謝るランスロット様が、ものすごく落ち込んでいるように見えたので、慌てて否定する。

「あの、大丈夫です！　怖かった訳ではなく、恥ずかしかっただけなので……！」

そう伝えると、ランスロット様はホッとしたようにひとつ頷き、髪をくしゃりとかきあげた。

「……それなら良かった」

今までに強引に距離を詰めてこようとしてきた男性も確かにいて、恐怖や嫌悪を感じた事もある。

……でもランスロット様は大丈夫だった。

緊急事態だったからかもしれないし、ひょっとしてそうじゃないかもしれない。

そうじゃないならこの気持ちは……。

お互いに何も言葉が出ず、沈黙が続く事しばらく……。

遠くで鳴る教会の鐘の音に思考が引き戻される。

「……この件が落ち着いたら、ベルに伝えたい事があるんだ。今は殿下がお待ちだから急ごう」

「は、はい！」

伝えたい事とは何だろう……？

この後裏口に着くまで、伝えたい事の内容をあれこれ考えてしまい、その度に自分を戒める事になった。

それから誰にも会う事なく無事に薔薇の宮を出て、待機していた馬車に乗り込んだ。

「随分早かったね？　これでキャロル嬢は思慮深い女性だという事が分かった」

乗り込んだ先にはルイス殿下。今日も今日とて美しいご尊顔に蜂蜜のように甘そうな笑みを浮かべて頷いていた。まさか殿下とご一緒の馬車とは思わず、私は固まってしまった。

殿下は普段の煌びやかな装束ではなく、ランスロット様と同じような騎士服に身を包み、顔を隠せるような大きいフードの付いた外套《がいとう》を羽織っていた。

今思えば、馬車も王宮の物ではなく、目立たないような意匠のものだったから、恐らく殿下もお忍びでの外出なのだ。

「キャロル嬢はアナベル嬢に付いていた護衛の存在にも気づいていました。今日も本当は付いていきたいが、殿下の計画の邪魔をしてはいけないと、思い留《とど》まったようでした」

ランスロット様がそう報告すると、殿下は更に目を細めて笑った。

「どうやら彼女は思慮深いだけでなく、洞察力や判断力も備わっている女性のようだね」

私は何度も頷いた。

そうなんです！　キャロル様は実は素敵な女性なのです！

キャロル様の良さが殿下に伝わっていると分かって、嬉しさのあまり表情が崩れそうになる。持ちこたえて表情筋!!

馬の嘶《いなな》きと共に、馬車が走り出す。外から見られるのを防ぐ為に、窓のカーテンは閉じられたまま。

いったいどこへ行くのだろうと不安になっていると、殿下が目的地を教えてくれた。

「今から北の孤児院に向かうよ。そこで貴女にやってもらいたい事がある」

問題になっている北の孤児院で私にできる事……？

私は固唾を呑んで殿下の言葉を待ったのだった。

二

チクタク……

時計の針の音だけが響く寝室。

今日は体調不良を装って部屋に居てくださいってランスロットに言われたけど、わざわざ言われなくても何もする気になれなくて、私はベッドの上で膝を抱えてひたすら時計を見る。

ベルがランスロットに連れていかれてから二時間経つ。

ランスロットが一緒だし、ルイスもおそらく一緒。だから心配する事は何もないんだけど、無事に帰ってくるまではどうしても気が気じゃない。

ポーカーフェイスが得意のランスロットだけど、どこかピリピリしていて隠しきれない緊張感が漂っていた。

ベルとランスロットはどこに行ったんだろう……？　さっきランスロットに言ったみたいにお忍びデートなら喜んで送り出すけど、絶対そんな感じじゃなかった。

そういえばこの前、二人で孤児院デートをしたってランスロットから聞いたなぁ。ベルは真っ赤になって否定してたけど、否定の仕方が弱々しかったんだよね。

例えて言うなら、初カレとの付き合いたては恥ずかしくてついナイショにしちゃうみたいな？

そんな甘い空気感が漂っていて、二人の距離がぐっと縮まったような気がするんだ。

これもう、ランスロットがちゃんと告白すればいけるんじゃないかな？　もういい加減くっつけばいいのにって、私もメイド達も思ってる。

ゲームでのランスロットは、ルートに入るまでが難しいとされるキャラだった。

騎士だから脳筋系キャラなのかと思いきや、知性パラメータもけっこう上げる必要がある。そして積極的な女性が苦手という設定で、こちらが好意を匂わせるような選択肢はダメ。ボディータッチとかそういう、あざとい行為もダメ。初期は塩対応を心掛けていかないとルートに入れないのだ。

夢見る女子の為の乙ゲーなのに、まさか塩対応しないとダメなんて誰も思わないでしょ。だから攻略サイトだと『初見殺しのランス様』って呼ばれてた。クーデレ担当のランスロットなので、ルートに入ってしまえば次第にデレてくれて、ちゃんと夢見る女子の為の乙ゲーになるんだけどね。

という訳で、初対面でご飯三杯いける‼　とか思わず叫んだ私はその時点でアウトだった。あの時は、生ランスロットの尊さにそんな情報すっかり忘れちゃってたけど、好きな芸能人とかに対面したら誰でもアタマ真っ白になると思うの！

その点ベルは、意図せず上手くランスロットを攻略しちゃったよね。ベルに対しては初期から好意的だったランスロットにも、平然と職務規定を持ち出して塩対応するんだから。もっとも、ベルはどんな男相手でもああいう対応らしいけど……。

一度、ベルが休みの日に、ランスロットをメイド達と囲んで質問攻めにした事がある。ベルが作ってくれたお菓子をこっそり譲るって条件でね！　初見殺しのランス様はリアルだと結構チョロい。

気分は刑事ドラマで犯人を尋問する刑事！

「私の事は刑事長《デカチョー》って呼んで！」

「キャロル様、デカチョーって何ですか？」

「んー、警備隊の隊長みたいな感じ？　さて、尋問を始めるわよ！」

そんな感じでノリノリで始まった質問大会。

ランスロットは最初っからベルの事が好きなように見えた。だから、いつからどんなところが好きなのか、刑事ドラマ風に言えば犯行時刻と犯行動機ってやつを聞いたら、一年くらい前からベルの事が気になっていたんだって。

両陛下から聞いて人柄が良い事は以前から知っていたけれど、とある事をきっかけに興味が湧いてベルに目が行くようになったんだって。それから会う度に観察していて、普段が無表情で鉄壁な分、ふとした時に思わず微笑んだり、驚いて瞬きが多くなったり、表情が変わる時が可愛すぎてやられたって照れながら自供した。

へー？　ふーん？

皆してついつい目が半切りのバームクーヘンみたいになっちゃった。人の恋バナって楽しいよね！

そんなに前から気になっていたなら、どうして今までアプローチしなかったの？　って聞いたら、何やら落ち込んでしまった。

「会話する機会が見つからなかったんだ……。仕事中の無駄口は彼女が嫌うから必要最低限しかやり取りしないし、業務が終われば共通の話題も一切ない赤の他人。しかも彼女は女官達が寮のように使っているエリアにすぐ帰ってしまうから、気がつけばもう居ないって事ばかりで……」

ランスロットはそう言って深く長い溜め息を吐いた。

なるほど、頑張ろうとはしてたんだね、ランスロット……！

カツ丼食べるか？　って聞いたら怪訝《けげん》な顔をされた。このネタ伝わらないのツラい！

「アナベル様は最高峰の高嶺の花ですからねぇ！　ランスロット様のようになかなかきっかけが摑めず焦って、いきなり食事に誘ってバッサリ切られる男達も多かったですし！」

メイド達も頷き合う。

「そうなんだ。近衛の間でも誰が玉砕したとかそんな話ばかりで、これはもう王妃様に口添えしてもらうしかないだろう、だがいかにして王妃様に認められるかというのが、仲間内での議論の主題になりつつあったな……」

その時の事を思い出したのか、遠い目をして語るランスロット。

「あぁ、結婚は王妃様の決めた人としますっていうのが、アナベル様のお断り常套句ですもんね～！」

なるほど？『将を射んと欲すればまず馬を射よ』ってやつね！　あれ英訳すると確か、娘を得るにはまず母親からってなるんだよね。うわっ、ピッタリじゃん！

「それで、勇気あるヤツが王妃様に仲介を願い出たんだが、王妃様が紹介したら相手が誰でも即頷きそうだからダメと言われたらしい」

「わぁ……打つ手なしですねぇ」

「難攻不落のアナベル様はそうやって形成されていたんですねぇ」

確かにベルが王妃様を敬慕していて、絶大なる信頼を寄せている事は日々の会話でもよく分かる。王妃様の予想通り、どんな人を紹介されてもサクッと結婚しそうだ。

そんな訳で、この選考会はランスロットにとって千載一遇のチャンスで、必死に親しくなろうと頑張って今に至るという。

そこからは、どうやったらベルの心に刺さるアプローチができるかとか、ちゃんとしたデートに漕ぎつけるにはどうしたらいいかとか、何だか雰囲気が警察の尋問っていうより、ファミレスの女子会みたいな感じになってきた。ドリンクバーが欠かせないやつね！

「それにしてもアナベルってスゴい人気なのね！　やっぱギャップ萌えこそ至高ってやつなのかな？　私も目指してみようかな……とりあえず明日から無表情キープだな」

そんな事を真面目に呟いたら、ニヤッと笑ったランスロットに、半刻も持たないだろうと断言された。

なによー！　やってみなきゃ分からないじゃん！　一時間どころか三分も持つ自信ないけど‼

ランスロットったら皆には紳士なのに、私にはよくこうやってイジワルを言う。ホントにムカつく時もあるけど、軽口叩けるくらい仲良くなれたって事なのかなって思うと許せてしまう。

もしかしてお兄ちゃんがいたらこんな感じなのかな？　そしたらベルがお姉ちゃん？

……え、何ソレ最強すぎない？

スマホゲームの泥沼ガチャで最高レアリティのカード連続ゲットしちゃった的な？

……いや、それだと譬《たと》えが若干みみっちいな。あ、伝説の武器グングニルとエクスカリバー両方ゲットしちゃった的な？　壮大すぎる？

とにかく、それくらいこの出会いは奇跡的だなって思うんだ。


チクタク……


時計の針はなかなか進まない。

いつもならあっという間に過ぎるのにな……。

ベッドの上で開きっぱなしのルイスからの手紙をもう一度見る。

ベルの外出を知られない為に、他の候補者を部屋に足止めする目的で全員に出されただろう手紙。

『僕を信じて、安心して待っていて——ルイス』

きっと私だけこんな簡素な文面なんだろうなと思うと、その特別感がくすぐったい。

ルイスは体調を崩しかけたものの、早めに主治医に診てもらえた事ですぐに元気になった。

だから、パジャマであーんイベントは幻になってしまったんだけど、それで良かったと思う。そうなってしまったらルイスが可哀想なのもモチロンだけど、私が看病イベントに耐えられる気がしない。想像しただけで恥ずか死ぬ……！

そんな話をルイスにしたら、サファイアの瞳をぱちくりとさせた後、黒薔薇エフェクト飛び散る極上スマイルでのたまった。

「なるほど、看病……そんな手もあったか。次回の参考にさせてもらうね？」

次回って何よ⁉　そんなにホイホイ体調崩されたら心配でこっちの身が持たないじゃん！

思わずそう言うと、今度は蕩けるような蜂蜜スマイルをくれた。

「心配してくれるんだね……ありがとう」

もう……！　この顔面の強さどうにかして‼

ゲームでは私がルイスを攻略する側だったのに、今は逆に攻略されてる気がヒシヒシとする。自慢じゃないけどチョロすぎるヒロイン、略してチョロインだよ私。

チョロインな私は、自分の事はもちろん、誰にも言った事がない前世のアタシの事も全部ルイスにさらけ出してしまった。

リアル腹黒なんて絶対お断りだと思っていたのに、色んなルイスを知っていくうちに、彼に惹《ひ》かれる気持ちがどんどん加速して、いつの間にか止められなくなっている。

今日だって、忙しい合間を縫って会いに来てくれるのを心待ちにしていたのに、会えないと分かってがっかりしている自分がいる。

こんなに心を許して期待させられて……ちょっと前までは早く終われと思っていた選考会なのに、今は終わるのが怖い。

ルイスは私の事をどう思っているんだろう……。

私の事をもっと知りたいって言って、一緒に過ごす時間を増やしたけど、何かやらかして幻滅されたりしてたら立ち直れない自信がある。

ゲームの中では、最終日の舞踏会の為に贈られるドレスの色で結果が分かる。

ルイスルートの場合、白いドレスだったらハッピーエンド、それ以外の色だったらノーマルかバッドエンド。

バッドエンドの事なんて考えたくない……！

——バッドエンド……？

その言葉が鍵だったかのように、急に前世のアタシの記憶が顔を出す。

そういえばルイスのバッドエンドに、北の孤児院が実は孤児の人身売買を行っていたってエピソードがなかったっけ……？

私はベッドの上で腕を組んで胡坐《あぐら》をかき、眉間にしわを寄せて必死に思い出す。頑張れ私のハイスペック脳細胞‼

お助けキャラがカチュアの場合、王宮から支給された支度金を賄賂にして攻略対象者とのイベントを発生させたり、孤児院への寄付金にして好感度を上げたりする事が可能だった。でも、それに頼りすぎて知性パラメータをろくに上げずに攻略すると、確かルイスルートのバッドエンドでそういうエピソードが出てきたはず……。

人身売買を行っていた孤児院に寄付金を渡して犯罪を幇助《ほうじょ》した事になるから、王子妃として相応しくないって言われてバッドエンド。優しげな表情がデフォルトのルイスなだけに、その時の冷酷な顔がトラウマになったというユーザーが続出した。あれには前世のアタシもしばらく呆然とした。だって、お助けキャラのサポート通りに進めてたらそうなっちゃうんだもの。

だから攻略サイトでは、初心者が最初に落ちるバッドエンドって言われてたし、カチュアが実はお助けキャラではない説の根源となっていた。

そして、エンドのストーリーはお助けキャラによって内容も少し変わってくる。お助けキャラがアナベルで、ルイスのバッドエンドだった場合は……。

寄付金の着服の疑いでアナベルが逮捕される!!

思わずベッドから飛び下りる。

もしかしてベルが連れていかれたのは、その件に巻き込まれてるからなの……？

人身売買疑惑のある孤児院の寄付金着服とか、リアルだと笑えないくらいヘビーな案件だよ。ていうか私のバカバカ！　どうしてもっと早く思い出さないのよ！　寄付しちゃった時に思い出していれば何かできたかもしれないのに……！

思わず頭を抱えて床に蹲《うずくま》った。

私がルイスルートに入ってるのは、ほぼ確定。

ゲームでは特殊なアイテムを使えば各種パラメータや、攻略対象者の好感度を確認する事ができたけど、今はそんなの見える訳がない。

語学やダンスの勉強は頑張ってきたし、ルイスの好感度がバッドエンドになるほど低いとも思わない。でも栞イベントもスルーしたし、看病イベントもフラグをへし折ってしまった。もし万が一バッドエンドになってしまったらどうしたらいいの⁉

今すぐルイスに連絡！　……って携帯電話ないじゃん！

今ほどスマホが欲しいと思った事はない……！　神様、転生させるならスマホ文化も一緒に転生させてよ……‼

ベッドの周りをグルグル回った後、気持ちを落ち着ける為にベッドサイドに置かれた果実水を飲んで、深呼吸をした。

落ち着け私……。そうだよ、ここはゲームそっくりだけどゲームの中じゃない。

ルイスは僕を信じてと手紙をくれた。

それに、ランスロットがベルを危険に晒《さら》すような事をする訳がない。

何より、服務規程をこれでもかと重視する、真面目の権化であるベルが着服なんて、してるはずがない……！

大丈夫に決まってる。それでも祈らずにはいられなかった。

どうかベルが無事で帰ってきますように……！

アタシを転生させてくれた神様！　どこかで見てるならお願い！　もうあれこれ文句言わないから……！

三

ルイス殿下達と共に密やかに北の孤児院に到着し、院長室と書かれた、趣味が良いとは言えない無駄に豪奢な扉をノックして、私は返事を待たずに扉を開けて一人で入室した。正面にあるデスクには、院長と思《おぼ》しき人物が座っていて、訝《いぶか》しそうにこちらを見ていた。

通常であれば事前に訪問の約束をするべきところを、すっ飛ばして突然来たのだから仕方ない反応だ。しかもいきなり入ってきて名乗りもせずにつっ立っているのだから、いよいよ失礼だろう。しかし院長は、入ってきたのが一目で貴族と分かる身なりの女性である事から、紳士的な対応を取る事にしたようだった。

「初めましてレディ？　お名前とご要件をお伺いしても？」

そう促されても私はそのまま一言も話さず立って院長を見つめていた。それが殿下の指示だから。

――室内に気まずい沈黙が横たわる。

「も、申し訳ありませんレディ、どこかでお会いしましたかな？　貴女のようなお美しい女性ならお会いした事があれば絶対に忘れないはずなのですが、私も歳ですかな……どうぞお許しを」

無表情で沈黙を保ったままの私が、怒っているのかと勘違いした院長は、やや焦った様子で言い募る。一言も喋ってはいけないという殿下の指示の為に返事ができずに困っていたところで、少し開けたままにしていた扉から殿下達が一斉に入室してくる。

騎士服に身を包んだ男達を見て、あからさまに怯えた様子を見せる院長をひたと見据えて、ランスロット様が告げる。

「こちらは第二王子ルイス殿下にあらせられる。本日は、殿下の妃候補が当院に施した寄付金の使途調査にいらっしゃった。速やかに経理関係の全書類を提出せよ」

院長は怯えていた顔を何故か一瞬緩めたかと思うと、指示に従い机から帳簿やら書類やらを取り出し始めた。


張り詰めた空気の中、時計の音と紙をめくる音ばかりがする院長室。殿下は、真っ赤な革張りの悪趣味なソファーに腰掛け、同行させた文官と共に帳簿を検めている。

時折、騎士に指示を出して、その騎士が部屋を出入りする以外は、誰も動く事を許可されずにその場で待機していた。

どれほど時間が経っただろうか、痺《しび》れを切らした院長がおずおずと見張りの騎士に話しかけた。

「あの……殿下も皆様もお疲れかと思いますので、職員にお茶を用意させたいのですが、いかがでしょうか……?」

大して暑くもない室内で、ダラダラ汗を流していた院長こそ、この中で誰よりも水分を欲しているのだろう。殿下は書類を繰る手を止めると院長に微笑んだ。

「そうだね、貴方《あなた》がこの部屋から出る事は許可できないが、職員に頼むのなら許そう」

「あ、ありがとうございます！　では早速！」

院長は殿下の気が変わらぬうちにと、執務机の上にあった呼び鈴を盛大に鳴らす。

しばらくして、部屋に来た職員らしき男性に茶の用意を言いつけると共に、これで皆様に菓子を買ってこいと言って、現金が入ったと思われる封筒を渡した。

「ちょっと待て。その封筒の中を検める」

「なっ！」

殿下の指示で、ランスロット様が素早く職員から封筒を取り上げる。慌てて取り戻そうとする院長を騎士に押さえさせながら、殿下が封筒を開くと、果たして現金は入っておらず、何か書かれた便箋が出てきた。

殿下はそれを開くと声に出して読み上げた。

「内容は……『火急の件にて指示を仰ぎたし』。宛名は……アナベル・ガードナー伯爵令嬢」

思ってもいないところでいきなり自分の名前が出て盛大に驚いたが、声も出さず瞬きだけで動揺を隠せた自分を褒めてやりたい。

孤児院に着いてから下された殿下の指示は、「今から許可するまで一切喋るな。動揺を見せるな」なのだから……。

——はぁぁ⁉　何でそこでアナベルの名前が出るのよ⁉

平静を保つ事に必死な私の脳内で、キャロル様が代わりに荒れ狂ってくれる。

私はこの院長と会ったのは今日が初めてだ。それなのに、どうして私の名前が？　指示を仰ぎたいだなんて、そんな不可解な手紙を貰うはずがない。それに、院長が私を知っているというなら最初の挨拶がおかしい。

そんな事は百も承知であるはずのルイス殿下は幼子に質問するかのように、一つ一つ質問をしていく。

「こんな手紙を出すという事は、院長殿はアナベル・ガードナー伯爵令嬢と知り合いという事かな？」

「ええ、も、もちろんです」

いやいやいや、今日初めて会いましたよね⁉

そう主張したいが、殿下の指示で直立不動を維持する。殿下は私の方をチラとも見ずに、話を続ける。

何故だろう、何だかとても嫌な予感がする……。

「この『指示を仰ぎたい』というのは、寄付金の着服がバレそうになっている事に関しての指示？」

「着服などそんな！　な、何を仰っているのかさっぱり……！」

今や全身から絞り出していると言ってもいいほどの脂汗をかきながら、院長はとぼける。

「とぼけても無駄だよ。帳簿に書いてあった、資金の支払い先となっている全ての店にも確認は終わっている。この孤児院からこんなに大きな額の発注は未だかつて受けてないとね」

まさか寄付金が着服されていたなんて……‼

必死に動揺を抑える私の視線の先で、院長は彫像のように押し黙ったまま俯いた。

殿下は俯いた院長を一瞥してから、一瞬こちらを向いた。そして人差し指を立てて自分の口元に当てて、再度「喋るな」の指示を出してきた。

と、いつの間にか隣に居たランスロット様が、スカートに隠すようにして握りしめていた私の手をそっと包んでくださる。大丈夫だと言ってくれているようで、少し冷静さが取り戻せた。

殿下は俯いたままの院長に、今度は優しい声音で労わるように話しかける。

「院長、もう隠さなくてもよい。銀行にも確認をとったから寄付金がどこへ流れたのかも分かっている。王妃陛下や僕の妃候補からの寄付は確かに一度、孤児院の口座に入っていたが、その後別の口座に移されていた。貴殿は脅されていたのだろう？　……アナベル・ガードナーに」

院長はガバッと顔を上げて地面に跪いた。

「そうなのです殿下‼　孤児院の子供達を盾に取られて……！　やむなく私はっ！」

違う‼　私じゃない‼

指示に背いて思わず声を上げそうになるが、ランスロット様にきつく手を握られ何とか正気を保つ。

……わたくしは、濡れ衣を着せられている……。

極寒の地に居るかのように手が震え、自分の心臓の音ばかりが耳につく。

どうして。何で。

そんな言葉ばかりがグルグルと頭を巡る。崩れ落ちそうになる体を何とか支えてくれたのは、震える手を包んでくれている熱だけだった。

そこから院長は堰《せき》を切ったように話し始めた。

カチュアが寄付金を持ってきた後、アナベルがやってきて、子供に危害を加えると脅して王妃様や国からの寄付金の五割の支払手形を切らせた事。王子妃候補の寄付金に至っては八割を要求された事など。

それは私じゃない‼

そう叫びたいのに許されない。

……殿下は何を思ってここに私を連れてきたのだろうか。この場で罪を明らかにして私を捕縛する為に？

あまりの現実に堪えきれずに目の奥が熱くなってきたところで、殿下が再び話し出す。

「もう一度確認だけど、アナベル・ガードナーが直近でここへ来たのは三日前なんだね？」

「はい、帳簿にも支払手形の控えにもそう書いてあるので間違いありません！」

……え？

三日前……？

確かに休みだったけど、私は……。

思わずランスロット様の顔を見上げると、力強く手を握って頷いてくれた。

「それはおかしな話だね？　その日はアナベル嬢には終日護衛を付けていたし、午後からは僕も一緒に居たんだよねぇ……」

殿下は可愛らしく首を傾げて不思議そうに院長を見る。

「ねぇ？　本当にアナベル嬢に脅されてるの？」

「ほ、本当です！　信じてください殿下！」

院長は殿下の足元に縋《すが》りつかんばかりに必死に言い募る。

「でもねぇ？　本物連れてきても『初めまして』なんて挨拶するし？　本物がここにいるのに何故か手紙を出そうとするし？　本当は違うって言っているようなものだよねぇ、アナベル嬢？」

殿下が腹黒全開の笑みでこちらを見ている。

本当に心臓に悪すぎる……！

つい殿下を恨みがましい目で睨んでしまった。

殿下から発言の許可を貰えたので、私は控えていた壁際から一歩踏み出し、ひたと院長を見据えた。

「初めまして院長殿。アナベル・ガードナーと申します。この度の事、名誉毀損《きそん》で訴えさせていただきますね？」

そう言うと、院長は顎が外れんばかりに口を開けてこちらを凝視していた。まさか濡れ衣を着せた本人がここに居るとは夢にも思わなかったのだろう。

「それから、バレてないと思って安心していたようだけど、孤児の人身売買についてもキッチリ調べはついてるからね？　本当の黒幕についても洗いざらい話す事をオススメするよ」

殿下のトドメの一撃に、院長は泡を吹いて倒れた。

――ざまぁ!!

脳内キャロル様が、淑女にあるまじきガッツポーズで快哉《かいさい》の声を上げた。

挿話4　選考会の余波と増える団則

団外秘‼

【天使と書いてベルたんと読むの会】会報

○月×日　曇り
報告者
ランディ・スミス
ブラッド・テイラー

【超悲報】来月の慰問担当はベルたんではない。

今の一文で恐らく多くの筋肉達が一挙に弱体化した事だろうが、落ち着いて聞いてくれ。

今日も今日とて天使なベルたんとキャッキャうふふ（誇張表現）な孤児院慰問を終えた別れ際の事だった。

「来月は第二王子妃選考会での仕事がありまして、別の女官が参りますので宜しくお願いしますね」

ふぁっつ⁉

ベルたんの美しすぎる唇から零れた衝撃発言に、俺達二人して変な声を出して思わず固まっちまった。

何でも、ルイス第二王子殿下の花嫁候補を国中の貴族から広く募集して、選考会を開催して決めるのだそうな。そしてベルたんはその候補者のご令嬢達のお世話係に任命され、一ヶ月そちらにかかりきりになる模様。

そういえば先月そんな告示が出ていたな。

ふーん、自分の嫁になりたい女が押し寄せてくるとか、そんな世界線に行きたいぜ羨ましい――ぐらいの余所事としか思っていなかったが、まさかこんな身近なところに世界が終わるレベルの実害が来るとは予想外だ。

ベルたんの居ない慰問なんて、リンゴの入っていないアップルパイ！　盛り上がっていない大腿《だいたい》四頭筋！　うっかりミスをしない団長も同然なのである！

ただでさえ月一回しかないのに、それがお預けになる……だと？

いや、五万歩譲って俺達はまだいい。護衛任務の希望を出してから待ちに待ってやっと巡ってきた今日という日をしっかり堪能したのだから。この身にしっかりとベルたん成分を補給できたのだから。

しかし、来月に担当予定になっているケインとルーカスは一体どうなるんだ？　失意の余りせっかく鍛えた筋肉が干からびてしまうんじゃないだろうか？

手足合わせて二十本しかない指を何度も何度も折り数え、カレンダーに毎日丸をつけ心待ちにしているだろうにと考えると、俺の大胸筋が切なさに打ち震える。

もし俺だったらとても耐えられる気がしない……！

そこで団員諸君に提案したい！

次回のベルたん欠席慰問の護衛も俺達が行くので、どうかベルたんの慰問が再開した時にケイン達を行かせてやってはくれないだろうか⁉

待ち時間が長くなってしまう他の皆には本当に申し訳ないが、もし自分がケイン達の立場だったらと、その鍛え上げた分厚い大胸筋に手を当てて想像してみてほしい……。

泣きそうになるだろう？　そうだろう？

ベルたん成分を補給したい心は誰しも同じ。だからこそ、彼らの立場に立って考えてみてほしい。

ベルたんも孤児院の子供達によく言っているだろう？

『見返りを求めず人に優しくできる、心の大きな人になってほしい』

第一騎士団の団則にも追加になったその格言を、今こそ実践する時なのではないだろうか⁉

諸君らの意見を是非回覧サイン欄に書き込んでくれ！

俺達の案が賛成多数で可決される事を切に願う。


余談だが、選考会の候補者の名前が出揃い、第二王子妃が誰になるのか数日前から王宮内で密やかに賭《か》けが始まっているのだが、その一番人気がなんと我らがベルたんである事を、諸君らは知っているだろうか？

候補者ではないのに名前が挙がっていて、しかもぶっちぎりで一番人気なベルたん流石すぎないか？　天使を通り越してもはや女神？

どうやら、ベルたんの事を王妃様が大切に庇護しておられるのは、王子妃を視野に入れての事ではないかと予想して賭けている者が多いようだ。ベルたん本人も、結婚は王妃様の選んだ人とすると、言い寄ってくる男を問答無用で一刀両断しているらしい事も、王子妃有力説を裏付ける要因の一つとなっている模様。

我らがベルたんがぶっちぎりで一番人気だという事実に、喜んでいいのか泣いていいのか、賛否両論だと思う。

ベルたんの天使っぷりは、全世界のあまねく人々に可及的速やかに知れ渡るべきだと思う。しかし同時に、少しでも長く俺達だけの天使で居てほしいと思うこの矛盾！　この葛藤！

おそらく諸君らも同じ気持ちだろうと推察する。

嗚呼《ああ》、神よ！　俺達は一体誰に賭けるべきなんだ‼

賭けというのは本来、勝つ事を目的として行うものだ。誰が王子妃に相応しいかなんて、聞かれるまでもなく満場一致でベルたんである。しかし、今回ベルたんに賭けてもし勝ったとしたら、ベルたん＝王子妃＝ブロークンハートという公式が成立してしまう。

かといって他の令嬢に賭けるのは、体が拒絶反応を示しそうなレベルで困難である。

もうこれ以上俺の筋肉な脳みそでは考えられない。無理。

この難題をいかに解決すべきか、諸君らの忌憚なき意見を求めたい！

ちなみにこの賭けの胴元はかなりの高官であると専らの噂で、王宮中の人間が一枚噛む勢いらしい……。俺達をこんなにヤキモキさせやがって！　責任者出てこい……！

なお、本日午後八の刻より『天使の渚亭』にてケインとルーカスを励ます会を開催する！　夜勤以外の団員諸君は奮って参加されたし！
以上。

回覧サイン欄
うっかりありきのオレ⁉【団長】
今更ですか？【副団長】
今更すぎますね【副団長補佐】
あと、いつの間に団則増えたの⁉【団長】
それこそ今更ですか？【副団長】
ベルたん関連で五ヶ条ほど増えてますが何か？【副団長補佐】
はっ！　ホントだ！　しれっと書き加えてある……！　勝手に増やしたらダメでしょぉぉ！【団長】
団長のは既読スルーして、ランディ達の提案に賛成！　ケイン、ルーカス耐え忍べ！【オーステイン】
賛成！　そして俺達だけの天使でいてほしい派！【シリル】
賛成！　オレは大穴狙いでキャロル嬢とやらに賭ける！【トーマス】
賛成！　他に追加された『壊れた物を見たら直せ』も良い規則だと思う【ウッズ】
それ、誰かさんちの家訓だよね⁉　あと、既読スルーはヤメテぇぇ！【団長】

賛成！　ベルたんに勝ってほしくはないが人気投票としてベルたんに投げ銭！【トム】
賛成！　ケインとルーカスあと少しの我慢っす！【イーサン】
みんな、ありがとう……ありがとう……【ケイン】
皆の優しさをこの大胸筋にしかと刻む！【ルーカス】
……
……
……
ベルたん成分お預けにしちゃってごめんなさいね？　あと、賭けの胴元はお祭り好きの私の旦那様だったりするのも謝るわ。収益はちゃんと国民に還元する予定だから許してね？【アイリス】

第七章　真の悪役令嬢の末路

一

「ねぇ、私聞いちゃったんだけど……」

「え、なになに？」

「ここだけの話よ？　絶対誰にも言っちゃダメよ？」

「分かったわよ～！　で、何？　気になる！」


体調不良を理由に午前中で職務放棄をして、自室へ帰っていた途中の事。何やら面白そうな密談が聞こえて、私は咄嗟に足を止めた。

今日は殿下との交流の予定もないし、マリア様の相手をするのも気分が乗らなかったから侍女に押し付けてきたが、ちょうどいいところに出くわした。

リネン室のドアが少し開いていて、どうやらその中でメイド達が内緒のおしゃべりをしているようなのだ。

内緒話は脅しの良いネタになる。これでまた体良く使える手駒を増やせるかもしれないと、ほくそ笑んだ。

見渡せば、都合よく周囲には誰も居ない。私は足音を忍ばせて、もっとよく聞こえるドアの傍に近づいた。

扉の隙間から中を窺うと、メイドが二人。ひとりは知らない顔だったが、片方はちらりと見えた横顔に見覚えがあった。

確か、ロロ男爵の娘だったはず。その男爵の娘が声をひそめて話し出す。

「あのね、ルイス殿下と侍従殿が話していたんだけどね……どうやら北の孤児院の評判が良くないらしくて、殿下自ら明後日調査に向かわれるって……」

「北の孤児院っていうと、最近王子妃候補の方が熱心に寄付してるっていう……？」

「そうそう！　なんか、その寄付金を着服してるかもって話で……」

そこまで聞いて、私はその場を後にした。

いつか露見するとは思っていたが、こんなに早く、しかも殿下自身が動くとは計算外だ。殿下の指示を受けた役人が査察するなら、まだやりようはあったが……。

私は急いで自室へ戻った。部屋に着くなり二通手紙を書く。一通は実家へ。明日屋敷へ行くから馬車と護衛を寄越すよう依頼する。

もう一通は北の孤児院長へ。

殿下が寄付金の件で直々に抜打ち検査へ行く旨と、その際決して私の名前は出さずに、予《かね》てからの打ち合わせ通り、アナベルへ疑いが行くように誘導しろと指示。もし私の名前を出せば、孤児の人身売買の件をバラすと脅し、この手紙は見たらすぐ燃やすようにと念を入れて書いてやった。

二通を速達で、必ず今日中に着くように、配達業者に金を握らせろと侍女へ指示した。そこまでやり終えて、ひと息つく。

寄付金は一度孤児院の口座に入金され、その後支払手形を使ってアナベルを装って作った口座に移している。もちろんこれは、アナベルに罪を擦り付ける為だが、口座のお金まで没収されてしまっては意味がない。

あの金は私のモノだ……。

メイドの話を信じるなら殿下の調査は明後日。という事は、明日中に口座から現金で払い出して隠せばいい。

仮にあの話が間違っていたとしても、どのみち早めに金は隠してしまおうと思っていたから良い機会だ。

夕方になって、殿下の情報をリークさせている女官からの定期報告書が届いた。メイド達の話を裏付けるかのように、殿下の北の孤児院査察の予定が書かれていた。別々の人物から同じ情報という事は、この話はまず真実だろう……。

それにしても早めに手が打てて良かった。この使えない女官の報告書を見てからでは対応が難しかったかもしれない。内緒話をしてくれたロロ男爵の娘には感謝をせねば。

いよいよアナベルを陥れる事ができるかと思うと、嬉しくてゾクゾクする。

査察に訪れた殿下を前に、動揺した風でアナベルと連絡を取ろうとする院長。調べてみれば寄付金は孤児院の口座からアナベル名義の口座へ移されている。……そして、その頃には口座の中は既に空っぽ。

どう見てもアナベルが着服したようにしか見えない。あの女はすぐさま拘束され尋問される事だろう。濡れ衣を着せられて青ざめるあの女をこの目で見てやりたい。

口座を作った銀行は、近年あちこちにできている小さな銀行の中の一つを選んだ。顧客獲得に必死で来る者拒まずだし、老舗《しにせ》に比べて色々と規定がユルい。本人確認もあってないようなもので、あっという間にアナベル・ガードナー名義の口座が作れた時は嗤ってしまった。

向こうにしたら、金を預けてくれるのであれば相手は誰でもよく、支払いの時だけしっかりとサインを照合すれば良いというスタンスのようだ。サインももちろんあの女に似せて書いたし、瞳の色は変えられないが、同じ髪色のウィッグも着けていたから偽装は完璧だ。

金はどこへやったと責め立てられて、知らないと泣くあの女を想像するだけで笑いが込み上げる。

本当に知らないんだから、そうとしか言えないものね？

そうやって拘束は長引き、尋問もより酷くなっていく事だろう。城の地下牢に入れられるのだろうか？　そうなったら、元同僚として何か差し入れを持っていってあげなくちゃ。

なんて優しい私。

きっと王妃様もこれからは私を重用してくれる事だろう。まあでも、近いうちに第二王子妃になるから王妃様に仕えるのもあと僅か。

傅く立場からやっと傅かれる立場へ戻れる。マリア以上の富と権力をこの手にできる‼

燭台《しょくだい》の火に小さな羽虫が飛び込んでいって塵《ちり》となった。きっとあの女の末路もこんな感じになるだろう……。

願わくば、沢山、あの女の苦痛に歪んだ顔が見られますように……。

＊＊＊＊

「ルイス殿下、カチュア・グリーズが手紙を出しました。実家への物はそのまま通し、孤児院宛のものは回収して参りました」


侍従が密やかに持ってきた手紙を開き、笑みが漏れる。

急いで書いただろうに、手紙はすぐ燃やせだなんて指示まで徹底している事に感心する。

隠蔽工作が得意なようだ。今までもこうやって何人もが陥れられてきたのだろうが、それもここまで。


これで動かぬ証拠が手に入った。

「陛下に至急お会いできるように話を通してきてくれ」

指示を聞き、素早く出ていった侍従を見送って、テーブルの上のチェス盤を引き寄せる。

中央に引きずり出されて周りを白に囲まれ、ポツリと孤立した黒の王《キング》。

白の歩兵《ポーン》を進め、黒の王を射程に捉える。

チェックメイトだ。

カチュアに偽情報を摑ませる為に手伝いをお願いした、メイドのロロ男爵令嬢が良い仕事をしてくれた。わざと盗み聞きをさせるなんて、人間の心理を突いた良い作戦だ。盗み聞きした情報がまさか偽物だとは普通思わないだろうし、一介のメイドが自分を陥れるとも思わないだろう。

イトゥリ語も使えるし、ただのメイドにしておくには勿体ない。歩兵《ポーン》も使い方次第では何にでも成る。カチュアに脅されて私の機密を漏らし続けた女官を排して代わりに据えようか。それよりも、兄上に紹介して王太子妃の所へ配属させるのが良いかもしれない。

昨年イトゥリから嫁いできた兄嫁である王太子妃が、最近ホームシックにかかっているようで、兄上がとても気にしているのだ。イトゥリ語が話せる者が近くに居れば、兄嫁の慰めになるかもしれない。そうすれば、兄上の気がかりも一つ解決できる。

ほぼ政略結婚だが、とても仲睦《なかむつ》まじくて、見ているこちらが中《あ》てられそうになる兄夫婦。今まで以上に幸せオーラ全開の兄上に、会う度に結婚を勧められていたので、どうしたものかと思っていたが、僕の妃を選ぶという選考会もあと少しで終わる。

当初は無駄だとしか思えなかったが、妃候補達の寄付金をきっかけに、カチュア・グリーズと北の孤児院長の罪を暴き、可哀想な孤児達も救う事ができた。

子供は次代を担う国の宝。今回救った子供達が、いずれ来る兄上の御代を支える大きな力になるかもしれない。それだけでもこの選考会には意味があったと言えるけれど、予期せず興味深い出会いを得る事ができた。

部下にしたいと思える人材や、王妃である母のお気に入りという事もあり予てから話してみたかったアナベル。そしてキャロル――。

着服事件の対応が忙しくて、ここ数日会いに行けていない事を彼女はどう思っているだろう？

少しは淋しがってくれているだろうか？

体調を崩しかけて膝枕をしてもらって以来、ぐっと近づいた気がする彼女との距離。もっと一緒にいる時間を作りたいのに、公務と着服事件の対応に追われてままならない。

選考会の発起人である父上に、嫌がらせも兼ねて仕事を一切合切押し付けてあげようかとも思うが、この手の裏工作は僕の得意分野だから仕方ないよね……。

白の歩兵《ポーン》でいたぶるように黒の王《キング》をつつくと、象牙でできた駒は硬質だけれど柔らかい音でぶつかり合う。

あとは獲物が罠にかかるのを待つだけ。早く終わらせて選考会に専念しよう……。

やがて静かに扉が開き、謁見の手筈を整えて有能な侍従が帰ってきた。

弄んでいた黒の王をゆっくり盤上から弾き落とし、僕は王の執務室へと向かった。

二

「いつまでお嬢様をお待たせするつもりですか⁉」

「も、申し訳ございません！　あと少しで準備できますので……今しばらくお待ちください！」

このやり取りをかれこれ三回は繰り返している。

本当は私が怒鳴ってやりたいが、アナベルに似せて変装している手前、まじまじと顔を見られて変に印象に残ってはまずいし、何より品位を疑われるので侍女にやらせている。

それにどんなに待たされるとしても、この私の——カチュア・グリーズの金は何としても今日回収しなければならないのだ。

着服した寄付金を殿下に没収される前にと、侍女と実家の護衛を引き連れて例の銀行へ来ていた。

窓口で、口座の全額を現金で持ち帰る旨伝えると、責任者らしき男が慌てて出てきて別室に通された。個室で特別待遇された事はまあ良かったが、使い途を執拗に聞かれ、全額は勘弁してほしいと泣きつかれた。

この小規模な銀行から、平民なら軽く十年は遊んで暮らせるような額をいきなり引き出すというのだから、確かに慌てるのも仕方ないかもしれない。しかしこちらも時間がないし、平民の願いなど聞き入れてやる必要性もない。

私の金なのだから、いつどうしようと私の勝手だ。

払えないというなら、社交界でこの銀行の悪評を流すと暗に脅したら、顔を青くして引き下がった。そして、大量の現金を準備するのに時間がかかると言われて、待たされ続けて今に至る。

部屋に設置された時計を確認すると、ここに着いてからもうすぐ半刻が経とうとしている。

いくら何でも遅すぎではないの？

おざなりに出された質の悪い紅茶もすっかり冷めて飲む気にすらならない。実家に届けさせる事にして今すぐ帰りたいが、アナベル・ガードナーを名乗っている手前それもできない。

イライラが限界に達したところで、扉が開いた。

……中に入ってきたのは、ルイス殿下だった。

「ご機嫌よう、偽アナベルさん？」

何で⁉　どうして……⁉

とっさに扇で顔を隠すが、手の震えが止まらない。殿下の後ろからは何人もの騎士が入ってきて私は四方を取り囲まれる。扉の外にいた実家の護衛は鎮圧されてしまったようで、助けは来ない。

これだけ待たされたのは、この銀行が既に監視されていて、殿下へ連絡が行ったからなのかと気づき、苛立ちに唇を噛む。ここからは逃げられないと判断した私は立ち上がった。

「殿下‼　私、カチュアですわ！　助けてくださいませ！　脅されてこんな所に来させられて……！　私とても怖かった……！」

ふらりとよろけた様子を装って殿下に縋りつこうと近寄るが、近衛のランスロット・アンバー卿に阻止されてしまう。それどころか、別の近衛に後ろ手に拘束されて、冷たい床に膝をつかされてしまう。これではまるで私が犯人扱いだ。

「放しなさい無礼者！　殿下！　私はアナベルに脅されたのです！　言う通りにしないと孤児院の子供達に危害を加えると！」

怯えている風に装って上目遣いに殿下に訴えると、鼻で嗤われた。いつも優しい雰囲気の殿下が、見た事もない黒い笑みを浮かべている事に冷や汗が出る。しかしそれも一瞬の事で、殿下はまたいつものふんわりと甘い笑みをこちらに向ける。

「この期に及んでまだアナベルに罪を擦り付けるのかい？　アナタの面の皮の厚さを測ってみたいものだね。北の孤児院長も黒幕はカチュア嬢だと供述しているよ？」

「殿下！　信じてください！　院長もきっとアナベルの共犯で私を陥れようとしているんですわ！」

何としてもあの女に罪を擦り付けなければならない。震える手を握りしめて必死に訴えた。私が犯人であるという決定的な証拠は残していないし、アナベルに疑いが向くように偽装工作もしてあ

る。私はただ、脅されたと訴え続ければ良い。だって、アナベルが私を脅していないという証明は絶対にできないのだから。

　床に押さえ込まれて座らされている目の前に、何か重いものが落ちた音と共に、その重さゆえに起きた風圧でウィッグの毛先が揺れる。見ると紐で括られた分厚い束の書類で、題名を見て思わず舌打ちしそうになるのを堪える。

「そこにある銀行の取引記録と支払伝票に残されたサインの筆跡と、それから王妃陛下名代での孤児院慰問の際の第一騎士団の護衛報告書からも、アナタ自身が全ての取引をしている事は明白である」

「お許しください殿下……。アナベルに脅されて、殿下のお妃候補からの寄付金をはじめ、王妃陛下の寄付金や国からの支援金の多くをアナベル・ガードナー名義の口座へ不正に入金し、言われるままに引き出してあの女に渡す役割をしておりました……。そうしなければ孤児院の子供達を守れないと思い、断腸の思いで……！」

　顔を俯かせて泣き真似をしながら、思い描いたシナリオを喋っていく。本当は、私は一切関与していない方向であの女だけに罪を被せたかったが、現場を押さえられた上に、ここまで調べられていてはそれも難しい。私も多少の泥は被るだろうが、あの女を牢屋《ろうや》にぶち込めるならかまわない。それにこれであの女には、明らかに嘘《うそ》を言っているのが私だと分かるのだから、私にハメられたと気づいて悔しがると思えば胸がすく。

　他の誰でもなく、あの女を地獄に落とすのはこの私、カチュア・グリーズだ。

「……カチュア嬢はあくまでも主犯はアナベルだと、そう主張するんだね？　でもおかしな話だなぁ……。それなら何故アナタは変装までしてアナベルのふりをしているのかな？　アナベルがカチュア嬢を手駒にしているなら、自分が罪に問われないように手駒の名前で口座を作らせ、手駒自身が取引をしているように思わせるはずだが？　万が一露見しても罪を被せられるように……」

「そ、それは……」

俯いて上手く表情を隠しながら、唇を噛む。痛い所を突かれた。殿下の言った事を今まさに自分がやっているからだ。チラリと盗み見ると、目の前に立つ至高の存在は、さも不思議だと言わんばかりに可愛らしく小首を傾げている。

何としても言い逃れてやる。真綿に包まれてぬくぬくと育ってきた無垢な王子のひとりやふたり、手玉に取るなんて訳もない事だ。

「何故かはよく分かりませんが……口座を作ったアナベルとその後の取引をする私の姿が似ても似つかぬのではまずいから、変装させられていたのではないかと」

「という事は、口座を開設したのはアナベル本人だったという事かな？」

「はい……」

口座を作ったのは二年以上前だ。大した記録なんて残っていないだろうし、当時を覚えている行員が居るとも思えない。

殿下は私の前に放り投げてあった、銀行の取引記録を手に取り、ページをめくった。

「え、でもホラ見て？　口座開設時の記録もしっかり残っているけど、口座名義人の人相を記載する箇所に銀の髪にアイスブルーの瞳って書いてあるよ？　コレはカチュア嬢の事だよね？　それに、その日の護衛報告書にも、アナタがこの銀行に立ち寄ったと記されている」

「ちなみに、その日のアナベル嬢の護衛報告書では朝から夕方まで南の孤児院にいた為、とても銀行に寄っている時間はありませんね」

アンバー卿も書類を片手に発言する。

「きっと行員が見間違えたのですわ！　護衛報告書だって、平民も交じっているような烏合《うごう》の衆の書いた報告書です！　そんなもの信じるに値しません！　きっとあの女が私に罪を擦り付けようとして……！」

苛立ちに任せてそう叫んだところで、殿下とアンバー卿の凍《い》てつくような視線に晒されて思わず口をつぐむ。

「今の発言を取り消してもらおうか。我が国は社会にある程度の秩序を作り出す為に階級制度を採用しているが、階級を理由に無条件に人を軽んじたり貶めるのは間違っている。銀行員の記録も、騎士団の報告書も充分に信ずるに値するものだ」

どいつもこいつも、あの女と同じような綺麗事ばかりで鳥肌が立つ。高い位にある者がその権利を行使していったい何が悪いのか。そう怒鳴りたいが、その階級制度の頂点に君臨する王子に歯向かう訳にもいかず渋々頭を下げる。

「殿下、どうか信じてください……。私は本当にあの女に脅されて……」

「カチュア・グリーズ……我々は全てを知っている。いい加減に大人しく罪を認めてはどうかな？」

殿下の溜め息交じりの勧告にイヤイヤと可愛らしく首を振る。状況証拠は揃っているようだが、アナベルが私を脅していない証拠は出てこない。出てくるハズがない。

このまま時間を稼いで、起死回生の策を練ろう。お父様だって可愛い娘を助けようと各所に賄賂を配り奔走してくれるはずだ。

何としてもあの女を引きずり下ろしてやる。

私が諦めないと感じ取ったのか、殿下はわざとらしく溜め息を吐いた。

「では別の質問だ。アナタが今日ここに来たのはアナベルの指示？」

「はい」

「どのような指示？　方法は？」

「手紙で……。明日、殿下が北の孤児院へ査察に行くから、その前に現金を全て引き出してこいと……」

「その手紙は？」

「読んですぐ燃やせと指示があったので、燃やしてしまいました」

「そう……」

硬質な床に、靴音が鳴る。

じっと見つめていた床に仄暗い影が落ちたかと思うと、殿下がすぐ傍に膝をついた。

「カチュア・グリーズ。いい事を教えてあげよう」

甘く囁くような声に思わず顔を上げると、蜂蜜のように優しく蕩けるはずの瞳は、捕食者が仕留めた獲物をいたぶるような無慈悲で冷徹な輝きを放っていた。

「僕もね、陥れる側の人間なんだ」

耳元で囁かれた途端、鋭利な爪を持った獅子《しし》に喉元を押さえつけられたように息ができなくなった。ハクハクと浅い息を繰り返す私を満足気に見た殿下は少し体を離すと、懐から封筒を差し出してきた。

見覚えのある封筒と封蠟《ふうろう》、宛先は北の孤児院長……。

これはまさか……。

「明日北の孤児院へ査察へ行くという嘘《デマ》は、カチュア嬢と、アナタが脅していた僕付きの女官だけにワザと流した。それで焦ったアナタが書いた手紙がコレ。北の孤児院へは行かず、カチュア嬢の部屋から出てすぐに僕のもとへ届けられた。内容は覚えているだろう？」

殿下が楽しげに嗤う。

デマ？　ワザと？　では、盗み聞きしたと思っていた話も殿下の差し金？　殿下の情報をリークさせていたのも知られていた？　知っていながら泳がせていたという事……？

あぁ、それよりもあの手紙には、よりによって一番書いてはいけない内容を書いた……。

「狡猾《こうかつ》なアナタにしては珍しく慌てて下手を打ったね？」

歯の根も合わず震えている私の前で、殿下はゆっくり手紙を開き、読み始める。

『殿下からの尋問の際には、予てからの指示通りアナベル・ガードナーへ疑いが行くように誘導する事。一貫してアナベルに脅されていたと主張する事。万が一私の名前を出した場合、孤児の人身売買の件が白日のもとに晒されるという事をゆめゆめ忘れるな。なお、この手紙は読んだらすぐに燃やせ』

息ができない。体が動かない。どうして。何で私がこんな事に――。

「証拠が見つからなければ作ればいいよね」

ハメられた。悔しい。あの女さえいなければ！

泣き喚《わめ》きたいのに喉の奥からは自分の意思に反して、かつて見世物小屋で見た手負いの獣のような醜い呻《うめ》き声が漏れるばかり。

「チェックメイトだね」

殿下の厳かな宣言で、私の世界が終わった事を知った。

挿話5　アンバー卿を怒らせるのはやめましょう

それはある麗《うら》らかな昼下がり。そんな外の空気とは裏腹に、むさ苦しい男ばかりで麗らかさの欠片も落ちていない第一騎士団の詰所の扉が何の前触れもなくぶち開けられた。すわ敵襲かと、思わずサーベルに手をやり警戒する俺達はしかし、扉をぶち開けた人物を目にして驚きのあまりフリーズした。

「ア、アンバー卿……？」

誰かが発した問いかけを無視し、アンバー卿は軍靴を高らかに鳴らし、あっという間に団長の前に立ち、手本のような美しい敬礼をする。

「近衛隊所属ランスロット・アンバーです。陛下の命により今から緊急で、ルイス殿下と共に犯罪者の検挙に向かいますが、仔細《しさい》あって第一騎士団からも二名ほどご同行願いたい。速やかに人選を頼みます」

ルイス殿下自らが動かれるという事は、もしや最近話題になっている北の孤児院の寄付金関係の捕物なのだろうか？　北の孤児院は俺達騎士団にとって縁浅からぬ場所でもあり、詰所全体に緊張が走る。

「承知しました。どのような団員が必要でしょうか？」

団長が普段の五倍はキビキビとした敬礼を返しながら聞くと、アンバー卿はひとつ頷いた。

「一人は役職者クラスの方が望ましいです。カチュア・グリーズの護衛に就いた事がある者で早駆けについてこられる者、胸糞展開になってもカッとなって飛び出さない忍耐力のある者。そして、万が一私がキレて手がつけられなくなった時に取り押さえて、止められるだけの腕力のある者をお願いします」

「は⁉ あ……失礼！　……ええっと、その条件だと……」

団長が戸惑うのも分かる。忍耐力がある者と言いつつ、自分がキレる前提とか。シレッと言い放ったが最後の条件おかしいだろ‼　断言していい。皆絶対そう思ってるハズだ‼

俺は嫌な予感がしていた。何を隠そう俺は自他ともに認める騎士団随一の筋肉バカ。しかもこの前の【団内対抗！　ドキッ☆男だらけのムキムキ腕相撲大会】でぶっちぎりの優勝を果たした腕力自慢なのだ。そんなイカつい見た目とは裏腹に花をこよなく愛する温厚な俺。……案の定団長がコチラを見ている。

「あー……ケイン、出動だ」

やっぱりぃぃぃ⁉

「はっ！　特命承りました！　至急出立の準備をします」

果たして俺ごときの筋肉で、陛下の側近、怒れるアンバー卿を止められるかは謎だが、ここでグダグダして検挙対象を逃がしてしまったら取り返しがつかない。

おそらく、対象はさっき名前が挙がったあの北の女王サマなのだろう。あと一人は団内きっての理性派の副団長に決まり、俺達は可及的速やかに出立した。

早駆けで辿り着いた先は北の孤児院ではなく、王都にあるいつもカチュア嬢が立ち寄る銀行。北の街までの強行軍を覚悟していたから拍子抜けだった。

アンバー卿を先頭に、俺と副団長、その後ろに近衛二名を連れたルイス殿下が銀行の裏口から突入する。カチュア嬢がグリーズ家の私兵を連れている可能性を考えると、もっと殿下の護衛が必要なんじゃないかと不安がよぎったが、一瞬で吹き飛んだ。物理的に。案の定現れたグリーズ家の私兵と共に一瞬で……。


アンバー卿パねぇぇぇぇぇ‼


グリーズ家の私兵八人を、俺達が到達する前におひとり様で鎮圧。狭い通路を上手く利用して、サーベルも抜かずに体術のみであっという間に相手を黙らせていく様子は、俺の筋肉な口では言い表せない。とにかく凄《すご》かった。パねえ。それに尽きる。

えっ、これって既にキレて手がつけられなくなった状態？　俺はアンバー卿を止めた方がいいのか？　……いや、無理じゃね？

壊れたブリキ人形のようにカクカクと首を動かして副団長を見遣ると、「骨は拾ってさしあげます」と十字を切って祈られた。副団長の鬼‼

「流石はランスだな」

後ろから悠然と現れたルイス殿下が声をかけると、いつの間にか私兵を拘束し終えたアンバー卿が敬礼を返した。

あ、大丈夫そう。良かった、あと少しでチビるとこだった。

そうしてルイス殿下に続き、とある部屋に入室する。そこには渦中の人物、カチュア・グリーズが居た。

俺達は指示通りに散らばり配置につき、万が一にも逃走などされないように睨みを利かせる。

そこからは、アンバー卿が言った通りの胸糞展開が始まった。カチュア・グリーズはよりにもよって、俺達の天使ベルたんに罪を擦り付けようとしたのだ。血気盛んで気の短い団員ならば、待機命令を破って目の前の悪女を怒鳴りつけるくらいしたかもしれない。

……いや、そんな余裕ないな。だって、アンバー卿から漏れ出る殺気がパない。あまりに濃い殺気に気圧《けお》されて自分の怒りなんか掻き消されるコレは。

女王様、その辺にして罪を認めないとマジで殺《ヤ》られるよ？　一応止めるの俺担当だけどさ、正直キレたアンバー卿止められる自信ないよ？　こんなに殺気ダダ漏れなのに精悍《せいかん》なお顔は無表情のまとかもう怖すぎる。

そんな空気を読む事なく、女王様はまだベルたんに脅されたと言い張る。いやホントに無理だから早く自供してくれぇぇ！

殿下に近づこうとした女王様をやむなく取り押さえている近衛も、顔を引き攣らせて怯えている。心中お察ししますマジで！

その後、殿下に決定的な証拠を突きつけられた女王様は、淑女とはかけ離れた呻き声を上げて頭《こうべ》を垂れた。俺達、第一騎士団の書いた護衛報告書が証拠として認められ、女王様の悪行とベルたんの無実を証明できたのは胸がすく思いだった。

仕事頑張ってて良かった！　この事は後で会報の方で団員皆に回覧だ！　また天使の渚亭で祝杯を上げるべき案件だ！

「妃候補の支度金なんかに手を出さなければ、殿下に目をつけられてバレる事もなかったのに！あの女のせいで！」

近衛に連行されるカチュアが憎々しげに呟く声は、狭い室内に思いの外大きく響き、またアンバー卿の殺気を膨れ上がらせる。

だからぁ！　地雷踏むなよ女王様ぁぁ！

「いや？　支度金の事がなくても既に王妃陛下《ははうえ》が手を回していたよ？　遅かれ早かれアナタの罪は暴かれていた」

ルイス殿下は可愛らしく首を傾げた。でもさ、ご尊顔が黒いんだよ！　こえぇ！

「ランス、それ取っちゃって？」

殿下の指示でアンバー卿がおもむろにカチュア嬢の頭に手を伸ばし、髪をむしり取った。

おいいいい！　むしり取った⁉

やべぇ！　アンバー卿の沸点何度⁉　俺止められなかったけど、これは責任問題なのか⁉

ゴメン女王様！　そんなあんたでも罪が確定するまでは守ってやらないとだったのに！

恐怖に戦慄して固まっていると、銀髪の塊を手にしたアンバー卿が振り返って俺達を見る。

次は俺達が殺られるのか……！　ひいっ！

思わず防御姿勢に入ると、怒れる鬼神は溜め息を吐いた。

「よく見ろ、これが本来のカチュア・グリーズだ」

そう言われてスプラッタ覚悟で女王様を見ると、ウィッグを返せと喚く元気な女王様。

……生きてた。

カツラを被る為に本来の髪をひっつめにしていて、何とも珍妙だが生きている。

その髪色は、ありふれた茶髪。

「ヅラだったのか……！」

俺達が見る女王様はいつも銀髪だったから、カツラだったという事実に驚いた。そうまで徹底してベルたんに罪を擦り付けようとしていたという事か。いくら温厚な俺でも流石にブチ切れそうだ。

「数ヶ月前に君達が、同じ銀髪でもアナベルとは天地の差だと報告書に書いてくれたから、王妃陛下が異常事態に気づけた。君達のお手柄だ。感謝する」

殿下からのお言葉に胸がいっぱいになる。

俺達のベルたん愛が認められた‼　絶対今夜は天使の渚亭で祝杯だ！

そんな感動に浸る俺の横で、副団長は顎に手をやり何か呟いている。

「おかしいですね……。正規の報告書にはそんな事書いてないはずだが……？」

まーこの際何でもいいじゃないっすか副団長！

とにかく帰ってすぐに会報号外を書き上げねばならない！

俺達のベルたん愛がベルたんを救った感動と、アンバー卿を怒らせたらダメ、ゼッタイ！　って事を同志達に伝えねばならないのだ！

第八章　キミに贈るドレス

匂い立つ薔薇に囲まれた東屋《あずまや》で、優雅なティータイムに興じる美少女と美貌の王子。二人は親密な様子で語り合い、時折微笑みを交わし合う。

遠くから眺める分には、切り取って額縁に飾りたくなるほどに絵になるその光景。その実態は……。


『やだ何これめっちゃウケるんですけど⁉』

煌めくストロベリーブロンドに空色の瞳の美少女、キャロル・ノースヒルの可愛らしい唇からは、ジェパニ語かつ不可解言語という新言語が紡ぎ出されている。

白く艶やかな手は、今しがた読み終えたばかりの冊子から、次の冊子へと移っていた。その冊子のタイトルは【天使と書いてベルたんと読むの会】会報綴《つづり》第二巻。

『これ読んでると、ベルってホント愛されてるんだなってよく分かりますよね、ルイス殿下！』

『そうだね。僕も毎月楽しみにしている愛読者なんだ』

僕はテーブルに頬杖をついたまま笑みを浮かべて、相槌を打つ。

『天使なベルたんと、どうにかして仲良くなろうと奮闘する騎士達のやり取りが微笑ましいわ〜。

もうあれね、ベルはお助けキャラじゃなくて立派なヒロインよ！』

ひとりで頷きながら、くすくすと可愛らしく笑うキャロルの不可解言語は止まらない。でも楽しそうだからまぁいいかと聞き流す。

それよりも彼女は気づいているんだろうか？　このお茶会が始まってから僕らは一切母国語を使っていない。それどころか、比較的メジャーなフラン語、イトゥリ語はもちろん、かなりマニアックなジェパニ語やリア語も簡単な会話は難なくこなしている。

周囲に会話の内容を聞かれたくないからという事と、他国語であればキャロルの不可解言語も矯正されるのではという思惑があり、最初から意図的に他国語で話し掛けてみた。すると彼女は少し周りを見渡して頷くと、僕の言語に合わせた言葉で返してくれた。

この二人だけのお茶会は、妃選考会の最後の交流の機会として設けられたものだ。四半刻ほどではあるが、全ての候補と行う事になっている。その為、次の順番の候補者や、一足先にお茶会を終えた者、他の候補との様子が気になって様子を見に来る者が、入れ代わり立ち代わり周囲を遠巻きにうろついているのだ。会話が聞かれるほど近くはないが、万一を考えての措置に彼女は気づいてくれたようだ。

やはり彼女は察しがいい。パズルのピースがまた一つピタリとはまったような感覚がして嬉しくなる。

お茶会は、北の孤児院寄付金着服事件の顚末《てんまつ》を説明する事から始めた。彼女の専属女官であるアナベルの無実を立証する為とはいえ、理由も明かさずにアナベルを強制的に連れ出した日の件も含めて。彼女は他国語での説明をしっかりと聞き取り、また自らも事件に関する質問や再発防止策について意見を述べてきた。

ちなみに、事件の説明はカチュアに唆されて、支度金から寄付を行った全ての候補者へも行った(大半が母国語で)が、「まぁなんて酷い……」とか、「それは大変でございましたね」とか、気が抜けて温くなったシャンパンみたいな反応しか返ってこなかった。

そしてどの候補者も事件の話は早々に終え、自分のアピールや僕の事に関する質問を投げかけてきて、懸命に甘い時間を作る事に苦心していた。

それに比べてキャロルはというと、話の中で出てきた第一騎士団の護衛報告書に興味を示したので、資料として見せるのと一緒に、例の会報も見せてあげた。すると、すごい食い付きを見せて目の前の美貌の王子、つまり僕そっちのけで読み始め……途中不可解言語を挟みながらひたすら読み続け今に至る……。

僕の妃になりたいと立候補してきたはずなのに、ここまで放置されるなんて……。

他の候補者達とあまりに違いすぎて新鮮で、報告書を読みながらクルクル動く彼女の表情を面白おかしく眺めて、時折、報告書の解説をしながら過ごした。

彼女が三冊目に突入しようとしたところで、やんわりと冊子を取り上げる。非難の目を向けてくる彼女には申し訳ないが、そろそろ終わりの時間なのだ。

『殿下、あとでお返ししますので続きを貸していただけませんか⁉』

二人の時間を惜しむ風もなく、そんな事を言ってくる彼女にふと意地悪をしたくなった。

『ごめんね、これは極秘の取扱いになっていて、閲覧できるのは王族に連なる者だけなんだ』

耳元に顔を寄せて甘く囁く。

『キミが僕の妃になってくれるなら続きを見せてあげるよ？』

『えっ⁉』

キャロルは椅子の背もたれに背中を打ち付ける勢いで距離を取ると、囁かれた耳元を慌てて手で隠し、たちまち熟《う》れたリンゴのように顔を赤くさせる。

これで当分は僕の事で頭がいっぱいになるだろうか？

『というかアレだね。既に閲覧してしまったという事は、もう妃になるしかないね？』

そうだ、これを理由に囲い込んでしまえばいいのか。思わず笑みを漏らすと、キャロルは『ひぃっ！　黒い！』と器用に他国語で怯えていた。

しまった、漏れすぎたかと、いつもの甘い笑顔に切り替えて、耳元を覆っていた彼女の手をそっと引き寄せる。引いていたリンゴの赤みがまた戻った事に気を良くする。

他の候補者が見抜けなかった僕の黒い内面をいち早く察知して逃げ腰の彼女だけど、それでも僕の外見は好きなのだと確信する。

王子妃になる気はないようだけど、自分から立候補してきたのだから諦めて捕まってもらおう。だってここまで僕の心を捕らえる女性なんて、絶対居ない。

『キミに白いドレスを贈った。僕の妃になってくれるなら、最終日の舞踏会に着てきてほしい』

『そ、それは、ガチで言ってるんですか⁉』

『ガチは本当とかって意味だったかな？　うん、本当に真剣に言ってるよ？』

『何で私⁉　正気ですか⁉』

『いたって正気で真面目な話だ。……キミがいいんだ』

引き寄せていた手の眩しいほど白い手首の内側にそっと口づけを贈ると、すごい勢いで手を引っ込められてしまった。

『べ、ベル……！　ベルに相談します!!』

それを聞いた瞬間思わず噴き出して、声を上げて子供のように笑ってしまった。

キャロルは驚いたように空色の瞳を丸くした。やがて顔を真っ赤にしてその瞳を潤ませたかと思うと、椅子をひっくり返す勢いで立ち上がり、脱兎《だっと》の如く去っていった。

腹黒王子が今まで見せた事のない、飾らない笑顔——これで好感度は《爆上がり》ってところかな？

キャロルの不可解言語を引用するとまた可笑《おか》しさに笑いが込み上げる。

何故僕が不可解言語を理解しているかというと、ドレスを着て歩く真面目と言っても過言ではないアナベルのお陰だ。

真面目な彼女は、選考会の当初からキャロルの不可解言語を何とか理解しようと地道に書き出し、訳や注釈を付けて、キャロルの素行報告書と共に提出してくれていた。お陰で彼女の人となりはよく理解できたし、多くの言語を習得してきた僕にとって、未知なる言語ときたら学びたくなるのは必然で、思わず熟読してしまった。

おそらくアナベルもそうだったのだろう。探究心の赴くままにキャロル語録は増え続け、もはや辞書でも刊行できそうな域まで達している。

……実は当初、妃にするならアナベルをと考えていた。

母のお気に入りで、孤児院慰問の護衛報告書や会報で清廉潔白な人だという事も分かっていたし、政治的立場の上でも兄上の害にならないから。でも実際に会って話してみて、何というか、腹黒い僕にはあまりに眩しくて無垢《むく》な天使すぎた。

僕の妃になる女性は、本性を理解してくれて、なおかつ一緒に悪巧みできるくらいの黒さがある人がいい。

……とまぁ、こんな事言っているけど、アナベルは僕など眼中になく、この機を逃すかとグイグイ攻めるランスロットに、早いうちから囲い込まれていた訳だけどね。

それにアナベルの存在にかかわらず、僕の心もどんどんキャロルに惹かれていった。

選考会の在り方について、他の令嬢の為に毅然と物申してきたかと思えば、その事で落ち込んだように見せかけた僕を必死で励ましてくれる情に厚い性格。

水をかける嫌がらせをしてきた令嬢に、立っている者は王子でも遠慮なくこき使えとばかりに、僕を利用して上手く釘を刺した利発さ。

自分で妃に立候補したくせに、僕の真っ黒な本性を感じ取って、逃げたそうにしている、ちょっと間の抜けたところ。

彼女は意外性の塊で、他の令嬢とは違う性質に気を惹かれるんだろうと初めは思っていたけれど、一緒に過ごす時間を増やしてみて、それは違うと分かった。

刺繍《ししゅう》は苦手だけど、編み物は得意だったり、僕の下手な絵を笑う彼女の絵もだいぶ下手だったり。好きな食べ物や苦手な食べ物、そんな他愛ない事を一つ一つ知って笑い合う度に、彼女の印象が塗り替わっていく。

他の令嬢と違うハズだったキャロルは実は普通の女の子で……その事にがっかりするのかと思い

きや、そんな等身大の彼女をもっと知りたいという思いが募った。

選考会の進め方で彼女に叱られて以降、僕の妃になりたいと言ってくれている令嬢達一人ひとりとも、時間をかけて向き合ってきた。一生を共にしたいと思える相手をきちんと決める為に。

その上でキャロルが良いと思った。いや、キャロルでなくてはと思った。

ずっと兄上の役に立つ事ばかり考えて生きてきて、生涯独身のつもりだったから、誰かひとりの女性にこんな感情を抱く日が来るなんて思ってもみなかった。

家族以外の誰かと一緒に居たいと、もっと知りたいと思ったのは初めてだし、相手が自分の事をどう思っているのか、こんなに気になるのも初めての経験だ。

もしかして、これが世にいう『恋』というモノなのだろうか？

そう考えたら何だかくすぐったくなってきた。

初恋は実らないと言われているらしいけど、そんな世間一般の通説がこの僕に当てはまる訳がないよね？

僕の事を、どこか違う世界の人間として見ていたようだったキャロルも、その表情、その言葉から、最近では一人の男として意識してくれているのではないかと感じる。

キャロルも僕を好きでいてくれるなら、何としても捕まえなくては……。

六歳の頃に兄上と僕をモデルにして書いてもらった『二人の王子』という童話がある。

その童話のラストでは、僕がモデルになっている月の王子が、深窓のお姫様を迎えに行くロマンチックな展開になっているけれど、実際の僕はというと、向こうから元気に飛び込んできたお姫様を必死に囲い込んでいるなんて、ちょっと笑えるよね。

テーブルの上の書類を片付けながら、クスリと笑ってしまった。

彼女が駆け去っていった方向に、もう居ないと知りつつ、ついその姿を探す。

……キャロルは贈ったドレスを着てくれるだろうか？

アナベルに相談すると言っていたから、真面目な彼女がきっと上手く宥めて、良いようにしてくれるハズだけれど……。身分差を気にしているようだったし、《ツンデレ》気質のあるキャロルだから一抹の不安もある。

念の為、後で確認しよう……。

視界の隅にちらちらと、次の順番の妃候補が今か今かと待機しているのが映る。既にキャロルに決めたのに、他の候補者とも無意味な時間を過ごさねばならない事実と、飲みすぎたお茶のせいで胸焼けがする。でも平等に機会を設けておかないと、後で《イチャモン》をつけられかねないのだから仕方ない。

陰鬱な気持ちを溜め息と共に吐き出して、いつもの笑顔を貼り付け、次の候補者をエスコートすべく席を立った。

＊＊＊

「ベル!!　どうしよう!!」

殿下とのお茶会を終えたキャロル様が、庭の東屋から離れて待機していた私のもとにすごい勢いで突進してきた。そのまま抱きついてきたのを何とか受け止めたものの、勢い余って後ろに倒れそうになったところを、ランスロット様が抱き支えてくださった。

『殿下が！　妃になってほしいって！　し、白！　白！　白の！　ドレスを贈ったって！　冗談だよね⁉　夢オチだよね⁉』

倒れそうになった事も気づかない様子で私にしがみつき、動揺の為かジェパニ語で捲《まく》し立てるキャロル様。そうなってもおかしくない内容に私も驚く。

選考会最終日の舞踏会には、候補者全員が殿下から贈られたドレスで出席する事が決められていた。そして、白のドレスを贈られた令嬢こそが、王子妃内定者であるとも事前に説明を受けていた。白のドレスを贈られる……それはキャロル様がルイス殿下の妃に選ばれたという事に他ならない。

『キャロル様、とにかくお部屋に戻りましょう』

お茶会の様子を見に来ていた他の候補者達が、怪訝そうにこちらを見ていた。慌てふためくキャロル様を見て、殿下に手酷く振られたのだと思ったようで、いい気味だと言わんばかりに意地悪く笑っている令嬢もいる。

キャロル様がジェパニ語で喋ってくれて良かった……。彼女が振られたのではなく、選ばれたのだと知られたら、あやうくこの場が阿鼻叫喚の地獄と化すところだった。

同じく内容を聞き取っていたランスロット様と頷き合うと、そのままキャロル様を支えるようにして部屋に戻った。

やっとの事で帰りついた部屋には、夢オチを否定するように殿下からの贈り物だという大きな化粧箱が届いていて、ついにへたりこむキャロル様。

「え、マジで？　ガチで？　もしや、ドッキリとか？　って、この世界にそんなのある訳ないしっ！

これもヒロイン補正なの？　乙ゲーの強制力⁉」

「キャロル様、おめでとうございます！」

外では言えなかった祝福の言葉を伝えると、キャロル様は頬に手を当てて、イヤイヤと可愛らしく首を振っている。その頬が赤く染まっているという事は、嫌がっているのではなく、照れているのだろうと分かる。

「そんなまさか！　きっとその贈り物は他の人宛で……！」

「しっかりキャロル・ノースヒル様宛となっているが？」

間髪いれずにランスロット様が事実を告げる。

「きっとその箱の中身はカエルとかミミズとか……‼」

「……」

そんな訳あるかい！　と、事情を知らないメイドも含めて、部屋にいた人間全てが思った事だろう。まだ信じられないらしいキャロル様を何とか宥めすかして、箱を開けさせるのにそこからしばらく。

「じゃ、じゃあ行くよ？　開けるよ？　カエルとかマジで無理だから！　出てきたらランスロットが捕まえてよね⁉」

はいはい、と呆れ気味に返事するランスロット様を後目《しりめ》に、キャロル様は両手を怪しくワキワキと動かした後、意を決して手を伸ばし、「そぉい‼」という変な掛け声と共に箱の蓋を一気に取り去った。

中に入っていたのは、カエルでもミミズでもなく——白く輝く美しいシルクのドレス。しかもその輝きは普通のものではなく……。

「……っ‼　これは、王家にのみ献上される天使のシルクです‼」

私は思わず驚きに声を上げてしまった。

天使のシルクは、特別な蚕から取れるという、ダイヤモンドを織り込んだかのような目映《まば》ゆい煌めきを放つ糸で織られている最高級品。蚕の成育法も含めてその製法は全てが秘匿されており、王家の人間しか身につける事ができない至高の品物だ。

式典などの折に、王妃様がお召しになるのを間近で何度も拝見しているので見間違えるはずがない。

キャロル様が震える手でドレスを広げると、どんな宝石も霞《かす》むほどの美しい煌めきが溢《あふ》れて揺れる。

殿下……ガチで落としにきましたね……。

ついつい頭の中でキャロル語を呟き、ガッツポーズよろしく拳を握りしめる。

見るとキャロル様にも殿下の本気度がようやく伝わったようで、空色の瞳を潤ませて幸せそうにドレスを抱きしめている。更に、殿下の瞳の色と同じサファイアのアクセサリーまでセットとあっては、流石のキャロル様も現実を見ざるを得なかった。

「ベル……。私でいいのかな？　こんなマナーも覚束ない、しがない貧乏男爵家の娘でいいのかな……？」

ドレスを抱きしめながら、不安を零すキャロル様の前に膝を折る。

「キャロル様、大丈夫です。自信を持ってください。この一ヶ月お仕えして、貴女は充分に王子妃たる資質があると私は感じました。マナーなどこれからどうにでもなります。私も力になります。全ては貴女のお心次第です」

潤んだキャロル様の瞳をしっかり見つめて、私の気持ちを伝えると、とうとう泣き出してしまった。

「身分に関しても、王太子との継承争いの火種とならない家の方が良いと殿下は仰っていたから問題ない。というか問題のある令嬢はここには来られない」

ランスロット様の不器用な援護射撃にもコクコクと頷きを返し、キャロル様はひとしきり泣くと、晴れやかに笑った。

「私……頑張ってみるね！　ベルが教えてくれた事を無駄にしたくない。もっと色んな事を頑張って、殿下を支えて、寄り添っていけるようになってみせる！」

硬い蕾《つぼみ》だった薔薇が匂い立つように美しく咲いた瞬間を見た気がした——。

舞踏会へ向けての準備工程を確認しながら、部屋付きのメイド達に請われて嬉しげにドレスを見せるキャロル様を見守る。覚悟を決めたキャロル様が、目映ゆいドレスにも勝る輝きを得たように感じて、不覚にも目頭が熱くなる。

たった一ヶ月お傍に居ただけなのに、こんなにもキャロル様の幸せな姿が嬉しいのは、彼女の言う《乙ゲーの強制力》とやらなのだろうか？　私が《お助けキャラ》だからなの？

それでも今感じているこの幸せな気持ちは本物だわ……。

今にも零れそうになる涙に慌てていると、隣に立っていたランスロット様がハンカチを差し出してくれた。その新緑の瞳は、良かったなと言うように優しげに細められている。

良かった。本当に。きっとキャロル様なら大丈夫だ。

涙の溢れる目許をハンカチで隠しながら、今後もできる範囲で《お助けキャラ》をやっていこうと私は新たな決意をしたのだった。

挿話6　衣装部のデスマーチ

第二王子妃選考会が始まり、多くの国民がその結果を心待ちにする中、尋常ではない緊張を強いられる面々がいた。

――王宮衣装部である。

関係者以外立ち入り禁止の張り紙がされたとある一室の中で、小さな机を囲み三人の女達が着席していた。一人が重々しい様子で口を開く。

「只今より、第二王子妃選考会特別対応部隊会議を始めます。まずは現状報告を担当よりお願いします」

「はい。殿下からドレスを贈るご令嬢と女官は各十名の計二十名。そのうち女官分に関しては一名を除き選考会当初に色が確定していましたので、採寸データと共に外部メーカーに委託完了しており、納期も問題ないとの事です。また、選考会十日経過時点で殿下が色をお決めになったご令嬢が五名出ましたので、そちらも複数の外部メーカーに委託。もちろんご令嬢の名前は非公開。選考会最終日に間に合うよう優先的に仕立てるようにと、殿下直筆の依頼書も添付してあります。十五日目の現在、まだ色が決まっていないのは残り六名です」

「十日で半分脱落してるのね……。意外とバッサリ切るのねルイス殿下。色が決まらないと縫製できないし、納期にゆとりができて衣装部としてはありがたいけど」

「殿下が優柔不断な方だったら過労死一直線でしたね。何日寝られないと人は死ぬのか、身をもって検証できなくてちょっと残念ですねぇ。あはは」

……笑えない。

残り五日でドレス十着作れとか言われた日には、迷わず衣装部総辞職である。

殿下やご令嬢の気持ちを考えたら、是非とも選考会最終日までどのご令嬢を選ぶのか悩んでいただきたいところだが、決めたその日にドレスを用意するなど、魔法でもない限り無理無理の無理。というか、誰だ、候補者にドレスを贈って舞踏会するとか決めたヤツは。衣装部に怨みでもあるのか。責任者出てこい。

ましてや王子妃内定者には激レア素材の天使のシルクを使う事になっている。王宮衣装部の威信にかけて、最短でかつ最高のドレスを仕上げなければならないのだ。胃が痛い。

そういった非常に現実的な大人の事情で、最終日の五日前までには五人に絞っていただき、遅くとも三日前には全員の色を決めてほしいと、内務省経由で殿下に懇願してある。はたして三日で何とかなるのか……なんて弱気になってはいけない。衣装部総動員で徹夜で仕立てれば何とかなるハズだ多分きっと。

その場の三人が、これから始まるデスマーチを想像して遠い日になっていると、立ち入り禁止の扉がノックされた。

内務省の選考会担当官が、新たにドレスの色が決まった令嬢のリストを持ってきたのだ。

官僚が退出し、また三人だけになった室内でリストを開く。

「アナベル様が緑ぃぃぃぃ⁉」

思わず声が大きくなってしまい、慌てて口を覆う。

世間で注目度ナンバーワンの選考会。その結果である候補者のドレスの色は、最重要国家機密といっても過言ではない。だからこそ、我ら衣装部役職者のみの極秘作戦会議なのだ。それは重々承知しているが、アナベル様は女官の中で唯一、色が決まっていなかった実質王子妃候補の一角だっただけに、白いドレスではなかった衝撃は大きかった。

「アナベル様が大本命だと思っていたのに……！　というかアナベル様以上に相応しい人いなくない⁉」

「アナベル様、候補者じゃないのに下馬評でもぶっちぎりの一番人気でしたもんね……」

王宮内では密やかに、選考会の結果に関しての賭けが行われており、王宮中の人間がひと口嚙んでいると言ってもいいくらいの盛り上がりを見せている。

アナベル様ぶっちぎりの下馬評を見て、第一騎士団の筋肉達が悲喜こもごも、大変暑苦しかったのは記憶に新しい……。

「……ねえ、このアナベル様のドレスの指定色、よく見たら注記が付いてる……。『ランスロット・アンバー卿の瞳のような緑』って……！」

「うわぁ……殿下の表現露骨すぎ‼　これ超ド級の極秘情報じゃないですか！　アナベル様とランスロット様が……‼　ヤバいです！　誰かに言いたくて一週間くらい顔がニヤニヤするの止められなそうです！」

「激しく同感です。ですが、耐えないと……！　最終日の発表までこの秘密は何としても守り抜くのです！」

「この事が漏れたら解雇《クビ》間違いなしですもんね……。殿下に試されている……ガクブル」

その殿下のご衣装は既に完成して厳重に管理されている。衣装部渾身の自信作である。

「アナベル様と他四名、色が決まりましたね。あー、やっぱマリア様は真紅ですね～。予想通り」

「アナベル様のドレスは我が衣装部で手掛けましょう。王子妃に優るとも劣らない最高傑作を！

あとは、ご身分的にマリア様の物もこちらで仕立てるべきですね。二班に分けて早速明日から」

残り三名のご令嬢のドレスは、女官用の物を仕立て終わりそうな外部のメーカーに追加で依頼をかける事になった。製作期間が短い為、代金奮発して依頼していいと予算管理室からも承認されている。王都のドレスメーカーにしたら選考会特需でウハウハである。

「となると、残るはキャロル・ノースヒル様のドレスの色のみですね……。白になるのか、ならないのか……」

最終的に、キャロル様も別の色が指定された場合、殿下は誰も選ばなかった事になる。選考会的には大変よろしくない結末だ。ドレスの作り損だ。そうなったら人目を憚らず泣いてやる。

「キャロル様ってどんな方なのかしら？　男爵家のご令嬢でしょ？」

「私も詳しくは知らないですけど、専属女官としてアナベル様が甲斐甲斐しくお世話してらっしゃるみたいだから、白を賜る可能性も充分あると思いますよぉ」

「まぁ、そうなのね……。採寸データでは確か、キャロル様は愛らしい系だったかしら。本人を見てデザインのイメージを膨らませたいから、こっそりお姿を見に行こうかしら」

「良いですね！　明日早速行って、ついでにランスロット様の瞳の色もじっくり見て、アナベル様のドレスの生地を選びましょう！」

――その後、最終日五日前にめでたくキャロル様に白いドレスを仕立てるよう依頼が来た。

「ついに我らが王宮衣装部の底力を見せる時が来ましたわっ！」

今か今かと待っていた王宮衣装部は全勢力を投入し、鬼気迫る勢いで昼夜を惜しまずドレスを仕立てた。

「「「徹夜上等ぉぉ‼」」」

「「「睡眠なんて欲しがりません！　勝つまではー‼」」」

その様子は、とある騎士団の腕相撲大会よりも熱い……いや、暑苦しい熱気に満ちていたと、衣装部を覗き見た王妃陛下が後に語ったという……。

第九章　それぞれのエンディング

第二王子妃選考会の最終日。

この一ヶ月の滞在を締めくくる舞踏会の為に開放された、絢爛豪華な薔薇の宮の大広間は、候補者達の家族や関係者達で賑《にぎ》わっていた。

一体誰が選ばれたのか。我が家の娘であればいい。いやきっとそうに違いない。

誰もがそんな希望を胸に、始まりの刻を待っていた。

やがて、候補者であった令嬢達が、ルイス殿下に贈られた様々な色のドレスに身を包み、護衛騎士のエスコートを受けて続々と入場してきた。

贈られた色に納得できない者、悲しみに暮れる者、諦めて次なる出会いを探そうとする者。その表情もまた様々だった。自分の家の娘のドレスの色を見て落胆する家族達は、後から入ってきたひとりの令嬢のドレスを見て自《おの》ずと納得する。

マリア・ランドルフ――やはり彼女が白を賜ったのかと……。


白く輝くドレスで美しく着飾り、私は堂々と会場に入った。

ドレスにはこれでもかというほどのダイヤモンドや真珠があしらわれており、銀糸で施された精巧かつ優美な刺繍も、他の候補者達のドレスが霞むばかりの素晴らしい出来栄えだった。

誰しもが、殿下からの贈り物だと信じて疑わないほどの……。

殿下から贈られたドレスの色を見た時、何かの間違いだと私は思った。真紅の豪華なドレスは私によく似合う、とても素晴らしい物だったが、色が違っている。

私が着るのは白に決まっている。白でなくてはならないのに！

公爵令嬢という身分柄、王太子殿下とルイス殿下とは幼い頃に会う機会があった。七歳の頃、初めて二人に会った時の事を今でも覚えている。当時私が大好きだった童話『二人の王子』に出てくる、月の王子にルイス殿下がそっくりだったのだ。

室内でも美しく輝くプラチナブロンドの髪に、神秘的なサファイアの瞳。目が合うと、控えめに微笑み返してくれる様子に、こんなにも美しい王子様が本当にいるなんて、信じられない気持ちでいっぱいになった。

後になって、その物語がルイス殿下の六歳の誕生日祝いに、彼をモデルにして作られたものだと知ってからは、更にその物語が好きになった。

母親や乳母からは、マリアは両殿下どちらかの妃になるだろうと、物心つく前から言われて育ってきた。王太子は容姿も性格も申し分ない人だったが、七つも年上で、私が憧れたおとぎ話に出てくる王子様とお姫様のような関係になれそうもなかった。ところがルイス殿下は一つ年上で、月の王子様とそっくりで、こんなにも優しそうに私に微笑んでくれる。

私はルイス殿下と結婚するに違いない……。

童話の中の王子は、月の綺麗な晩に天馬の引く馬車で姫を迎えに来て、月の王宮に行って末永く幸せに暮らす。だからきっと物語のように、彼がいつか私を迎えに来てくれるのだと、幼心に思い込んだ。

それなのに、ルイス殿下の妃を選考会で選ぶ事になったと聞いて驚いた。私が待っているのにどうして……。

けれど、これは貴族達の不満解消の為の単なるパフォーマンスで、私が選ばれるに違いないと両親が言うからそのつもりで参加した。一ヶ月ルイス殿下と楽しく過ごしていればいいのかと思いきや、身の程知らずの下級貴族の娘達が多く参加しているせいで、なかなか二人きりになれない。

カチュアのアドバイス通りに邪魔者を牽制していたら、よりによって田舎の男爵令嬢に嚙みつかれた。ちょっと水をかけて脅かしただけなのに、ルイス殿下にも冷たい視線を向けられ、何故私がこんな悔しい思いをしなければならないのか理解できなかった。

それでも最終的には白いドレスが贈られてくると信じていたのに……。

ドレスが違うと護衛騎士に訴えたが取り合ってもらえず、やむなく侍女から殿下の侍従に届け先が違うと伝えさせたが、間違いではないという不可解な回答。

そんなはずはない。けれど何度申し出ても答えは変わらなかった。

ルイス殿下に会おうにも、寄付金着服事件のせいで多忙を極めていると言われ、それも叶わない。

何者かがドレスを横取りしたに違いないと私は思った。

しかし犯人を探すにしても、もう舞踏会まで日にちがない。仕方がないから、贔屓の仕立て屋にすぐさま白いドレスを作らせた。とても間に合わないと泣きついてくる仕立て屋に、十倍の代金を払うと約束して無理矢理作らせる。

こんな時カチュアがいれば、金を積まずとも仕立て屋を上手く脅して処理してくれたはずなのに、なんと、寄付金を着服した咎で牢屋に拘束されているという。

カチュアの家はそんなに貧しかったのだろうか？

そんな感想しか持たなかった。

この大事な時期に私の傍に居ないなんて、使えない女だと思った。

でももう選考会も終わり。

カチュアの事は最早どうでもいい存在として記憶から消し去っていた。


「マリア、よくやった」

靴音を高らかに鳴らし、お父様とお母様が満面の笑みで寄ってきた。すると近くにいた貴族達も次々に祝ってくる。

「やはり選ばれたのはランドルフ様のお嬢様でしたか！　いやはや、このような選考会が必要だったのかと思うくらいに至極順当な結果でしたなぁ！」

誰かがそう言って、全くだ、という笑いが起きる。しかし、そんな和やかな雰囲気は突如途切れ、嵐のようなざわめきに変わる。誰もが一様に広間の入口を凝視しているのに気づき視線を向ける。

そこに、在らざるべき白が在った──。

「白だ……。何故白が二人……？」

「あれはどこの家の令嬢だ？」

「あんな令嬢、見た事がないぞ」

「いや待て、あの髪色は、ノースヒル男爵の……？」

「なんだと？　男爵家の娘なのか？」

ざわめきは会場全体を侵し、楽隊による優雅な演奏も掻き消えるほどだった。

湧き上がる不快感に思わず眉を顰める。遠くから見ても、目映ゆく煌めく極上の白。

あれは、私のモノのはずだ。よりによってキャロルとかいう、あの身の程知らずの田舎娘が私のドレスを盗んだというのか。

この私のモノを盗《と》るなど、許される訳がない。

すぐさま兵士に拘束されて連れていかれるだろうと思ったが、どよめきが大きくなるばかりでその気配すらない。警備の兵士達は何をしているのか。こんな時に動けないなんて、無能者の集まりなのか。

苛立ちを扇に隠し、私は諸悪の根源のもとへ足を進めた。次々と私の為に道を開ける貴族達の間を、物語の英雄になったような気分で悠然と歩く。そして、国王陛下の側近であるランスロット・アンバーにエスコートされ、のうのうと私の白を着ている女の前に立ち、ひたと見据えた。

自分の今着ているドレスが途端に色あせてボロきれに見えるほどの、この世の物とは思えない輝きを放つ極上のドレス。こんな田舎娘ではなく、私にこそ相応しい品だ。

怒りで頭に血が上る。私は扇を振りかざし、田舎娘――キャロル・ノースヒルを指し示し、周囲を見渡した。

「兵士達、何をしているのです⁉　その女は私のドレスを盗んだ犯罪者です！　すぐに捕らえなさい！」

一層熱を帯びる周囲のざわめきを余所に、兵士達は誰ひとり動かない。

「どうしました？　早く捕らえなさい！　アンバー卿、その女は重罪人です！」

「ミス・ノースヒルは貴女のドレスなど盗んではいません。よって兵士も動きません」

冷ややかな声でそう答えるアンバー卿は、どうやら田舎娘と結託しているらしい。

「では、こちらにいらっしゃる紳士の皆様、どうか私をお助けくださいませ！　あの女を捕らえてルイス殿下に裁いていただきましょう！」

それならばと、周りにいた貴族達へ呼びかけるが、誰も動く者は居なかった。

この私が頼んでいるのにどうして……⁉

──貴族達が誰一人動かなかったのは、陛下の側近であるアンバー卿が否定しているから、という理由の他に、もう一つ決め手があった。

柔らかい衣擦れの音と共にキャロルが一歩進み出て、優美なカーテシーを披露する。動きに合わせて美しく煌めくドレスと、その愛らしい微笑みに、周囲から感嘆の溜め息が零れる。

キャロルは可愛らしく小首を傾げた。

「マリア様ごきげんよう？　あの、何か誤解されてらっしゃるようですが、このドレスは殿下が私の為に誂《あつら》えてくれた物に間違いありません。だって私とマリア様では背丈が違いますから……」

マリアより十センチほど背の高いキャロル。もし彼女がマリアに合わせて作られたドレスを盗んで着ているとしたら、明らかにドレスの丈が足りないはずなのだ。

加えて男性陣は男の性《さが》ゆえに別の点にも注目していた。それはキャロルの豊かな胸元。もしこのドレスをマリアが着たとしたら、相当な詰め物が必要になるだろうと……。

女性陣はドレスのデザインに注目していた。キャロルに合わせた、可愛らしさを強調するそのデザインは、マリアの派手で豪奢な雰囲気とはまるで正反対のもの。

シャンデリアの光を受けて一層美しく輝く布地は、一寸の過不足もなく優美にキャロルを包み、その高貴かつ愛らしいデザインは彼女の魅力を最大限に引き出していた。

これが他の人の為のドレスであるはずがない——。

周りで観察していた貴族達はいち早くその事に気がついていたから、決して動かなかった。


「丈なんて、後から布を足せばどうとでも誤魔化せるじゃない!!」

布が足りないくらい些細な事だというのに、何故か呆れたような視線が集まる。ランドルフ公爵家の令嬢たるこの私が、こんな扱いを受けるなど、許されるはずがない……！

「マリア……王家にのみ献上される天使のシルクは、丈が足りないからといって気軽に足したりできる代物ではないのだ。お前はそんな事も知らないのか？」

慌てて駆け寄ってきたお父様の言葉で、私が着るはずのドレスがどれほど高級な物かを知り、より一層怒りが込み上げる。私はお父様を押しのけて、田舎娘に近づく。

「今すぐ返しなさい！　白ドレスを贈られるのは！　殿下の妃になるのはこの私‼　お前のような田舎娘の出る幕ではないわ‼」

「マリア、いい加減にしなさい！」

誰も動かないなら自分で取り返そうと、目の前の田舎娘に摑みかかろうとしたところで、アンバー卿に阻まれ、更にはお父様に取り押さえられてしまった。

「離してお父様‼　あの女からドレスを奪い返して！　あのドレスは私のモノよ‼　今まで私の思い通りにならなかった事など何一つないんだから‼」

必死で訴える私を見て、育て方を間違ったようだな、と苦々しげに呟くお父様。

どうしてそんな事を言うの⁉　お母様の言う通りにしなさいと言われたから、ずっとそうしてきた。欲しい物は何でも買ってくれたし、何より、選考会で選ばれるのは私だって言ったのはお父様じゃない‼

気に入らない！　瞳を潤ませて「怖い……」と可愛らしく怯えている田舎娘も、眉を顰めてこちらを見てくる貴族達も！　どうして思い通りにならないの⁉

終わりが見えないかに思われたその修羅場を、唯一終わらせる事ができる存在が、高らかな靴音を立てて現れた。

「道を開けて」

その声に、集まっていた貴族達は海が割れるように道を開け、膝を折っていく。その間を悠然と歩いてきたのは、ルイス第二王子殿下その人だった。

＊＊＊＊

「キャロル嬢、そのドレスとても似合っているよ」

僕が贈ったドレスとアクセサリーを彼女が身に着けてきてくれた事に安堵し、歩み寄りながら微笑む。

騒然としている周囲の空気をあえて無視して、僕は迷いなくキャロルの前に膝をつき、その手を取り恭しくキスを贈った。

僕の衣装もキャロルのドレスと同じく、天使のシルクで仕立てられている。そして、胸元から覗くチーフは彼女の瞳と同じ空色。

僕の心が誰にあるかは一目瞭然。

お互いしか目に入っていないかのように体を寄せ、熱く見つめ合う様子は、相思相愛の恋人達のように見える事だろう。

僕は笑みを浮かべたまま、ジェパニ語でキャロルに話しかけた。

『王子妃内定者として威厳を見せつけてやればいいのに、どうしてそうしなかったの？』

『田舎の男爵令嬢がいきなり偉そうにしたら、貴族達から反感買うに決まってるでしょ？　でも舐《な》められるのは癪だから徐々にやっていくわ。それに何と言っても、乙ゲーの主人公は悪役令嬢に虐《いじ》められて儚《はかな》げに震えるのがテンプレだし？』

これだけ大勢の人間に囲まれ、注目されているにもかかわらず、物おじしないどころか冗談を言う余裕まであるなんて……。

僕は彼女の耳元で甘く囁いた。

『なるほど。やっぱりキミは最高だ』

『……‼』

異国の言葉で話す僕達を、二人だけにしか分からない愛の言葉でも囁き合っているのだろうと周囲は微笑ましそうに見守っている。実際は愛の言葉とはかけ離れた会話がなされていたが、たちまちキャロルの頬が赤く染まったので疑う者は誰もいない。

僕の言葉に照れて動揺している彼女が可愛くて、つい現状を忘れてそのまま最後の囲い込みを始める。

『このドレスを着てくれたって事は、僕の妃になってくれるという事だよね？』

『う……えっと……』

彼女の手を取り、少し首を傾げて上目遣いで見つめる。キャロルがこのあざとい顔に弱い事は、既に把握済だ。ダメ押しとばかりに、耳元で甘く囁く。

『僕のお願い、聞いてくれるよね？』

『ちょ、さっきから反則技ばっかりずるい……‼』

「ルイス殿下‼」

追いつめられたキャロルから、あと一歩で言質が取れそうだという時に邪魔する無粋な声。

僕は苛立ちを抑えながら、声の主を冷ややかに見据えた。

「マリア・ランドルフ、貴女には赤いドレスを贈ったはずだが、何故その色を着ている？」

「ルイス殿下！　目を覚ましてください！　貴方の妃になるのは、そんな男爵家ごときの下賤《げせん》な田舎娘ではなく、この私ですわ！」

『うわぁ……話聞いてないし、地雷踏み抜いてるんですけど。引くわぁ……』

怯えた様子で可愛らしく僕に身を寄せるその動作とは裏腹に、キャロルの言葉は全く怯えていない事実に、つい笑いそうになる。

「男爵家ごとき……ね。あなたの言動は全ての男爵家を敵に回す、最悪の暴言だと理解しているのかい？」

マリアは怪訝そうに首を傾げる。たかが男爵家を敵に回したところで何の支障もないと思っているのが見て取れた。なんと浅はかな……。

貴族の階級で言えば確かに男爵家は最下層に当たるが、その裾野は広い。経済界で名を馳せている家や、国への貢献により爵位を得た家など、社会的に重要な立場にある事も多く、たかがなどと侮るべき存在ではない。

現にマリアを押さえている公爵も、娘の発言に顔を青ざめさせていた。

「あなたはキャロル嬢の事を下賤な田舎娘だと言うけど、その彼女は既に五カ国語が堪能だと知っている？　あなたは確か、フラン語ですら辛うじて話せるかどうかのレベルだったね？」

『ちょっと、話盛らないでくださいよ！　まだ日常会話で精一杯だわ！』

『……キャロル、緊迫感が薄れるからちょっと黙ってて』

「高貴な私達が他国に阿る必要などありませんわ！　相手が我々の国の言葉を覚えればいいのです！」

『アイタタタ～空前絶後のイタさ……。悪役令嬢ってハイスペックがデフォのハズなのに、何でこんな残念仕様？』

だからもう黙っててってば！

僕はキャロルを抱き寄せたまま、周囲を取り囲む貴族達を見渡した。

「いい機会だから、何故僕がキャロル・ノースヒルを選んだのか皆に伝えておこう」

ちらりと壇上に目を遣ると、父も母も頷いて許可をくれた。

「今現在、我が国の外交に力を尽くしてくださっているメイナード公もお年を召してこられた。今後は公に代わり、僕が外交を担っていく事になる」

たちまち貴族達からどよめきが起こる。政治に携わる者達にとっては、ある程度予測し得た事だが、こうして公式に発表されたのは今日が初めてだからだろう。

「だから僕の妃になってくれる人には、語学力を付けてもらい、公私共に僕を支えてほしいと望んでいた。すぐには無理でも、真摯に学んでいってくれる女性であればと思っていた。だから選考会には、語学の教師を多く手配し、その為の支度金も用意した」

そこまで聞いて、気まずそうに顔を伏せる候補者達。彼女達はその意図に気づく事なく、茶会に勤しみ、宝飾品を買い漁り、果てはよく調べもせずに北の孤児院へ寄付をしたのだから。

「皆も既に知っての通り、その支度金が思わぬ犯罪を明るみにし、孤児達を不幸の連鎖から救う一助となった事は結果として良かったとは思う。しかし候補者の中で、語学の教師を雇い、真摯に取り組んだのはキャロル嬢だけだった」

僕はキャロルに微笑んだ。キャロルは恥ずかしいのか、紅潮した頬に手を当てて下を向いている。

「瞬く間に上達する語学のセンスもさる事ながら、冷静な考察力、素早い判断力、他者を思いやれる優しさ、僕が間違った事をした時に叱ってくれる実直さ、そして何より、彼女とずっと一緒に居たいと願うこの心が、彼女を選んだ理由だ」

会場のあちこちから拍手が湧き起こった。

『うぅ……恥ずかしい……羞恥プレイだ！』

羞恥プレイ？　初めて聞く言葉だ。さっそくアナベルに報告して、キャロル語録に記録させよう。

そんな事を考える自分が可笑しい。

僕はキャロルにこちらを向かせ、熟れた頬に手を添えた。

「キャロル嬢、僕の妃になってくれるだろう？」

キャロルは潤んだ瞳を切なげに彷徨わせ、やがてその空色にしっかり僕を映して、はにかんだ。

「はい……。私で良いのなら……」

やっと聞けた答えに柄にもなく舞い上がって、そのまま吸い寄せられるように唇を重ねようとして――。

「ルイス殿下！　何語を習得すれば宜しいのです⁉　私ならその女よりも多くの国の言葉を習得してみせますわ！」

空気を読め……‼

せっかくのチャンスを邪魔されて、しかもまだ説得を続けないといけないのかという苛立ちが限界に達した僕は、最後のカードを切った。

「くどい！　これ以上不敬を重ねるというのか、マリア・ランドルフ。あなたには、他の候補者達に北の孤児院への寄付を強要した疑いもかかっている。……その白いドレスを赤く染めたいのか？」

会場の空気が凍る。

白いドレスを赤く染める……彼女の血で。つまり死を賜るという事——。

誰もが、これが最後通牒《つうちょう》だと理解し固唾を呑んだ。

しかし、それでも理解できなかったマリアはまだ何かを言おうとしたが、公爵が慌てて口にハンカチを詰め込み、床に引き倒した。

「第二王子殿下！　この度は当家の娘が多大なる御迷惑をお掛けし、誠に、誠に、申し訳ございません！　当家と娘の今後につきましては、後日改めてご相談させていただきたく！」

しんと静まり返った会場に、マリアのくぐもった泣き声だけが響く。

……これくらいで良いだろうか。

しばしの沈黙の後、娘を押し潰したような状態で頭を下げ続ける公爵とその夫人に、僕は手を差し伸べる。

「ランドルフ公爵家のこれまでの忠信に免じて謝罪を受け入れよう。めでたい祝いの席が断罪の場になるのは私も本意ではない。ご息女は沙汰があるまで謹慎を申し渡す」

「あ、ありがとうございます！」

そのままランドルフ公爵家の面々は退出していった。

与えられる事が当たり前の恵まれすぎた環境で、周りに甘やかされ、世話される赤子のまま育ってしまったマリア。彼女もある意味では被害者だと人は言うかもしれない。

しかし、学院という家から離れた環境で学んだ三年間に、自分で考え、気づくきっかけは沢山あったはず。けれども彼女は変わらず傲慢で自己中心的、階級至上主義で身分の低い者とのトラブルが絶えなかった。

今までは公爵家の力でうやむやになっていたが、今回の事で公に手を打つ事ができる。彼女には修道院で、今までの生活がいかに恵まれていたのかを知ってもらい、そこから人としての成長を始めてもらう事になるだろう。

広間に再びざわめきが戻ったところで僕は手を打ち鳴らした。

「さぁ、舞踏会を始めましょう！　僕の唯一が決まった事をぜひ皆様に祝っていただきたい！」

音楽隊が演奏を再開すると、たちまち明るい雰囲気が戻ってくる。抱き寄せていたキャロルと向かい合って、リードするように手を取る。

「キャロル、ファーストダンスだよ。いこう！」

「ええ！」

空色の瞳が楽しげに輝く。

今日の主役の為に空けられたホールの中央で二人は踊り始める。

シャンデリアの光を受けて動く度に美しく煌めく衣装が、初々しい恋人達を祝福しているように見えた――。

＊＊＊＊

ホールの中央で幸せそうに踊るキャロル様を見て、私はそっと安堵の溜め息を零した。

今日の舞踏会は、慰労会の意味も兼ねて担当女官や護衛騎士らも招待客として参加を許されていた。だからマリア様が言いがかりをつけてきた時もキャロル様の近くに控えて、いつでも助けに入れるように固唾を呑んで見守っていた。

けれど、彼女はマリア様に臆する事なく——怯えている風な演技はしていたが——身の潔白を証明してみせた。

話が全く通じない上に「マナー？　何ソレ美味しいの？」なキャロル様の担当女官になって、どうなる事かと当初は案じていたが、何とか選考会を終えられて本当に良かった。

仲睦まじく踊る二人を目で追っていると、後ろから名前を呼ばれた。

「ベル」

耳に馴染んだその声に振り返ると、柔らかく微笑む新緑の瞳。

いつもの騎士服ではなく、式典用の正装を身に纏ったランスロット様は、脳内キャロル様が過呼吸で倒れるほどに凛々しい。きっと私の顔も赤くなっているに違いない。

そんなランスロット様が恭しく私に手を差し出す。

「どうか踊っていただけますか？」

「喜んで……」

ちょうど殿下達のファーストダンスが終わり、多くの招待客が踊る為にホールへと広がっていく。ランスロット様の大きな手に導かれ、私も夢見心地でホールへと足を進めた。

曲が始まり、ランスロット様の逞しいリードに身を委ねながら踊る。ダンスレッスンでもう何度も一緒に踊ったのに、改めてこうして密着してみれば妙に恥ずかしくて、顔を上げられずにいると、耳元に声が降ってきた。

「ほら、キャロル嬢がこちらを見てる」

言われて周囲を見渡すと、殿下と二曲目に突入しているキャロル様が、満面の笑みで親指を立てる仕草をしている。

――ランスロットの正装美麗スチル、ゴチです！

そんな声が聞こえてきた気がして、つい頬が緩んだ。

うっかり表情を崩してしまった事に気がついて、慌てて仕事の顔に戻すと、ふっと笑ったランスロット様に頬をつつかれた。

「今日は招待客なんだから、素直に笑って楽しんでもいいんじゃないか？」

そう言われても咄嗟に笑える訳もなく、恥ずかしさで熱が顔に集まる。

動揺したせいか、ターンでよろけそうになった私を引き寄せてくれたランスロット様が、ふいに耳元で囁いた。

「……そのドレス、とても似合っている」

「あ、ありがとうございます……」

今日の私は、ルイス殿下から贈られたドレスを着ている。

殿下は、候補者だけでなく、選考会に駆り出された女官にもドレスを用意してくださっていたのだ。

「本当は俺が贈りたかったが、殿下もいい色を選んでくださった事だし、今回は仕方ないな」

私のドレスの色は、新緑の色。ランスロット様の瞳の色だった。

「こんなに素敵なドレス、私などがいただいてしまっていいのかと困惑しています……」

「問題児を押し付けられた挙句、犯罪の濡れ衣まで着せられて怖い思いをしたんだ、慰謝料だと思って受け取ればいいさ」

片眉を上げて意地悪く言うランスロット様に、今度はしっかり笑ってしまった。

問題児って……もしかしなくともキャロル様ですよね。

最初は確かに大変だったけど喉元過ぎれば何とやら。彼女との出会いは私にとって、かけがえのないものになった。

くるくると回り翻る色とりどりのドレスの海を揺蕩《たゆた》うように、ランスロット様と手を取り合い踊りながら、私はこの一ヶ月間の事を思い出していた。

最初はキャロル様の不可解言語に困惑して、王妃様のもとへ帰りたいとばかり願っていた。

でも、お助けキャラという役割を一生懸命こなすうちに、彼女や周囲の人達とも仲良くなり、あの部屋で過ごす時間がとても楽しいものになった。メイド達も言っていたけれど、選考会が終わって、キャロル様とランスロット様の愉快な掛け合いがもう見られなくなるのかと思うと、無性に淋しくなってしまう。

もちろん、楽しい事ばかりではなく、心配事や怖い事も沢山あった。キャロル様の支度金がなくなってしまった事や、二階から水をかけられた事にはとても驚いたし、何より、寄付金着服の犯人にされそうになった事は、今思い出しても身が凍る心地がする。

でも、いつもランスロット様が護ってくださった……。

そう言えば、濡れ衣事件の後ドタバタしたまま、きちんとお礼が言えていなかったと気づき、私はランスロット様を見上げた。

「あの……北の孤児院で傍に居てくださって、本当にありがとうございました。濡れ衣を着せられて、ひどく動揺してしまって……。ランスロット様が居なかったら、殿下の命令も忘れて泣き出していたと思います」

確かに怖い思いをしたけど、自分を信じて支えてくれる人がいた。その事がとてもありがたく、嬉しかった。

「ベルを傍で支える事ができて、泣かせずに済んで本当に良かった」

柔らかく細められた瞳に優しく見つめられて、どうしようもなく胸が高鳴る。

北の孤児院で、凍えるような恐怖に冷えていくばかりだった私の手を温めてくれた大きな手が、今またこうして握ってくれている。

嬉しい。

幸せ。

このままずっとお傍にいられたらいいのに……。

そんな自分の心境の変化を自覚して、頬が熱くなる。

両親が亡くなって、王妃様に救っていただいてからずっと、男性と親しくなる事を避けてきた。王妃様にとって価値のある結婚をする事が恩返しになると思って、今までそうしてきたけれど、あの優しい王妃様がそんな事を望んでいないのはとっくに分かっていた。

それに、私がこのまま独身でいては、弟の婚期まで遅れてしまうかもしれない。そんな事情もあって、想い合える人を探さなければと思い始めたものの、いきなり食事やらデートやらに誘ってくる人は怖くて、つい王妃様を盾に断る日々。

半ば諦めて仕事に邁進《まいしん》していた時にこの選考会が始まり、ランスロット様に出会った。

キャロル様に《クーデレ》と評されていたランスロット様は、初めから私に好意的で、当初はからかわれているのかもしれないと思った。

でも彼は、いつも真摯な言葉をくれたし、恋愛方面に不慣れな私の為に、キャロル様も含めてゆっくり交流を深めてくれた。

そもそもが見目麗しい人だから、ちょっとした笑顔や優しい言葉にいつもドキドキさせられ、その度に脳内キャロル様を出現させて、心の自己防衛をしてきた。それなのに、危ないところを何度も助けられて、彼に対する信頼や好意は高まるばかり。

選考会が終わってしまえば、またそれぞれの日常に戻り、遠くからお姿を拝見するだけになるだろう事がたまらなく淋しい。

美味しいと言ってくれたお菓子をもっと彼の為に作りたいし、また二人で一緒に出掛けてみたい。いくつもの季節を共に過ごして、沢山の幸せな思い出を作っていきたい……。

今まで誰にも感じた事がない、この気持ちはきっと――。

「……ベルに伝えたい事があるんだ。ここだと騒がしいから、外に出よう」

曲の終わりに耳元で囁かれた言葉に胸が高鳴る。

上手く声が出なくて、首を縦に振る事で了承を伝えると、そのままダンスフロアを抜けてテラスの方へエスコートされる。

「閣下、畏れながら……外はご令嬢にはいささか寒いのでは……」

テラスへ続く扉の傍で警備していた騎士――いつも孤児院への慰問の際に護衛としてついてきて

くれる第一騎士団の人が、私を気遣って声をかけてくれたようだ。するとランスロット様は自分のマントを脱いで私に着せてくれた。

大きなマントに包まれると、爽やかで、でも少し甘い余韻のランスロット様の香りがした。まるで彼に抱きしめられているような気持ちになって、思わず頬に熱が集まる。

「それほど長い時間は居ない。彼女に風邪を引かせたりはしないと約束するよ」

そんなやり取りをして出たテラスは確かにひんやりしていたけど、バクバク暴れる心臓を落ち着かせるにはちょうどいい空気だと思えた。けれど、柱に灯《とも》されたランプの灯《あか》りと、空から柔らかく届く月明かりで、赤くなった私の顔はきっと隠す事ができていない。

「アナベル・ガードナー嬢」

向かい合ったランスロット様が姿勢を正すと、新緑に緊張を漂わせて、その広い胸に手を当てる。

「貴女をお慕いしています。どうか俺と結婚してください」

飾りのない直球な言葉はその意味を考えるまでもなく……脳内キャロル様が倒れた。

ランスロット様が私を？　結婚。うそ。……夢？

発火しそうになる頬を両手で押さえて狼狽《うろた》える。

嬉しい。胸が締め付けられる。

両思い……。体が宙に浮くよう。

でも。ああ、でも。

混乱するさなかにも、眼裏に浮かぶのは王妃様。そうだ……私の結婚は王妃様の良きようにと思っていたのに。

落ち着こう、地に足をつけて一旦落ち着こう。

王妃様にお伺いしない事には決められない！　というか王妃様助けて！

「お、お、王妃陛下に相談します……！」

顔を俯けたままに、それだけを何とか絞り出す。すると、目の前に美しい封筒が差し出される。

驚いて思わず見上げると、口元に拳を当てて楽しそうに笑うランスロット様。

――なんてレアスチル（脳内キャロル様談）。

「王妃陛下からのお手紙だよ。こんな事もあろうかと、先に陛下には求婚の許可を頂いてきたんだ」

求婚の許可……‼

このテラスに来てから、今までの人生に全くと言っていいほど縁のなかった言葉が、次々と押し寄せてくる。震える手で手紙を開いてみる。

『私の可愛いアナベルへ
貴女の眼を、心を、信じます。

貴女が想う人と結婚して幸せになる事を希《こいねが》います。

その相手がランスロットだったらとっても素敵だけれど、もし万が一気に入らないなら遠慮せず派手にフッていいからね？

良い報告を待っているわ。

貴女の第二の母より』

第二の母……。

私の幸せを願ってくれるもう一人のお母様。

瞬きと共に温かな涙が落ちるのを止められない。想いを寄せた人からのプロポーズに、娘の幸せを願ってくれる母の手紙。今日という日に一生分の幸せを使い果たしたようで、この先の人生が不安になるくらい。

涙で濡れた目元をそっと拭ってくれる温かな指先。手袋を外したその人の指は、騎士らしく硬くて逞しい。

この人の傍に居れば、今使い果たしたと思われる幸せもきっと、山奥の清水のようにこんこんと、枯れる事なく湧き続けるのだろう。素直にそう思えた。

「……私もランスロット様をお慕いしています。こんな私で良ければ求婚をお受けします」

勇気を出して顔を上げて、想いを告げる。

しっかり整えられた髪をぐしゃりと崩しながら、とても嬉しそうに笑った彼の顔は、キャロル様にも誰にも見せてあげない私だけの……。

——とっておきの《神スチル》だ。

エピローグ

団外秘！　緊急回覧!!
【天使と書いてベルたんと読むの会】会報号外
○月×日怨《うら》みたくなるぐらい素敵な月夜
報告者
ザック・エーカー

ベルたんをこよなく愛する全ての団員諸君……。

まずは深呼吸をして、心を落ち着け、倒れると危ないからどこでもいいので座ってからこの会報を読んでくれ。倒れなかった者も、いいか、ヤケを起こしてはいけない。落ち着け。そう心に念じておくのだ。

俺自身、今にも気を失いそうなコンディションで本会報を記載している為、悪筆、心の汗の付着による文字の滲み等、非常に読みづらい状態になっている事をどうか許してほしい。

さて……本日は第二王子妃選考会の最終日で、薔薇の宮にて舞踏会が開催された事は諸君らも知っていると思う。

我ら第一騎士団も、一部警護に加わるようお達しがあり、ベルたん見たさに血みどろの選抜戦を経て、警護権を勝ち取った同志数名と共に意気揚々と警護の任務についた訳だが……。

すまない、思い出しただけで目から心の汗が止まらないのだ……。

落ち着け、俺。


………よし、諸君待たせたな。すまない。

この舞踏会はベルたん達女官も慰労の意味を込めて招待客として参加していた。よって、いつもの女官然としたお姿ではなく、ドレスアップしたスーパービューティーベルたん爆誕なのである。

俺のお粗末な脳みそに高尚な語彙は詰まっていないので、ベルたんの美しいお姿を的確に言い表す事はできないが、尊い。尊すぎる。尊死する。マジ天使。これで伝わると信じている。

そんなベルたんの尊いお姿で一つ気になったのはドレスの色だ。

若草色……。

その色は目下、我ら第一騎士団の共通の敵である、『名前を言ってはいけないアノ人』を彷彿《ほうふつ》とさせ……非常に、非っ常ーに嫌な予感がした。


舞踏会が始まってすぐにマリア・ランドルフ嬢のご乱心と断罪が始まり、成り行きを心配そうに見守るそんな姿もマジ天使なベルたん。その様子を直立不動で萌え見守りながら、何かあればすぐに駆け付けられるよう筋肉にエンジンをかけておく。

最終的にルイス殿下のお裁きで無事に片付いた事は良かった。

……ああ、そこまでは良かったんだ。

その後、名前を言ってはいけないアノ人が、スーパービューティーベルたんを、ダンスに誘いくさりやがった。その様子に奥歯を砕かんばかりに歯ぎしりをしたが、頬を染めるベルたんマジ天使。網膜に焼き付ける。永久保存版である。

ダンスだから当然ピタリと密着する二人は、血反吐《ちへど》を吐くほどに認めたくないが、クソお似合いだった。

途中、アノ人が彼女の頬をつついたのを見た時には、思わず警笛を吹いて割り込んで、反則一発退場を宣告したくなった。等間隔に配置されていた団員諸君も一歩足が出ていた事を鑑みるに、おそらく同じ心境だった事だろう。

婚約者でもない二人だから、ダンスは一曲で終わりのはず。

曲よ早く終われ……。楽団さん巻いて巻いて！　アップテンポでパリピーヒャッハーな感じでやっちゃって！　と念じて、やっと終わったと思ったら、頬を上気させ、スーパーから進化したハイパービューティーベルたんの腰に手を添えながら、二人でこちらへと歩いてくるではないか！

俺はテラスへの扉の脇で警護をしている。折しも後ろのテラスは月明かりを浴びて幻想的でムード満点な空間と成り果てている。

まさか。

こんなムード満点な暗がりに、ハイパー聖《セイント》ビューティーベルたんを、連れ込むと⁉

絶対アカンやつ‼　ベルたん逃げて‼

そんな焦りも虚しく、テラスの扉を開けようとするアノ人。そうはさせるか‼

「閣下、畏れながら……外はご令嬢にはいささか寒いのでは……」

心のままに言葉にすると不敬罪一発アウトになるので、薄絹に包んだ上から更に手ぬぐいでぐるぐる巻きにした感じの、ベルたんの体調を気遣うダケの言葉になった。

あぁ、ヘタレと罵ってくれて構わない。だって怖いんだもん‼

それでも、我らの天使が風邪でも引いたらどうするんじゃい‼　と、殺気を込めてアノ人へ警告する。

すると、殺気をいなすように淡く笑んだあの人は、男の俺も見惚れるほど優雅にマントを脱ぎ、あれよあれよという間にドレスから覗くベルたんの輝く柔肌を包んで隠した。

アンバー卿のマントにすっぽり包まれたベルたん……。

これはアレか？　夢の彼シャツってやつに限りなく近い状況じゃないか⁉　羨ましすぎるんだが⁉　そして、どことなく恥ずかしそうにしてるベルたん可愛すぎんか⁉

「それほど長い時間は居ない。彼女に風邪を引かせたりはしないと約束するよ」

脳内でのツッコミ処理が追いつかない俺にそう言うや、アンバー卿はベルたんの肩を抱いてテラスへ出ていってしまった。

やばいよやばいよ！　このシチュエーション、マジでヤヴァイ‼

でもこれ以上何か言う事もできない俺の心臓が、嫌な予感に震え、厚い胸筋の下で暴れ出す。

等間隔に配置された同志達の、オマエ何とかしろという鬼気迫る視線も、確実に俺の寿命を縮めている。

いや、無理無理無理の無理!!

警備上、会場に目を向けている必要がある為、テラスに張り付いて二人を監視する事はできない。アサシン並に気配を殺し、そっと扉を少しだけ開けて、せめて会話が拾えるように頑張った俺、褒めて。でもその後は聞きたくない言葉のオンパレード。

アノ人が俺達のベルたんに求婚しやがった。求婚。球根の間違いか？　ＨＡＨＡＨＡ！　笑えねーよドちくしょう!!

しかも王妃陛下に球根（笑）の許可まで貰っているという徹底ぶり。外堀埋まりまくってる！

ベルたんマジ逃げてぇぇ！

「……私もランスロット様をお慕いしています。こんな私で良ければ求婚をお受けします」

……オワッタ。

ウォォォォオォォォ!!

その場で膝をついて慟哭《どうこく》したかった俺のキモチ……諸君なら分かってくれると信じている。というか、今、そういう状態になってるだろう諸君を思うと、心の汗が止まらない。俺の目はいつから壊れた水道の蛇口になったのか。

その後は二人の名誉の為に――というかもう俺の心がブロークンで聞いてられない――そっと扉

を閉じ……同志達に虚《うつ》ろな目で目配せをする。

俺の目が死んでいたから状況はお察しな事だろう。同志達の目からも一様に光が消えていた。

しばらくして室内に戻ってきたベルたんを歪む視界に必死で映すと、何とも言えない幸せそうな表情で微笑んでいて……。そうさせた相手が俺じゃない事に再度絶望を覚えたけど、マジ天使なベルたんが世界一幸せになれたんだという事は、諸手《もろて》を挙げて大声で叫びたいほど嬉しかった。

同じ心持ちだろう同志達とやけっぱちに、第一騎士団を讃える軍歌を歌って行進してやろうかと思った。


ちくしょう！　羨ましすぎるぜランスロット・アンバー‼

俺達の天使ベルたんを泣かせる事があったら第一騎士団一丸となって復讐《ふくしゅう》を果たす所存だ。そうだよな皆⁉　不敬罪なんて……ち、ちっとも怖くなんてないんだからねっ‼


舞踏会が終わって詰所に戻ってきた現在。折れた心に何とか添え木をして、当直の同志達には血反吐を吐きつつこの事を伝え、同じように心の折れた屍《しかばね》を量産した。そして、明日の朝何も知らずに出勤してくる諸君らに、急ぎこの事を伝えるべくペンをとっている。

団長、すんません、明日は誰も仕事できないっす多分。アンバー卿に責任取ってもらってください。

なお、明日午後八の刻より天使の渚亭にて、『我らのベルたん愛は永久に不滅ですの会』を開催する。夜勤以外の団員諸君は奮って参加されたし。
おそらくは、未だかつてなく熱い想いの滾る会となる事だろう。……という訳で団長、明後日も誰も仕事できないっす多分。アンバー卿に（以下略）。

回覧者サイン欄
いや、仕事しろぉぉぉ!?【団長】
無理ですよ団長【副団長】
副団長に禿《はげ》同【副団長補佐】
いやいやいや、てかね、その前にね、アンバー卿への不敬発言箇所は今すぐマスキングしろ!?ヤバいからこれ！【団長】
団外秘なんだから大丈夫でしょ。団長がちゃんと破棄しますもんね？【副団長】
も、もちろん！　破棄するさ！　情報漏洩ダメ、絶対！【団長】
いやーそれにしても何でこんな短期間にベルたん攻略されちゃったんですかねぇ？　それに、我らの報告書が着服事件解決の鍵になったとお褒めの言葉を頂きましたけど……どっちの報告書の事なんですかねぇ？【副団長】
おっといかん、仕事だ仕事！【団長】
団長は天使の渚亭へ強制連行して尋問決定【副団長】
団長を逃がすな【副団長補佐】
了解です。縄と猿ぐつわ用意しときます【オリバー】

権力には逆らえない中間管理職を労わってぇぇぇ⁉【団長】
今夜は飲むぞ！【ワーグナー】
ベルたんベルたんベルたんんんんん泣【リカルド】
……
……
……
団長、骨は拾ってあげるわね【アイリス】
王家に忠誠を誓う団長がまさか会報破棄なんて、できる訳ないよね？ ニッコリ【ルイス】
今の私は幸せに満ちているので何でも許せます【ランスロット】
やっぱりベルはお助けキャラじゃなくてヒロインね！【キャロル】

番外編1　会報アンコール

団外秘！

【天使と書いてベルたんと読むの会】会報

○月×日晴天

報告者

ザック・エーカー

ジェイド・スミス

団員諸君！　第二王子妃選考会が終わり、ようやく日常が……俺達の癒しの時間が戻ってきた。

我らが天使ベルたんの、南の孤児院への慰問の日である‼

「ザックさん、ジェイドさん、護衛よろしくお願いしますね」

「はっ！　このザックにお任せください！」

「……だから、俺もいるんだけどな？」

うるせえ！　ちゃっかり彼女がいるジェイドなんかにベルたんのエスコート権などない！

イケメン滅びろ‼

ジェイドの声を黙殺しつつ、俺はイソイソとベルたんを馬車にエスコートした。

はぁぁぁ……今日も今日とて我らのベルたんは尊い……。

俺の手を支えにして、馬車へのステップを登る天使。その触れただけで折れてしまいそうな華奢な手首に、緑色の石が存在を主張する美しいブレスレットを発見して、思わず頭を掻きむしり奇声を上げそうになった。

誰だ！　婚約者にブレスレットを贈るなんて風習を作ったやつは！　人のブロークンハートに塩塗りたくって楽しいか⁉　メタメタのギタギタにしてやるから表へ出ろ‼

そんな荒ぶる心を必死で隠し、天使のエスコートを終えると、馬車を出発させた。

馬で並走しながら思う事はただ一つ。

やはりベルたんの尊いお姿を隠してしまう馬車はいただけない。早急にパレード用の屋根なし馬車を採用すべきだ。折しも、この前の寄付金事件の解決に貢献したとの事で、第一騎士団に何か褒賞をという話が出ているそうだから、屋根なし馬車で護衛権を貰えばいいんじゃないだろうか。

何でか最近、後ろめたい事でもあるかのように、団長がやけに俺達に優しいから、この件に関しても尽力してくれると信じている。

頼みますよ団長！

その後、何回かの休憩を挟み、孤児院に到着すると、いつも通り子供達が集まってきた。

「ベル姉ちゃん、騎士のお兄ちゃん達いらっしゃいー！」

「今日はランス兄ちゃんはいないのー？」

「お休みの日はいつも一緒に来るのに、お仕事の日はダメなの？」

「わぁ！　綺麗なブレスレット！　ランス兄ちゃんの瞳の石が入ってる！　ヒューヒュー！」

「ランス兄ちゃんに貰ったの？　いいなぁ～！」

「もうすっかりラブラブだねっ！」


グハッ……。


無垢な子供達が、知りたくなかった現実を次々に披露してくれる。

痛恨の一撃通り越してオーバーキル。残った骨すらも灰となって消えていきそうな衝撃である。

団員諸君……どうやら『休日もベルたんを護衛して親密度アップ作戦』は、名前を言ってはいけないアノ人がいる限り実行不可能になってしまったようだ……。

目元に力を入れ、心の汗が零れないように必死に堪えていると、慰めるようにジェイドが肩を叩いてきた。イケメン滅びろ‼

「……兄ちゃん、これあげるから元気出してよ」

空気の読める年長の子供達が、ベルたんお手製のお菓子をソッと分けてくれる。弱ってる人を励ませる優しい子に育って、兄ちゃんは感無量だ‼　少し零れてしまったこれは嬉し涙だ！

子供達の言う通り、いつまでもジメジメしていたらせっかくの時間が勿体ない。今この時だけは、俺と子供達だけのベルたんなのだ‼　ジェイドは知らん！　ひでぇなとかいう苦情は受け付けない！

と、ここで団員諸君に朗報だ！

例の北の孤児院慰問も、しばらくの間ベルたんが担当する事になったそうなのだ。南の孤児院での経験を活かし、北の孤児院の子供達を支える一助となってほしいと、王妃陛下直々の依頼があったとベルたんが頬を染めて教えてくれた。

萌えすぎて瞳孔拡大案件である。

という事は……北と南、同日に行ける距離ではないので、月二回の護衛任務になる！

つ・ま・り！　護衛順番待ちの回転が早くなる!!

王妃様グッジョブ!!　王妃様最高!!

王妃様を讃える歌を歌いながら、騎士団全員で胴上げすべきファインプレーではないだろうか！

その後も楽しい時間を過ごし、ベルたん成分を充分に補給して帰路に就く。

このまま幸せな気持ちで任務を終えられると思っていたのに……。

全力で視界からシャットアウトしたい人物が南門にいた。

「ご苦労だった。道中何もなかったか」

「はっ！　至極順調な道程でした」

話しかけられてしまったから、仕方なく敬礼と共に答える。アンバー卿はひとつ頷くと、馬車の扉に手をかけた。

「ラ、ランス様!?」

「迎えに来たよ、ベル」

「……ありがとうございます」

扉が開いてアンバー卿を見た途端に頰を染めて恥じらうベルたんとか国宝級だけども！

俺のエスコート権がぁぁ！

エスコートして家に帰るまでが護衛任務って言うでしょおが！　横取りするなぁぁ！

そんな慟哭を喉元で堰き止め、直立不動敬礼でベルたんの別れの挨拶に応え、そのまま仲睦まじく歩いていく二人を見送った。

ちくしょう！　羨ましすぎるぜランスロット・アンバー!!

二人が見えなくなり、俺はようやくその場に膝をついた。ジェイドが慰めるように肩を叩いてきた。

イケメン滅びろ!!

今日の俺の気持ちはこの一言に尽きる。

俺の気持ちに賛同してくれる者、王妃様の偉業を讃えたい者は、本日午後八の刻に天使の渚亭に集合されたし。

以上。

回覧者サイン欄
いやだからさ、不敬発言満載はヤバいから！　マスキング!!　あと、王妃様胴上げダメ、ゼッタイ！【団長】
アンバー卿お幸せだからこれくらいで怒らないでしょ【副団長】
団長、屋根なし馬車の件頼みますよ！【副団長補佐】

屋根なし馬車は無理。アンバー卿怒らせたらアカン【団長】
ジェイドに彼女がいた……だと……!?【ケイン】
最近ザックの俺に対する対応がヒドイ【ジェイド】
彼女いるなら仕方ない【トム】
イケメン滅びろ【サム】
訂正、みんなヒドイ【ジェイド】
……
……
……
胴上げ……されてみたいわね【アイリス】
父上が怒ると思いますけど【ルイス】
いくら幸せでも屋根なし馬車は断固許可しない。ベルが減る【ランスロット】
夢の中の世界に、家に帰るまでが遠足ですって言葉があった気がするわ【キャロル】

番外編2　ルイスのボーナストラック

第二王子妃選考会も無事に終わり、各々が日常を取り戻したある日の事。

僕は婚約者となったキャロルと二人で、ティータイムを過ごしていた。

第二王子妃に内定したキャロルは、実家の警備上の問題や、王子妃としての教育の都合上、しばらくの間王宮の一室に滞在する事になった。その間のお世話はもちろんアナベルにお願いしてある。

現在、王妃陛下《ははうえ》と交渉中ではあるが、王子妃になったら正式にキャロルの専属女官にしたいと考えている。

アナベルに意向を確認したら、真面目がドレスを着た彼女は、

「ランスロット様が許してくださるなら、結婚後も女官としてキャロル様の力になりたいです」

と言っていたので、ランスロットを納得させる方法をどうにか捻り出さないといけない。

……まあそれも、アナベルが潤んだ瞳と上目遣いで「お願いします……！」とか言えばあの男は呆気なく陥落するだろうと予想しているが。

婚約者としてキャロルと過ごす時間が長くなり、気になり出した事がある……。

それは、アナベル編纂《へんさん》の『キャロル語録』の中にある『萌えシチュエーション編』である。

要は、キャロルがされて興奮する事象を表すキャロル語が、解説と共にずらずらと書いてあるの

だが……。

「ねえ、キャロル？　この、《壁ドン》（ランスロット様ルートで発生）ってイマイチよく分からないんだけど……教えてもらってもいいかな？」

優雅に紅茶を飲んでいたキャロルは、思いっきりむせた。

給仕は下がらせているので、とりあえずハンカチで彼女の口元を拭ってあげる。

「ル、ルイス様⁉　何ですかそれ！　『キャロル語録』って！　ベルったらそんなの作ってたの⁉」

キャロルは顔を赤くして慌てている。うん、可愛い。

「アナベルは真面目だからね。キミの事を理解しようと頑張ったんだよ。それよりもこの《壁ドン》なんだけどね？」

ソファーの上の空間を少し詰めて彼女に近づく。

「何でランス限定なのかなって。だからちょっと試してみたいんだ。僕がしても興奮するならこの（ランスロット様ルートで発生）って一文は削除してもいいよね？」

そう言って甘く笑って小首を傾げると、「顔面殺傷能力高すぎ……！」と心臓を押さえて悶えるキャロル。

その隙に、彼女の手を取って立たせて、壁際に連れていく。

語録の解説によると、彼女を壁際に立たせて、その彼女を閉じ込めるように壁にドンと手をつき、瞳を覗き込む……と。

その通りに実行してみるとキャロルは「無理！　直視できない！」と慌てて、両手で顔を覆って俯いてしまった。耳が赤くなっているから、成功はしているのだろう。

えーと、次は……。

顔を覆っているキャロルの手を取り除き、こちらを向くように指で顎をすくい上げる。

「《顎クイ》は王太子ルートで発生……だったかな？　おかしいな？　……何で兄上が出てくるんだろうね……？」

「いや、王太子は隠しキャラで……！　ってかベル！　そんなバカ正直に書いちゃだめでしょー！不敬罪一発アウトじゃないのぉぉ！」

これ以上ないほどに顔を赤くして、空色の瞳を潤ませるキャロルを至近距離で堪能する。《顎クイ》はこちらとしてもオイシイ行為だと分かった。

「《顎クイ》からこのまま強引にキスしようとして、邪魔が入るまでが《テンプレ》……お約束なんだっけ？　……それも試してみようね？」

そのまま吸い寄せられるようにキス――。


「…………できちゃったね？」

キャロルが壁から滑り落ちるように床にへたりこむ。可愛い。

まあ、邪魔が入らなかったのは、ドアに『この僕の邪魔をして生涯恨まれてもいい覚悟のある者はノックせよ』って張り紙をして、人払いしていたから当然なんだけどね。

えーっと、次は……。

へたりこんだキャロルの背中と膝裏に腕を回して持ち上げる。

「《お姫様抱っこ》は他の候補者の護衛騎士だった男ルートだっけ？　確かに彼は逞しいからね。

でも僕だってキャロルを抱き上げるくらいできるんだよ？」

そう言って覗き込むと「もう勘弁してぇぇぇ……」と顔を覆ってしまうキャロル。

残念だけどまだあるんだよねぇ。そのまま元居たソファーに戻り、キャロルを抱えたまま座る。

「《お膝抱っこ》からの《あーん》は僕のルートだったたね？」

プチケーキをフォークに載せて口に運ぶ。

「はい、あーん」

「羞恥プレイの極み!!」

そう呻くキャロルはしばらく顔を背けて拒否していたけど、やがて観念したように口を開けて頬張った。お約束のように彼女の口の端に付いた生クリームをペロリ。《テンプレ》ってやつだね。

「甘くて美味しいね……？」

大きく見開かれた潤んだ空色に見つめられ、思わずそのままソファーに彼女を寝かせて覆い被さる。

「ル、ル、ルイス様！　全年齢なので！　これはアカンやつです!!　まだダメですー！　ベル！助けてぇぇぇ!!」

両手でバツを作り全力で叫ぶキャロルの声に応えるように、ものすごい勢いでドアが開いた。

「殿下!!　それ以上はまだ我慢してくださいませ!!」

残念……。

でも、いつも沈着冷静なアナベルがノックもなしにドアをぶち開け、珍しく慌てている《レア》な姿が見られたからまあ良しとしよう。

それに『萌えシチュエーション編』の中身は大体僕で上書きできたしね？
残りのお楽しみはまた次の機会に取っておくよ。

番外編3　筋肉達のクリスマス

団外秘！

【天使と書いてベルたんと読むの会】会報クリスマス特大号

報告者
ザック・エーカー

○月×日晴天
『サンタさんへ。恋人をください』

なんて手紙をつい書いちまいそうになる、独り者には寒さこたえるクリスマス。

あれ？　おかしいな……。冬ってこんなに寒かったっけ？

そんな風に感じている野郎共にクリスマスプレゼントだ！

ベルたん成分をお届けできる特命がキタ‼

ルイス殿下の婚約者となったキャロル様が、子供達にクリスマスプレゼントを渡すという名目で、ベルたんと共に南と北の孤児院の慰問に行くというのだ！　殿下の婚約者が一緒である今回は当然、護衛人員も増員。つまり、ベルたん成分を直に浴びる事ができる人数が増えた訳だ！

キャロル様グッジョブ‼

近衛も数名配置される関係で、こちらも役職者が居た方がいいだろうという事で、貴重なひと枠を団長に取られたのは納得いかないが、まぁ仕方ない。団長には日頃世話になってるし、クリスマスくらいベルたん成分を直に浴びる事を許してやろうじゃないか。

南の孤児院の日の担当になった俺達は、朝からソワソワとベルたんの降臨を待った。時間通りに、キャロル様と共にお出ましになったベルたん。

いつもながらに天使。尊い。尊いがすぎて大胸筋が歓喜に打ち震える。

俺のクリスマスプレゼントはここに存在した……！

メリークリスマス‼

そして、初めて間近で見るキャロル様……。

か、可愛いじゃないか……。

ベルたんが地上に舞い降りた美しき天使ならば、キャロル様は花園に遊ぶ可憐な花の妖精さんといったところだろうか。二人並ぶ姿は、すぐさま画家を呼んで絵を書かせると共に、吟遊詩人を呼んで詩を作らせたいくらいには眼福である。そんなお二人に、任務前の挨拶をすると、

「あなたがザックさん⁉　会えて嬉しい！」

なんと、空色の瞳を輝かせたキャロル様が握手を求めてきた！　ビックリして顎が外れるかと思った。何故かは分からないが、妖精さんは俺の存在を知っているらしい。

ドキッ……！

もしかして……ベルたんが俺の話をキャロル様に……？

なんて事を考えて、有り得ない期待に胸を膨らませながらキャロル様の握手に応じようとしたが、いきなりワーワー騒ぎ出した団長に阻止された。

団長何してくれやがる……？

握手できなかったのは残念だったが、淑女らしい挨拶をと、妹を諭すように叱るベルたんと、シヨンボリするキャロル様の図がまた眼福であった。

その傍で何やらウロウロしている団長は、居ないものとして視界から消す。せっかくの美しい景色にむさ苦しい筋肉は不要なのだ。

そんなこんなで南の孤児院へ出発。許可の有無なんかクソ喰らえで屋根なし馬車引っ張ってくれば良かったと、涙をのみながら二人の乗った馬車の護衛を続ける。

馬車の中で二人は何を話しているんだろうか？　きっと、キャッキャウフフな男の夢が詰まった世界が繰り広げられているんだろうなぁ……。

団長！　早く屋根なし馬車の使用許可もぎ取ってきてくださりやがれ‼


道中数回休憩を挟み無事に孤児院に着くと、いつものようにワラワラ寄ってくる子供達は、ベルたんと共に来たキャロル様を見て騒ぎ出した。

「お姫様キター‼」

「ルイス殿下のお嫁さん⁉」

「可愛い～！」

「ありがとう～！　私もみんなに会いたかったの～！　こうして聖地巡礼できて嬉しいっ‼」

子供達と一緒になってはしゃぎ始めるキャロル様を、温かく見守るベルたんの聖母の如き微笑み、脳内永久保存。

だが、形に残して後世に伝える為には、やはり画家は必須だ。よし、孤児院慰問に画家を同行させるよう提案書を出そう。

その後、天使と妖精はクリスマスプレゼントに大喜びする子供達と笑い合い、賛美歌を合唱したり、共に食事をとったりして楽しい時を過ごした。

何だここは……？　天国なのか？　心が洗われるぜ……。恋人ができなくてやさぐれてる自分がちっぽけに思える。

俺には心の天使がいるじゃないか！　それ以上何を望むというんだ‼　恋人なんて必要ねぇっ！

そんな俺の決意を褒めるかのようなご褒美があった。

それはいつも律儀に俺達の分まで用意してくれるベルたんお手製のお菓子。

勲章を授与されるかのような心持ちでありがたぁぁぁく頂戴する。クリスマスにちなんだ形の可愛らしいクッキー達を頬張る、むくつけき俺達。絵面がヒドイなんて考えてはいけない！

メリークリスマス‼

何故かキャロル様が俺達以上に喜んで、お菓子を頭上に掲げてダンスのように軽やかに回り出す。

「これが例のお手製のクッキー……‼　ベルたんマジてんs……「どわーー‼」

キャロル様の声をかき消す野太い団長の雄叫び。今日ずっとこんな調子の団長はまたウッカリ変なモン拾い食いでもしたんだろうか？

「キャロル様、例のやつはトップシークレットなんで！　バレたらヤバいんですって！　ホント頼みますよぉぉ！」

紳士淑女の距離も忘れてキャロル様に縋り付く勢いの団長。慌てて間に入る近衛と、団長を引き戻す俺達。……団長ホント恥ずかしいんでやめてくださいよ。

「ごめんなさいアレックス団長！　今日ホントに楽しみにしてて……！　だって私も【天使と書いt……「だからァァァ！　それは言っちゃダメぇぇ！」」

さっきから妖精さんの声を遮る団長があらゆる意味でウルサイ。

やはり貴重なひと枠をやるべきではなかった。

俺達は頷き合い、仕方なく団長を後ろ手に拘束して猿ぐつわを噛ませて遠くへ追いやる。悪く思わないでくださいよ。ウッカリ団長が任務で何かやらかしそうになったら手段を選ばず阻止せよとの副団長の命令なのだ。帰る時には解放しますんで。

それにしてもキャロル様のお陰で、今日はベルたんの新たな一面を見る事ができた。女官としてのベルたんや、子供達に接するベルたんではなく、妹と居る時の彼女はきっとこんな感じなんだろうな～と新たな妄想が膨らみつい二マニマしてしまう。

もちろん、キャロル様には敬意を払って接しているが、ふとした瞬間の二人の間の空気がいい意味で気安くて、仲の良さが滲み出ているのだ。キャロル様がやたらと孤児院の事を知っているのもきっとベルたんに色々聞いたのだろう。

できたらその輪の中に俺も入れてほしい。一緒にキャッキャウフフしたい……。きっと諸君らも同じ気持ちだろうと思う。

至福の時間はあっという間に過ぎ、子供達に別れを告げて王宮への帰路に就く。

遠目に見えてきた南門の周辺の人影がいつもより多い気がして、嫌な予感がよぎる。

これはアレか。お約束のやつか……。

予感は的中し、南門で出迎えた人物に俺達は最敬礼をする。

ルイス殿下とアンバー卿が待ち構えていたのだ。

「あ！　ルイス様！　それにランスロットも！」

婚約者達の出迎えに、頰を染めて喜ぶ天使と妖精さん……。いや、もう何も言うまい。ベルたんの幸せが俺達の幸せなのだから……。

な、泣いてなんかないいんだからねっ‼

「今日はありがとうございました。皆様良いクリスマスをお過ごしくださいね」

別れ際に、ベルたんが俺達にそう言って微笑んでくれる。

その笑顔が何よりのクリスマスプレゼントです‼

ほわほわと甘くくすぐったい雰囲気のカップル達が去っていくのを見送って、俺は決意した。

やはり帰ったらサンタさんに手紙を書こうと。今年は無理でも来年こそは……。

何はともあれメリークリスマス‼

なお、Xデーに行く宛てがない者は、当日午後八の刻に天使の渚亭に集合されたし。何があっても俺達を絶対に裏切らない唯一の存在、筋肉について熱く語り合おうではないか！

以上。

回覧者サイン欄

俺の扱い……【団長】

ウッカリが過ぎるとこういう事になるんですよ【副団長】

副団長に同意【副団長補佐】

せっかく満を持して俺の名前も公開されたのに……【団長】

誰得情報【副団長】

確かに誰得情報だな【メリル】

誰も求めてないな【リカルド】

団長頑張れ！　メリークリスマス！【クリストファー】

明日があるさ！　メリークリスマス!!【リック】

うおぉぉぉぉん!!【団長】

……

……

……

キャロルさんが楽しめたようで何よりだったわ【アイリス】

情報漏洩がバレやしないか団長は気が気じゃなかっただろうね。少し同情するよ【ルイス】

聖地巡礼できてとっても楽しかった！　また行きたい！【キャロル】

屋根なし馬車は断固許可しない【ランスロット】

番外編４　二人の王子

選考会が終わり、キャロルが妃教育の為に王宮に来ていたある日――。

語学の勉強の教材として置いてあった、リア語に翻訳されたその本をキャロルが手に取り、嬉しそうに眺めている。

「あ！『二人の王子』だ！」

「その本知ってるの？」

キャロルと並んでソファーに腰掛け、肩口から垂れたキャロルの髪を掬《すく》って手に遊ばせながらルイスは聞いた。

「モチロン！　子供の頃に何度も読んだもの！　田舎の領地でも手に入った本だから当時すごく流行ったよ！　この登場人物の『太陽の王子』のモデルが王太子殿下で、『月の王子』のモデルがルイス様なんだよね？」

「そうだね。そういう風に書いてもらったんだ」

「……書いてもらった？」

それはルイスが六歳の誕生日を迎えた頃の話――。

その日、とある作家が第二王子ルイスからの呼び出しを受けて王宮へ来ていた。

エドガー・ハリスというその作家は、ルイスの誕生日を祝う目的で、彼をモデルとした童話を書き、王家に献上していた。

幼い王子が仲間と共に旅に出て困難を乗り越えながら成長し、最終的に悪いドラゴンを倒して国を興すといった、いかにも子供が喜びそうな内容だった。

今日はおそらくその件に関しての呼び出しだろう。エドガーの作品は人気があり、それなりに名の通った作家であるという自負もあったから、ルイスから直接お礼の言葉を賜れるのではないかと予想していた。

「エドガー殿、ようこそお越しくださいました」

守役であろう老紳士を引き連れて応接室に入ってきたルイスは、エドガーと対面のソファーにちょこんと座り、可愛らしい声で挨拶をしてくれた。

ふんわりとカールしたプラチナブロンドの髪に、子供特有のふっくりとした健康的な頬。くるりと上を向いた可愛らしい睫毛の奥、瞬きの度に煌めくサファイアの瞳は、好奇心を隠しきれない様子でこちらを見つめてくる。

実は天使ですと名乗られても、そうだと思ってました！　と食い気味に即答できるほどに愛らしいルイス殿下は、挨拶が終わると早速、献上した本をローテーブルに載せた。

「この本読ませていただきました。とても面白かったです！」

「お褒めにあずかり光栄でございます……！」

想像していた通りの話の流れで、エドガーはホッとした。

ところが、天使のような微笑みのまま紡ぎ出された次の言葉に、エドガーの思考は完全に停止した。

「ですので、書き直してください」

「……え？　……今なんと？」

王族に謁見するという極度の緊張状態で耳がイカれたのだろうか？　それとも、天使の使う言語はこの国の言葉と違うのだろうか？

「ですから、この物語を書き直してください。と言いました」

現実逃避は許さないとばかりに、無慈悲にも可愛らしい声が、悪夢のような言葉をゆっくりと復唱する。

流石に、聞き取れませんでした！　では済まされない。勇気を出して、天使に質問を投げかけてみる。

「どこかお気に召さない所がありましたでしょうか……？」

「えっと、全部？」

「全部⁉」

（それはもう作家を辞めろという事か？　俺、才能ない？）

衝撃的な言葉にエドガーの魂が半解脱状態になっていると、見かねた老紳士がエドガーに声をかけた。

「エドガー殿申し訳ない。ルイス様はまだ六歳ゆえ、婉曲的な言葉の使い方に慣れておりませぬ。私が代わってお話ししましょう」

抜け出た魂を必死に詰め戻して聞いた老紳士の説明はこうだった。

ストーリー自体は大変面白く問題なかった。しかし、ラストでドラゴンを倒して国を興す所がマズイ。というのも我が国にはルイスの兄君にあたる王太子がいて、順当に行けば彼が王位を継ぐ事になる。

この物語を深読みすると、幼い王子＝ルイス、ドラゴン＝王太子、国を興す＝玉座に就く、つまりルイスが兄を倒して王位に就くと邪推する事もできるのだ。

「そ！　そんな事全く、爪の垢の欠片の更に欠片ほども考えてないです!!」

そんな逞しすぎる想像力の持ち主がいたら、作家になる事を全力で薦めたい！　とエドガーは思った。

「エドガー殿にそんな意図が全くない事は分かっています。でも、そんな風に捉えてしまう捻くれた人間がいる以上、王家としてはこの作品を認める訳にも、出版させる訳にもいかないのです」

ルイスが眉尻を下げて申し訳なさそうに言う。

ナルホド納得できる言い分だった。

良かれと思って書いた作品が、自分の想像力が足りなかったばかりに、こんな幼い王子様に迷惑をかけてしまった事をエドガーは恥ずかしく思った。

「……分かりました！　この作品はボツにします。ルイス殿下に楽しんでいただきたいと思って書きましたが、逆に迷惑をおかけして申し訳ありませんでした！」

恥じ入るあまり、献上した本を脇に抱えて、すぐさまその場を辞去しようとした時――。

「ちょっと待ってください！」

二人の間にあるローテーブルを小さな手で強く叩き、ルイスは立ち上がった。

「ボツにするのではなく、書き直してください。二人の王子の物語に！」

まだ六歳にもかかわらず威厳に満ちた声に、エドガーは動きを止めた。

「この物語をなかった事にするのは勿体ないです。だから、登場人物を二人の王子にしてほしいのです。兄上と僕のような！」

ローテーブルを回り込んで、ルイスはエドガーの抱えていた本を取り返して訴えた。

「構成はそのままで、二人の王子がドラゴンを倒す話にしてください！　それなら何も問題はないですから」

「二人の王子……」

エドガーは本を抱きしめて必死に自分を見上げるルイスをしばし惚《ほう》けたように見つめた。

室内でも美しく輝くルイスの髪は、まるで月の光のようで――。

「二人の王子……。太陽の王子と月の王子というのはどうでしょう？」

思わず零れたエドガーの呟きに、ルイスは目を輝かせてコクコクと頷く。

「最終的に太陽の王子は王となり、月の王子は太陽王を支えて幸せに暮らしていくという……」

「素晴らしいです！　僕の思い描く通りのシナリオです！」

ルイスは嬉しそうにぴょんぴょんと飛び跳ねながらエドガーの周りを回る。

「兄上の事は事実通り書いてくださいね！　具体的には、強くて、賢くて、優しくて、心が海のように広くて、カッコ良くて、次代の王に相応しくて、あとはえっと……全部言いきれないので、後で書き出してお渡ししますね！」

ルイスはぷくぷくとした小さくて可愛い指を折って数えながら、一生懸命兄王子の魅力を伝えようとする。

（この王子はどうやら兄王子の事が大好きなようだ）

大人びた言葉を使うかと思えば、こういうところは子供らしさが感じられるなと、エドガーは微笑ましく思った。だが、ルイスの次の言葉にまた動きが止まる事になる。

「これで僕を担ぎあげようとする連中を牽制できます！　僕を利用して兄上の王位継承の邪魔をしようだなんて、許し難い悪行ですからね！　それから、この物語は我が国全ての子供に行き渡るようにするつもりです。そうすれば僕達と同世代の子供達の深層心理に、兄上こそが次の王に相応しいというイメージを植え付ける事ができるでしょう！」

（……この王子、本当に六歳か？）

賢いと評判ではあったが、これほどとは思わず、エドガーは目を丸くした。こんなに幼いうちから、国の行く末を思い描いているとは……。

『事実は小説よりも奇なり』

奇《く》しくも作家を生業《なりわい》としているエドガーだが、かつての詩人のその言葉に、激しく同意したいと思った。

「そうだ！　月の王子は、生涯独身だった事にしてください！　最近、僕と親しくなろうと王宮に来る令嬢が増えて困っているんです。僕は結婚なんてするつもりはないって事をアピールしておけば、面倒事が一つ減るはずですよね！」

「お、仰せのままに……」

（齢《よわい》六歳にして生涯独身宣言……。強烈だ……）

自分の誕生祝いに書かれた物語さえも利用して、兄の為になろうとするルイスの様子に、そうまでさせる兄王子とはどんな人物なのかと、エドガーは猛烈に気になった。

その時、ノックの音と共に応接室のドアが開いた。

そこから顔を覗かせたのは——。

「兄上！」

嬉しそうに叫んだルイスがドアの傍に駆け寄り、中に入ってきた少年に抱きついた。

「こら、ルイス。先にお客様に挨拶させておくれ？」

そう言って笑顔でルイスの頭を撫でると、少年はエドガーに握手を求めた。

「ルイスの兄のヘリオです。お見知り置きを」

「お、お会いできて光栄です王太子殿下！　エドガー・ハリスと申します！」

エドガーは自分の手を必死でズボンで拭いた後、恐る恐る握手に応じた。

ルイスと同じく、ふんわりとカールしたプラチナブロンドの髪にサファイアの瞳。同じ王妃腹という事もあり、似通った外見の二人。しかし、月のようだと思ったルイスに対して、ヘリオから受ける印象は対極である事にエドガーは内心驚いていた。

月のようなルイスと並べるならばと、安直な思いつきで太陽の王子として物語に登場させようと思っていたが、今目の前にいるヘリオを譬えるならまさしく太陽。

同じプラチナブロンドだというのに、ヘリオのそれは陽の光のように眩しく煌めくような印象を受ける。そして、まだ十二歳だというのに、王族特有のオーラというか、風格というか、自然と頭を垂れさせる何かがヘリオにはあった。

「ルイス、母上が呼んでいたよ？　エドガー殿のお相手は僕がするから行っておいで」

ヘリオがそう言うと、ルイスは「はい！」と元気に頷いた後、モジモジしながら可愛らしく首を傾げた。

「兄上……後でお部屋に遊びに行ってもいいですか？」

「もちろんだよ。まずは母上のご用事を済ませておいで」

ヘリオが笑顔でそう言うと、ルイスはふっくらとした頬を薔薇色に染めて瞳を輝かせた。

「やったぁ！　それじゃあ母上の所に行ってきます！　エドガー殿、新しい物語楽しみにしていますね！」

そう言ってペコリと頭を下げると、老紳士を連れて元気に部屋を出ていった。

嵐のような急展開にエドガーが放心していると、ヘリオがクスクスと笑った。

「可愛いでしょう？　ああしていると、どこにでも居る普通の子なのですが、僕の事になるとちょっと厄介でして」

確かに強烈ですねとエドガーは言いそうになったが、笑顔で頷くだけに留めた。

「あなたを呼び出したと聞いて、弟が何か無理を言ったのではないかと心配になって来ましたが、大丈夫でしたか？」

「ご心配いただきありがとうございます。無理なお願いではありませんでしたので、ルイス殿下のご希望に添えるように最大限努力いたします」

エドガーがそう言うと、ヘリオは嬉しそうに笑った。

(不思議だ……。この王子が笑うと、俺も嬉しくなる)

何がそうさせるのか分からないが、ルイスとは違った意味で、この王子も強烈だとエドガーは思った。

失礼だとは知りつつも、エドガーはヘリオをまじまじと見つめた。

ヘリオも優秀だと評判だが、ルイスのそれには遠く及ばないとも囁かれている。

その噂はあながち間違っていなそうだと分かった今、そんなルイスの事をヘリオはどう思っているのか、エドガーは無性に気になった。

それは、兄弟の確執といったゴシップを期待するような下世話な心からではなく、身をもってルイスの特異さを知ったゆえの、純粋なる疑問だった。

エドガーがあまりにも見つめすぎたせいか、ヘリオは首を傾げた後、笑顔で聞いてきた。

「僕がルイスをどう思っているのか気になりますか?」

何故分かるんだと、エドガーは冷や汗をかいた。

「僕達に会うと、皆が聞きたがるので……」

ヘリオは何でもない事のように言うと、エドガーにソファーに座るよう勧め、自身も腰を落ち着けた。

「とある心理学者が言うには、僕は生まれつき負の感情が極端に少ないようなんです」

「……と言いますと?」

売れっ子作家としての逞しい想像力をもってしても、イマイチ理解できない話に、エドガーは無意識にソファーから身を乗り出していた。

「怒り、悲しみ、憎しみ、嫉妬、苦痛、そういった精神的負担になる感情が希薄なんです」

これはドラゴン退治よりファンタジーな話になってきたと、エドガーは固唾を呑んだ。

「例えばこの前、ルイスと二人で可愛がっていた鳥が死んでしまったんです。当然ルイスは悲しがって泣きました。世話を手伝ってくれていた乳母や侍女達も……。でも僕は悲しいというのが分からなかったんです。涙も、物心ついた頃から流した記憶がありません」

(なるほど、感情の欠落……。いや、そうと断じるにはまだ早い気がする)

エドガーは顎に手をやり考え込んだ。目の前にいるのは、大人びてはいるが、まだ十二歳の子供なのだ。

「畏れながら……殿下はまだ成長途中でいらっしゃる。これから成長と共に情緒も育っていくかもしれないですよ?」

エドガーがそう言うと、これも言われ慣れているのか、「そうですね」と明るい笑顔が返ってきた。

ヘリオは窓の外を見ながら言葉を続けた。

「周囲の人間から僕は優秀だと言われていますが、それは人並みの話。ルイスの優秀さは人並み外れたモノです。普通なら弟と比べられる事に苦痛を覚え、その才能に嫉妬し、最終的には弟を憎むのかもしれません。けれど、僕はそういう感情がないお陰で、ルイスが弟である事が、嘘偽りなく幸せなんです」

そう言って、エドガーに視線を戻したヘリオの笑顔を見て、彼を太陽のようだと感じた理由にようやく納得がいった。

負の感情がない笑顔。まだ世の穢《けが》れを知らない幼子のような、純粋で無垢なこの笑顔こそが、ヘリオを太陽たらしめているのだ。幼子の前では誰しも自然と笑顔になり、その幸せそうな顔を見てこちらも幸福を得る。そういう現象がヘリオに対して起こるのだとエドガーは思った。

「ルイスが僕を大事に思ってくれるのは、普通であればルイスを忌避するだろう僕が、心からルイスを愛していると知っているからです」

確かにあれだけ聡明な子であれば、自分が兄にとって厄介な存在で、憎まれて当然とすぐに悟った事だろう。ところが、そうならなかった。

こんなに素敵な兄が心から愛してくれていると知ったなら、きっと自分も兄を大好きになるに違いない。

ヘリオが来た時のルイスの喜びようを思い出して、思わずエドガーの顔に笑みが浮かぶ。

「もしルイスが王位に就きたいと言うなら、いつでも喜んで王太子の座を譲るつもりでいます。でも、あの子はそれを良しとしないでしょう。それに、最近気づいたのですが、こんな僕の方が王には向いていると思うんです」

エドガーの反応を窺うようにヘリオは一呼吸置いた。先を促すように頷くエドガーに、ヘリオはまた話し出す。

「王になれば、その名声や栄光と共に、責任や義務、重圧といった多くの精神的負担を一国分背負う事になります。万が一他国と戦争になったら。大規模な天災が起きたら。国として取るべき行動の、最終的な決定を下す王の重責は計り知れません。でも僕ならそれに耐えられると思うし、何より可愛いルイスにそんな辛い思いをさせたくない」

この兄弟は、まだこんなに幼いのに、難しい事を色々考えて、お互いを深く慈しみ合っているのだと、エドガーは胸が熱くなった。

「だから、僕がこんな風に生まれたのは、神が僕達に与えてくださった加護だと思うようになりました。もし僕が普通に生まれていたら、きっと兄弟の絆は歪み、やがて砕け、僕が勝手に自滅するか、周囲がルイスを担ぎ上げて王座に据える事でしょう」

(ヘリオというドラゴンを倒してルイスが国を興す……まさに、俺が考えた当初の物語の内容の通りという事か……)

自分が書いた物語が、危うく予言の書になり得るものだったと知って、エドガーは改めて背筋が凍りそうになった。

何と言っていいか分からなくなり、沈黙したエドガーを安心させるように、ヘリオは明るく笑った。

「僕がエドガー殿にこんな話をしたのは、僕達の事をよく知ってから物語を書き直してほしいと思ったからです。……実はルイスも僕も貴方の作品のファンなんです」

「ふぁ……!」

驚きのあまり変な声を出し、慌てて口を覆うエドガー。

まさかこんな聡明な兄弟が、エドガーの非現実的で夢見がちな物語を愛読してくれているとは、こうして話を聞いた後でも全く想像がつかない。しかし……。

(俺、多分人生で一番喜んでるな、今……)

エドガーは覆い隠していた口元が、ニヤニヤと笑み崩れるのを止める事ができなかった。

出した本はどれも順調に売れているが、こうして読者に面と向かってファンですと言われる機会は滅多にない。しかも相手は、国の将来を担う、聡明で高貴な二人の王子達。喜ばない訳がない。

全作品読んでくれたというこの幼い兄弟が、新たな物語を楽しみにしてくれていると思うと、急激にヤル気が漲ってくる。

一刻も早く物語を書き上げて、王子達に読んでほしいとエドガーは思った。

「殿下のお心の内まで特別にお聞かせくださり、ありがとうございました。作品作りには活かしますが、この事は誰にも話す事なく、しっかり墓の中まで持っていきます」

そう言うと、ヘリオは嬉しそうに頷いた。

辞去の挨拶をしようとして、ふと気になった事をエドガーは勇気を出して聞いてみる事にした。

「ルイス殿下は、月の王子を生涯独身の設定にしてほしいと仰ったのですが、ヘリオ殿下は太陽王に関して何かご希望の設定はありますか？」

新しい物語を太陽と月の二人の王子の話にすると伝えた上で、恐る恐る聞いてみた。すると、ヘリオはポカンとした、年相応のあどけない顔で驚いた後、頭をかきながら苦笑した。

「生涯独身……。まったくルイスにはいつも驚かされる……」

心中お察ししますと、エドガーは心の中で十字を切った。

「そうですね……太陽王が結婚するなら、この世の苦しみを全て背負ったような女性……かな」

（これまた強烈な……）

二人の王子に与えられた高難易度の設定を盛り込んで、物語のラストにどう収拾をつけるか、エドガーは悩み出した。

「神が僕に与えなかった感情を、きっと僕の分まで背負ってくれている人が、この世のどこかに居ると思うんです。だからせめて物語の中でだけでも、その人に寄り添って、少しでも重荷を分かち合いたい」

ヘリオは応接室の窓へ視線を向けて、遥か遠くを見つめるように、ポツリと言った。

（俺が六歳の頃は寝小便たれて母ちゃんに怒られてたし、十二歳の頃は将来の事なんか何にも考えずに、友達とひたすら外を駆け回ってたな……）

年齢詐称を本気で疑うほどに、子供らしくない子供達。

だからこそ、現実では起こりえない、心躍るファンタジーが、幸せに浸れる夢物語が、幼い兄弟には必要なのかもしれないと、エドガーは不覚にも泣きそうになった。

窓の外に向けていた視線をエドガーに戻したヘリオは、元の通り無垢で純粋な、世界を照らす太陽のような笑みを浮かべていた。

「エドガー殿、僕からもう一つお願いがあるのですが――」


その後、童話『二人の王子』は王室からの支援を受けて、国中に広く発売された。広大な国土の遥か遠方の、どんな小さな本屋にも置かれ、子供の僅かなお小遣いでも買える値段で販売された為、字さえ読めれば読んだ事がない人は居ないと言われるほど流行した。

物語の最後、太陽王は、遥か遠い地底の国で、この世の全ての苦しみを背負っていた姫を助け出し、王妃として迎えた。

太陽王が愛をもって王妃を抱きしめると、王妃に溜まっていた世界の苦しみは昇華され、世の中は平和になり、二人は国を護り末永く幸せに暮らす。

そして月の王子は――。


「どうして月の王子が、家に籠って刺繍をしている女性を見初めて、迎えに行く事になってるんですか？　物語は素晴らしく面白かったのに、最後だけ納得いきません！」

物語の完成後、再びルイスに呼び出されたエドガーは、挨拶もかっ飛ばされて早速ルイスに詰め寄られていた。

「生涯独身にしてくださいってお願いしたのに！」

ふっくらとあどけない頬を大きく膨らませて、上目遣いに睨んでくるルイス。とても怒っているのだろうが、残念ながら可愛いとしか思えない。

きっとこんな風に怒られるだろうと予想していたエドガーは、用意していた言い訳を披露した。

「生涯独身主義にしたところで、我こそはと思い上がった令嬢は減らないと思ったんです。それなら、彼女達を家に足止めできるこちらの設定の方がいいかと思いまして……」

そう言うと、ルイスは目をぱちくりと瞬かせた後、口元に手を当てて考え始めた。

「確かに、物語の発売後、僕を訪ねてくる令嬢は減ったんですよね……」

「そういえば、ルイス様への贈り物、刺繍されたハンカチなどが増えましたな？　それから最近、巷《ちまた》では刺繍糸やら図案集が飛ぶように売れているとか……」

ルイスの守役の老紳士が訳知り顔でフォローをいれる。

それを聞いたルイスは、小さな手をパチンと打ち鳴らす。

「なるほど！　独身主義というぼんやりとした設定では生温い！　例えば刺繍の得意な女性が良いと、具体的な条件を提示して、そこに意識を向けさせた方が効果的だという事ですね！」

（この王子は相変わらずだな……）

もはや何も言うまいと、エドガーは笑顔で頷く。

「スゴいです！　こんな風に令嬢を家に足止めする方法があったとは！　流石エドガー殿！　僕もまだまだですね！　この手法は他の案件にも応用できそうなので、今後も活用させていただきます！」

何も言うまいと思ったが、何も知らずキラキラと瞳を輝かせるルイスに、エドガーは一つお節介を焼く事にした。

「……ルイス殿下、実はこの設定を考えたのはヘリオ殿下なんです」

「えっ、兄上が？」

ルイスはきょとんとした顔でエドガーを見上げる。

エドガーは少し腰を屈めて、ルイスと目線を合わせた。

身分的には天と地の差があり本来は許されない事だが、今だけはと、小さな子供に優しく言い聞かせるように、ルイスの頭を優しく撫でながら伝えた。

「ヘリオ殿下は、貴方様にも幸せな結婚をしてほしいと……。結婚に限らず、自分の幸せも追い求めてほしいと願っておられます。だから、月の王子が好きになった令嬢を迎えに行くエンディングにしてほしいと頼まれたのです」

「兄上……」

エドガーの言葉を聞いてルイスは束の間黙り込んだ後、涙を堪えるように、それでいて幸せそうに、へにゃりと笑った。

どうやら兄王子が弟を想う気持ちは上手く伝わったようだ。

少し会わない間に、上の前歯が生え変わりで一本抜けたらしいルイス。笑うと神秘的な天使という印象は薄れ、お兄ちゃん子のやんちゃ坊主と言った方がしっくりくる様子に、自然と笑みを誘われる。

本当はルイスには言うなと言われていたが、これぐらいのお節介は許されるだろう。

鼻をすする小さな弟王子の、ふわふわと柔らかな髪を撫でながら、エドガーの心は幸せな気持ちでいっぱいになった。

Kunoe Kazami
風見くのえ
Illustration
中條由良
訳ありモブ侍女は退職希望なのに次期大公様に目をつけられてしまいました
身バレ防止のために
偽の恋人同士に!?
王太子妃付きの侍女マリーベルは、実は前国王の隠し子。おまけに、王太子に与えられていると国中が信じる『神の恩寵』の真の所持者という大きすぎる秘密を持っていた。なんとかバレる前に退職したかったのに、ある日『神の恩寵』の力が発動した場面を王太子の右腕である小大公アルフォンに目撃されて絶体絶命！……のはずが、マリーベルの秘密を守るべく、なんと二人で偽の恋人同士を演じることに。あれ？ これって本当にお芝居ですよね……？
フェアリーキス
NOW
ON
SALE
フェアリーキス
ピュア
fairy kiss

じゃじゃ馬皇女と公爵令息
Jyajyauma koujyo to koushaku reisoku
Saki Tsukigami
月神サキ
Illustration
紫藤むらさき
両片想いのふたりは今日も生温く見守られている
2
いとしい人と結婚するため、
邪魔する者は許しません！
留学先で出会った公爵令息のクロムと結婚する気満々で、父皇帝のもとに赴いた戦う皇女様ディアナ。なのに大臣たちが結婚に猛反対。国一番の名門魔法学園に編入し彼が首席で卒業することを条件にされてしまう。憤慨するディアナは、クロムがどれほど優秀か見せつけてやるんだから！　と闘志を漲らせる一方、再び彼とラブラブな学園生活を送れることに胸がときめく。ところが二人の周りで次々と不可解な事件が起こり、真相を探ろうとするが⁉
フェアリーキス
NOW
ON
SALE
フェアリーキス
ピュア
fairy kiss
Jパブリッシング　https://www.j-publishing.co.jp/fairykiss/　定価：1430円（税込）

Jパブリッシング　https://www.j-publishing.co.jp/fairykiss/　定価：1430円（税込）

クレイン
Illustration 鈴ノ助
はねっかえり女帝は転生して後宮に舞い戻る
～皇帝陛下、前世の私を引きずるのはやめてください！～
hanekkaeri jyotei wa tensei shite koukyuu ni maimodoru
フェアリーキス
NOW ON SALE
かつての姉さん女房ですが、
今世は年下妻を目指します！
朱家のお転婆娘・美暁は、皇太子の妃選びのための後宮入りに立候補！　実は美暁の狙いは、皇太子の父で現帝の雪龍!?　美暁には、先の女帝であり雪龍の妻として生きた前世の記憶があった。前世の自分亡き後、皇帝として実直に国を支え続けた雪龍は現在三十五歳。その姿を一目見たいと後宮入りするも、いざ対面した彼は、今でも妻の死を引きずっていて……。譲位し自分は身を引くつもりのようですが、まだ人生終わってませんからね!?
フェアリーキス ピュア
fairy kiss
Jパブリッシング　https://www.j-publishing.co.jp/fairykiss/　定価：1430円（税込）

お助けキャラも楽じゃない1

著者　花待里　

2024年6月5日　初版発行

発行人　藤居幸嗣

発行所　株式会社Ｊパブリッシング
〒102-0073　東京都千代田区九段北3-2-5 5F
TEL 03-3288-7907　FAX 03-3288-7880

製版所　株式会社サンシン企画

印刷所　中央精版印刷株式会社

ISBN：978-4-86669-672-0
Printed in JAPAN